VARAE BACH

Hefyd yn y gyfres hon:

Y Cylch yn Cau, Evelyn Anthony/William Gwyn Jones (Gwasg Gwynedd)
Ar Gortyn Brau, P. D. James/Mari Lisa (Cymdeithas Lyfrau Ceredigion)
Chwerw'n Troi'n Chwarae, Ian Rankin/John Rowlands (Gwasg Gomer)
Mewn Drych, Dick Francis/Dylan Williams (Gwasg Gwynedd)
Llinyn Rhy Dynn, B. M. Gill/ Meinir Pierce Jones (Gwasg Gomer)
Bai ar Gam, Michael Underwood/Wyn G. Roberts (Gwasg Carreg Gwalch)
Cymru ar Werth, Penri Jones (Gwasg Dwyfor)
Ingles, Urien Wiliam (Gwasg Gomer)
Rhwng y Cŵn a'r Brain, Elgan Philip Davies (Hughes a'i Fab)
Seidr Chwerw, Peter Lovesey/Ieuan Griffith (Gwasg Carreg Gwalch)
Amser i Farw, Jonathan Ross/Elin ap Hywel (Hughes a'i Fab)
Y Llwybr Cul, Dorothy Simpson/Nansi Pritchard (Cyhoeddiadau Mei)
Ias o Ofn, Margaret Yorke/W. J. Jones (Cyhoeddiadau Mei)
Noson yr Heliwr, Lyn Ebenezer (Y Lolfa)
Y Goeden Lasarus, Robert Richardson/Llifon Jones (Gwasg Carreg Gwalch)
Corff yn y Capel, Urien Wiliam (Y Lolfa)
Celwyddau Distawrwydd, Brian Moore/Nansi Pritchard (Gwasg Gwynedd)
Lara, Eirug Wyn (Y Lolfa)
Rhyw Chwarae Plant, Elgan Philip Davies (Cymdeithas Lyfrau Ceredigion)
Apwyntiad Terfynol, Roy Hart/Llifon Jones (Gwasg Carreg Gwalch)
Datod Gwe, Penny Kline/Emily Huws (Gwasg Gomer)
Cyffur Cariad, Urien Wiliam (Y Lolfa)
Magl yr Heliwr, Kay Mitchell/Megan Tomos (Gwasg Gomer)
Corff yn y Goedwig, Alison Taylor/Emily Huws (Gwasg Gwynedd)
Semtecs, Geraint V. Jones (Gwasg Carreg Gwalch)
Fel y Dur, Elgan Philip Davies (Cymdeithas Lyfrau Ceredigion)
Twyll Diderfyn, Urien Wiliam (Y Lolfa)

Ar Chwarae Bach

Addasiad
Ieuan Griffith

GOMER

Cyhoeddwyd gyntaf yn 1986 gan Hodder & Stoughton Cyf.,
338 Euston Road, Llundain NW1 3BH
Teitl gwreiddiol: *Nursery Crimes*

Argraffiad Cymraeg cyntaf—1999

ISBN 1 85902 731 8

Cyhoeddwyd dan gynllun comisiynu Cyngor Llyfrau Cymru.

Dymuna'r cyhoeddwyr gydnabod cymorth
Adrannau Cyngor Llyfrau Cymru.

Argraffwyd gan
Wasg Gomer, Llandysul, Ceredigion

Pennod 1

Pan oedd hi'n berffaith sicr bod Willie wedi marw, dechreuodd Siwsi sgrechian. Sgrechian nerth ei phen. Doedd hi erioed o'r blaen yn ystod chwe blynedd ei hoes wedi sgrechian mor uchel. Roedd hyd yn oed y pysgod aur wedi cael braw. Nofient o amgylch pen golau, gwlyb Willie fel dawnswyr tanddwr wedi ffwndro'n lân. Dechreuodd un ohonynt gnoi gwaelod clust Willie'n gyffrous cyn i Siwsi ei wthio o'r ffordd â blaen ei sandal.

Dringodd allan o bwll y pysgod aur, yn wlyb at ei cheseiliau, a thaflodd ei phen yn ôl gan ruo'n egnïol unwaith yn rhagor. Siglodd sgwadron o *spitfires* eu hadenydd yn fuddugoliaethus wrth iddynt dorri drwy'r cymylau gwynion ar eu ffordd yn ôl i'r maes awyr, a thrwst herciog eu peiriannau fel pe bai'n cael ei ryddhau'n ffrwydradau bychain unigol. Tawelwyd Siwsi am ysbaid wrth iddi wylio'r awyrennau'n diflannu. Roedd Dad yn hedfan awyrennau hefyd. Rhai mwy na'r rhain. Roedd Dad yn hedfan awyrennau bomio.

Dechreuodd sgrechian unwaith eto. Sgrechian am ei mam.

Roedd Clare Moncrief yn y gwely gyda'r meddyg lleol pan darfodd sgrechiadau Siwsi ar y gosteg wedi cynnwrf eu caru.

Fel rheol byddai hi a Peter yn caru pan fyddai Siwsi a'r ddau ifaciwî bach o Birmingham – Dolly a'i brawd Willie – yn ddigon pell yn ysgol y babanod i lawr yn y pentref. Ond roedd hi'n wyliau heddiw a'r plant yn treulio'r bore yn chwarae'n dawel yn yr ardd. Hyd nawr.

'Mae'n ymddangos,' meddai, gan wisgo'n frysiog, 'fod ar fy merch fy angen.'

'A hynny ar dipyn o frys,' cytunodd Doctor Tolliston, gan geisio celu ei ddiflastod. Roedd yntau'n dad i dri o blant ac yn hen gyfarwydd â dehongli'r amryfal raddau o drallod lleisiol.

Ef oedd y cyntaf i gyrraedd pwll y pysgod aur, ond Clare oedd y cyntaf i edrych i mewn i'r dŵr.

'Dduw mawr!' ebychodd.

Yn ddiweddarach y diwrnod hwnnw trefnodd Norman Moncrief i gael ychydig o ddyddiau'n rhydd o'r Llu Awyr oherwydd problemau personol a chyrhaeddodd ei gartref yng Nghymru am saith o'r gloch. Clywodd Siwsi ef yn mynd i ystafell wely Dolly ac yna, ar ôl treulio peth amser gyda hi, daeth i mewn i'w hystafell hithau.

Roedd hi wrth ei bodd yn ei weld. 'Dadi!'

'Siwsi!'

Cusanodd hi a phlethodd hithau ei breichiau amdano a'i wasgu'n dynn.

'Mi ddwedodd Mami bod chdi'n dod. Dyna pam dwi'n dal yn effro. Ond pam oeddat ti'n mynd i weld Dolly'n gynta? Dwi'n dy garu di. Dy garu di. Dy garu di!'

Rhyddhaodd Norman ei hun o'i gafael yn bwyllog. Sut gythraul, meddyliodd, oedd o'n mynd i ddechrau sôn am rywbeth mor frawychus heb golli'i ben yn lân? Doedd gwybod bod Clare bron â drysu yn aros amdano i lawr y grisiau, tra ceisiai yntau gael gafael ar y gwir am y busnes erchyll, ddim yn help. Dichon nad oedd y gwir yn rhywbeth i'w chwennych. I'r gwrthwyneb yn wir. Felly pam chwilio amdano? Ond doedd ganddo ddim dewis.

'Mae Dolly'n drist iawn oherwydd y ddamwain gafodd ei brawd, cariad. Rydan ni i gyd yn drist.' Dechreuodd holi'n betrus. 'Pan fydd bechgyn bach pedair oed yn syrthio i bwll o ddŵr – a hwnnw'n ddŵr bas – mi fyddan nhw'n dringo allan fel arfer. 'Sgwn i pam na wnaeth Willie ddim?'

Trefnodd Siwsi ei gobennydd yn fwy cyfforddus, ond atebodd hi ddim.

'Wyddost ti ddim, cariad?'

Gwenodd hithau gan ysgwyd ei phen.

Rhoddodd gynnig arni o gyfeiriad gwahanol. 'Rwy'n gweld bod Mwnci wedi sleifio'n ôl i dy wely di.' Cofiai i'r tegan meddal gael ei roi i Willie yn offrwm heddwch gorfodol ar ôl i Willie dynnu ei dafod ar Siwsi ac iddi hithau dalu'n ôl iddo drwy wthio ei bys i'w lygad.

'Rhaid i ti fod yn garedig wrth ein gwesteion bach,' oedd ymateb anhygoel fursennaidd Clare.

'Bygar!' oedd ateb Siwsi. 'A fo ddysgodd y gair yna i fi.'

Rhwbiodd Siwsi glust Mwnci i fyny ac i lawr ei boch. Hi oedd biau Mwnci unwaith eto. Nawr ac am byth. Dywedodd ei bod wedi mynd i'w nôl o wely Willie.

'Fydd Willie ddim yn cysgu yno byth eto, Siwsi.'

'Na fydd,' cytunodd Siwsi'n hapus. 'Mi fyddan nhw'n ei roi o mewn bocs – yr un fath â Mick. Ac mi fydd ei enaid o'n mynd at Iesu Grist – yr un fath â

Mick.' Roedd Mick, y labrador, wedi marw o henaint chwe mis yn ôl. Gofynnodd i'w thad a fyddai Willie yn cael ei gladdu yn yr ardd.

Dyna pryd y bu bron i Norman golli ei ben ac aeth munud neu ddau heibio cyn iddo fedru ateb. Dywedodd wrthi mai dim ond anifeiliaid ac adar a gâi eu claddu yn yr ardd ac y câi Willie ei gladdu mewn mynwent.

'Efo'i fami a'i dadi?'

Cytunodd Norman â hi. Roedd rhieni Willie wedi cael eu lladd mewn cyrch awyr a does dim modd claddu cyrff sydd wedi eu chwalu'n yfflon, ond doedd o ddim yn mynd i boeni ei ferch chwe blwydd oed gyda manylion o'r fath.

Cnoiodd Siwsi fawd troed Mwnci. Roedd yn fawd hir, llyfn. Pan oedd hi wedi dod ar draws Willie yn ei gnoi roedd wedi ei wthio i lawr ei gorn gwddw ac yna'i dynnu allan yn gyflym cyn iddo gyfogi.

'Mi fydd popeth yn iawn, felly,' meddai hi.

'Beth fydd yn iawn, Siwsi?'

'Mi fydd gan Willie ei dadi a'i fami – a Iesu Grist – a Mick.'

'Wel, bydd, ond . . .' Cododd Norman oddi ar y gwely a dechrau crwydro o amgylch y stafell. Roedd yntau wedi cysgu yn y stafell hon pan oedd yn fachgen. Fe ddylai fod yn lle cysurlon. Fe ddylai'r muriau fod wedi eu trwytho mewn atgofion hapus, normal. Roedd ei dad wedi rhoi cweir iddo yma unwaith pan oedd yn ddeg oed am iddo yfed chwisgi gwaharddedig. Dyddiau synhwyrol – poenus ar adegau – y cyfnod cyn y rhyfel. Dim ifaciwîs. Dim Willie.

Dim merch fach annwyl gyda chudynnau euraid a llygaid digynnwrf cyn lased â'r awyr ar fin nos o haf.

Iesu Grist.

'Roeddet ti'n hoffi Willie, on'd oeddet ti, cariad?'

Gwelodd yr ateb yn y cysgod a ddaeth dros y llygaid gleision digynnwrf. Torrodd ar draws y gwir cyn i'r gwefusau ei fynegi.

'Wel wrth gwrs dy fod ti. Roedd o'n fachgen bach hyfryd. Anodd ei drin ar brydiau – roeddech chi'n cweryla weithiau – wel, mae hynny'n naturiol. Ond roeddet ti'n hoff ohono. Roeddet ti'n ei hoffi fel pe bai o'n frawd i ti.'

Aeth ati, ac eistedd ar y gwely unwaith yn rhagor. Cydiodd yn ei llaw. Llaw chwerthinllyd o fychan, ond nid cyn lleied â llaw Willie.

'Rwyt ti'n gwybod beth ydy plismyn, o'nd wyt ti, cariad?'

'Dynion da, caredig sy'n dweud wrthon ni faint o'r gloch ydy hi ac yn dod o hyd i ni pan fyddwn ni ar goll,' atebodd Siwsi fel Person yn adrodd pader.

Mwythodd Norman ei llaw. 'Ac yn holi cwestiynau am fechgyn bach sy'n rhedeg yn rhy gyflym ac yn syrthio i mewn i byllau pysgod aur.' Edrychodd yn graff arni – a theimlo'n edifar ei fod wedi gwneud. Allai hi ddim smalio. Wnaeth hi ddim hyd yn oed ymdrechu i wneud hynny.

'Siwsi,' meddai'n daer, 'pan ddaw'r plismon da, caredig yma yfory a'th holi di ynglŷn â Willie, wnei di ddim dweud unrhyw beth gwirion wrtho fo, wnei di?'

'Na wnaf, Dadi. Na wnaf siŵr iawn.'

'Cofia dy fod ti'n hoff iawn ohono fo. Wnest ti mo'i wthio fo na dim. Mae'n flin iawn gen ti bod y ddamwain wedi digwydd. Fe wnest ti dy orau i'w gael o allan o'r pwll, ond allet ti ddim.'

Mae'n bosib na fyddai'r heddlu'n ystyried y ffaith fod Willie'n fychan o'i oed, ac yn eiddil. P'un bynnag, fyddai neb wedi disgwyl i Siwsi ei *achub*.

Mae'n debyg mai ei gadael hi ar hynny fyddai orau. Wel, doedd 'na ddiawl o ddim arall y gallai ei wneud!

Cododd ddillad y gwely drosti a'i chusanu, ac yna, am iddi ddweud wrtho am wneud hynny, rhoddodd gusan i Mwnci hefyd.

Pan gyrhaeddodd i lawr y grisiau, a blas ffwr gwlyb ar ei wefusau, aeth Norman yn syth at y cwpwrdd diodydd ac arllwys gwydraid helaeth o chwisgi iddo'i hun.

Roedd Clare, a'i llygaid yn goch ar ôl crio, yn chwarae â gwydraid o jin a thonig yn ei dwylo. Roedd arni ofn clywed yr ateb, ond roedd yn rhaid gofyn y cwestiwn. 'Wel, Norman – wnaeth hi?'

Gochelodd yntau rhag ateb ar ei ben a dweud eu bod yn ffodus nad oedd rhieni Willie o gwmpas i godi helynt.

Atgoffodd Clare ef bod ei nain yn dal o gwmpas ac y byddai hi yno drannoeth. 'Beth, yn enw popeth, ddwedwn ni wrthi hi?'

'Y gwir.'

Roedd ei dannedd yn rhygnu yn erbyn y gwydr. 'Pa wir?'

'Yr unig wir synhwyrol. Fe syrthiodd Willie i'r pwll. Fe darodd ei ben. A marw. Rhedodd Siwsi i'w helpu. Cafodd fraw. A dechrau sgrechian.'

Cofiodd yntau'n sydyn am Tolliston. Yn y cyswllt yma, camwedd pitw oedd anffyddlondeb. 'Os bydd Tolliston yn agor ei geg am Siwsi yn y cwest, mi fydda innau'n dweud ei hanes yntau. Camymddygiad proffesiynol gydag un o'i gleifion. Ac o hyn ymlaen, mae'n well i ti roi'r gorau iddi.'

Nid dyma'r amser i geisio gwadu. Fyddai o byth yn ei chredu, p'un bynnag. 'Felly rwyt ti'n credu o ddifri bod Siwsi . . .?'

Yn sydyn teimlodd y naill dosturi tuag at y llall – rhyw angen i gyffwrdd â'i gilydd. Rhoddodd ei wydr i lawr ar y silff ben tân a thynnu ei law yn dyner ar hyd ei grudd.

'Rwyt ti wedi dweud wrth yr heddlu mai damwain oedd hi. Fory mi fydd Siwsi yn dweud wrthyn nhw mai damwain oedd hi. Dyna rydan ni'n ei gredu – mai damwain oedd hi.'

'Ie,' cytunodd hithau, 'dyna rydan ni'n ei feddwl.' Ond newidiodd y frawddeg yn ei phen. 'Dyna rydan ni'n ei feddwl pan fyddwn ni'n meddwl yn uchel.'

Roedd hi wedi bod yn ddiwrnod ofnadwy. Roedd yr heddlu wedi gofyn peth wmbredd o gwestiynau, ond doedden nhw ddim wedi mynnu cael eu ffordd pan rwystrodd Peter nhw rhag holi Siwsi, gan eu hannog i adael llonydd i'r plentyn hyd y diwrnod canlynol.

'Dim ond chwech oed ydy hi,' meddai, 'ac mae hi wedi cael cryn sioc. Gan mai fi yw meddyg y teulu rwy'n mynnu y dylai hi gael noson dda o gwsg cyn i chi ei holi.' Roedd wedi bod yn gefn iddi hyd nes y cyrhaeddodd Norman. Ac yna, yn ddoeth ddigon, roedd wedi cilio o'r ffordd.

Roedd cyffyrddiad bysedd Norman ar ei boch yn hynod o esmwyth. Croesodd ei meddwl y byddai cyhuddiad ynglŷn â Peter – a hwnnw heb ei wadu – wedi arwain at ergyd yn hytrach nag anwes ar ei boch o dan amgylchiadau gwahanol. Nid ei fod yn ŵr treisgar, ond o gael achos . . .

Nid bod Siwsi yn blentyn treisgar, ond o gael achos . . .

Roedd hi'n hoff iawn o'i Mwnci. Peth annoeth oedd rhoi un o'i thrysorau pennaf i Willie. Hyd yn oed yn offrwm heddwch digon haeddiannol.

'Mae Mwnci,' meddai Norman, gan ddarllen ei meddyliau, 'yn ôl ym mreichiau Siwsi. Pan es i i mewn i weld Dolly, roedd hi'n magu'r Miranda anghynnes 'na ac yn sychu'i thrwyn yn ei gwallt hi.' Roedd wedi rhoi hances iddi a dweud yn dyner wrthi ei bod hi'n ddrwg iawn ganddo. Roedd trwyn a llygaid Dolly yn tueddu i redeg, hyd yn oed pan nad oedd unrhyw ofid arni. Nawr, pan oedd ganddi achos gwirioneddol i alaru, câi'r teimlad mai dagrau ffug oedd ar ei gruddiau. Doedd hi ddim wedi bod yn arbennig o hoff o'i brawd bach. Ond hi oedd piau fo. A nawr roedd rhywbeth oedd yn eiddo iddi hi wedi cael ei ddwyn oddi arni. Roedd yr hafaliad yn amlwg. Roedd Mwnci a Willie nawr ar yr ochr minws, ac roedd Dolly wedi ei chythruddo. Wedi ei chythruddo'n dawel a chwrtais.

'Welaist ti fo'n syrthio?' holodd yn bryderus.

Symudodd Dolly y mymryn lleiaf ar ei phen, symudiad a allai olygu unrhyw beth.

'Do neu naddo?' mynnodd.

Roedd ei llygaid yn byllau dyfnion tywyll – yr unig brydferthwch oedd yn perthyn iddi. Roedd yn amlwg eu bod yn holi pa ateb oedd o am ei glywed; yn dweud ei bod yn barod i ddweud beth bynnag fyddai wrth ei fodd. 'Dio'ch fawr iawn,' oedd un o'i phrif ddywediadau. Am gynfasau glân. Am wy i frecwast.

Am rwymyn ar ben-glin gwaedlyd. Ac unwaith, gydag awgrym o goegni a oedd yn annaturiol i blentyn, am glewten – gan Siwsi, wrth reswm. Doedd neb arall wedi cyffwrdd bys ynddi mewn dicter, na hyd yn oed mewn rhwystredigaeth. Roedd Clare wedi ei chusanu hi a Willie ar bob achlysur pan oedd hynny'n ymddangos yn beth priodol i'w wneud – rhyw gyfarchiad llednais y byddai Willie'n ddieithriad yn ei rwbio i ffwrdd yn flin ac y byddai Dolly yn ei oddef yn foesgar. Doedd yr un o'r ddau erioed wedi cusanu neb yn ôl. Siglodd ei phen unwaith yn rhagor, yn bendant negyddol y tro hwn, a thawelodd hynny ef.

'Dolly druan,' meddai Clare. 'Wyt ti'n meddwl y dylwn i fynd i fyny i'w mwytho hi?'

'Nac ydw,' meddai Norman yn gwta. Roedd yn deall y cyswllt rhwng rhiant a phlentyn. Ac roedd yn ymwybodol o'i absenoldeb. Roedd rhai dirprwy rieni a rhai ifaciwîs wedi croesi'r ffin a hynny'n llwyddiannus. Ond doedd hynny ddim wedi digwydd yma. Roedd Clare yn gydwybodol. Roedd Clare yn deg. Roedd Clare, fel Dolly yn hynny o beth, yn foesgar. Roedd dillad isa'r plant wedi cael eu llosgi'n dawel bach. A dillad newydd, gan gynnwys dillad nos pert, wedi ymddangos yn eu lle. Roedd cwponau dillad yn bethau prin, ond roedd Clare wedi bod yn hael o ran ansawdd y dillad. Roedd y plant, a hwythau'n ddigon eiddil pan ddaethant yno gyntaf, wedi dechrau tewychu. Yma ar fryniau Meirion gallent glywed awyrennau'r Almaen ar eu taith i ollwng eu bomiau ar ddinasoedd gogledd Lloegr, ond anaml y byddent yn gwastraffu bomiau yn ystod y daith. Caent gysgu'r nos mewn heddwch cymharol. Y ddau ifaciwî bach oedd cyfraniad Clare tuag at drechu Hitler. Cyfrannai Norman ddant am ddant. Byddai'n sychu trwynau a thinau ac yn lladd llau. Nid oedd yn waith a hawliai lawer o angerdd. Gan Siwsi yr oedd yr angerdd. Roedd y gynneddf i gasáu wedi ei gwreiddio'n ddwfn yn Siwsi, ond roedd ei chynneddf i garu yr un mor gref.

Roedd hi'n mwmian canu'n isel yng nghlust Mwnci ac yn ei siglo yn ei breichiau pan deimlodd ddillad y gwely yn cael eu plygu'n ôl yn y tywyllwch a Dolly yn dringo i mewn ati.

Roedd hyn yn fygythiad.

Roedd hyn yn rhywbeth gwahanol.

Doedd Dolly erioed wedi dod i'w gwely hi o'r blaen. Pe bai hi wedi gwneud, byddai wedi ei gwthio allan. Roedd ganddi goesau hwy na rhai Siwsi, a gwthiodd y botel ddŵr poeth fetel o'r ochr lle gorweddai Siwsi a'i hawlio iddi ei hun. Cythruddwyd Siwsi ond gorweddodd yno'n ochelgar a chydio'n dynn yn Mwnci. Roedd arogl oel camffor ar Dolly. Roedd Mami wedi ei rwbio ar ei brest y noson o'r blaen. Doedd hi ddim wedi gwneud hynny heno. Heno roedd Willie'n farw ac roedd pob math o bethau wedi eu hanghofio. Ymolchi hyd yn oed.

Gwnaeth Dolly ei hun yn gyfforddus gyda'r botel yn ei chesail, a dechrau dewis ei geiriau yn ofalus.

'Mi fyddan nhw'n dy grogi di,' meddai, 'ac yn hollti dy stumog di – ac wedyn yn torri dy ben di i ffwrdd ac yn ei hongian ar fachyn.' Gwenodd yn ddedwydd yn y tywyllwch. Pwnc digon diflas oedd hanes Prydain pan gâi ei grybwyll yn achlysurol yng ngwersi plentyn seithmlwydd. Roedd yr hyn a glywai gan y plant hŷn yn ystod amser chwarae gryn dipyn yn fwy diddorol.

Rhoddodd Siwsi fawd Mwnci yn ei cheg a'i sugno'n fyfyrgar. Roedd hi wedi deall Dolly'n iawn – ac eithrio'r gair 'crogi'. Beth oedd 'crogi'? A phwy oedden 'nhw'?

Tynnodd fawd Mwnci o'i cheg. Roedd ei stumog a'i phen yn troi. Mewn llais oeraidd, pell, holodd beth oedd 'crogi'.

Aeth Dolly ati'n eiddgar i'w goleuo. 'Maen nhw'n rhoi'r rhaff 'ma am dy wddw di ac yn gwneud i ti sefyll ar gadair, wedyn maen nhw'n cicio'r gadair i ffwrdd ac mae'r rhaff yn gwasgu'n dynnach – gwich, gwich, gwich – yn dynn, dynn, dynn – ac wedyn mae dy llgada di'n syrthio allan o dy ben di.' Yna ychwanegodd, er mwyn cryfhau'r effaith, 'Ar blât, fel dau wy 'di ffrio.'

Profodd Siwsi flas chwerw yn ei cheg ac awydd cryf i gyfogi wrth iddi geisio treulio'r wybodaeth hon.

'A phwy,' holodd, 'ydyn "nhw"?'

'Plismyn da, caredig,' meddai Dolly. Roedd rhyw gymaint o athrawiaethu Clare wedi dylanwadu arni. Ychydig wythnosau'n ôl, byddai wedi eu disgrifio'n bur wahanol. Yr un, fodd bynnag, oedd eu swyddogaeth yma a gartref yn Birmingham. Llofruddiaeth oedd llofruddiaeth ble bynnag y digwyddai.

Gorweddodd Siwsi mor llonydd â phren gan wasgu Mwnci'n dynn i'w mynwes. Roedd hi'n berffaith amlwg bod Dolly, yn ei ffordd atgas, fusneslyd, wedi bod yn llercian yn rhywle yn y llwyni ac wedi gweld y ffrwgwd, yr hergwd, y dŵr yn tasgu, yr ymrafael a'r fuddugoliaeth derfynol. Roedd hi wedi bod yn pendroni pam oedd hi wedi cael ei gwthio mor ddiseremoni o gyffiniau'r pwll. Ond roedd gwybod y byddai gan unrhyw un, yn arbennig plismyn da, caredig, ddiddordeb yn y digwyddiad yn destun rhyfeddod iddi.

Roedd hi hefyd wedi synhwyro nad oedd y sgwrs gafodd hi a Dadi mor syml ag yr ymddangosai. Roedd o wedi bod yn gwthio rhai geiriau i'w phen ac yn ceisio cael gwared ar rai eraill. Yr un fath â'r perfformiad o *Knave of Hearts* yn yr ysgol. '*Oh dear, wherever are my tarts?*' oedd y geiriau roedd hi i fod i'w dysgu. '*I've lost me bleedin' buns,*' oedd awgrym Dolly o ochr y llwyfan. Roedd ei dirmyg tuag at gof amgenach Dolly wedi peri iddi gadw'n ddistaw. Roedd Dolly, a oedd mor ddiymhongar fel rheol, wedi dal sylw'r athrawes ar fwy nag un achlysur. Plentyn bach hynod oedd disgrifiad Miss Williams ohoni. Mor finiog â chyllell.

Hynod, yn wir.

Miniog, yn wir.

Rydw i wedi boddi Willie, meddyliodd Siwsi, ond alla i mo dy foddi di. Rwyt ti'n rhy fawr. Roedd hi wedi bod yn pendroni ers tro sut i gael gwared ar Dolly. Efallai y byddai gobennydd ar ei hwyneb yn gwneud y tro – yn hwyrach heno, o bosibl, pan fyddai hi'n cysgu. Mwythodd glustiau Mwnci a meddwl yn ddwys am y peth.

Roedd yr angen i gael gwared ar Dolly, a hynny ar frys, yn gwneud iddi chwysu. Os na lwyddai i gael gwared arni heno, byddai'n dweud pethau na ddylid eu dweud wrth y plismyn da, caredig a byddai'r plismyn da, caredig yn gwneud pethau ofnadwy megis torri ei phen i ffwrdd a'i osod ar y rheilins haearn o flaen y tŷ.

'Mae llofruddio'n bechod,' meddai Dolly'n hunan-fodlon.

'Beth ydy pechod?'

'Rhywbeth sy'n gwneud Iesu Grist yn drist.'

Roedd hynny'n rhywbeth digon dibwys i dawelu tipyn ar ofnau Siwsi. Doedd meddwl am Iesu Grist yn drist ddim yn poeni rhyw lawer arni.

'Mae arnat ti ofn, on'd oes?' sibrydodd Dolly yng nghlust Siwsi. Trodd Siwsi ei phen draw oddi wrthi.

'Rwyt ti'n crynu fel jeli, on'd wyt ti?' mynnodd Dolly, gan anwybyddu'r ffaith bod Siwsi wedi ei pharlysu gan ofn.

'Rwyt ti'n drewi,' atebodd Siwsi yn ôl yn feiddgar.

'Ogla oel camffor dy fam di ydy o. Dydw i ddim wedi gwlychu fy hun. Dydw i ddim wedi gwlychu fy hun ers dyddiau.'

'Rwyt ti wedi difetha un fatres,' meddai Siwsi gan ddynwared llais ei mam pan fyddai Mami'n meddwl na fyddai ei merch yn gallu ei chlywed. 'A dydy matresi ddim yn tyfu ar goed.'

Bu'r ddwy'n dawel am beth amser wrth iddynt geisio dirnad y syniad. 'Maen nhw'n crogi pobl ar goed,' meddai Dolly o'r diwedd gan arwain y sgwrs yn ôl at y trywydd roedd hi'n benderfynol o'i ddilyn.

Sylweddolodd Siwsi yn sydyn beth oedd ystyr crogi. 'Crogi,' meddai. 'Mae afalau ac eirin yn crogi ar goed.'

'A merched bach hefyd,' meddai Dolly'n ddidostur.

Gwthiodd ei hun yn nes at Siwsi. 'Rwyt ti'n dew. Siwsi Dew. Dim rhyfedd bod Willie wedi boddi. Mi roist ti dy din fawr dew ar ei ben o.'

'Mae tin yn air drwg,' meddai Siwsi, gan wybod nad oedd unrhyw ddiben iddi wadu.

'Mae'n well gen i ddweud gair drwg na chael fy nghrogi.'

Doedd dim modd dadlau yn erbyn hynny.

Am y tro cyntaf yn ei hoes, dychmygodd Siwsi ei hun yn farw. Wedi ei hanafu'n ddychrynllyd ac yn farw. Mor farw â phen mochyn yn siop y cigydd. Gydag afal yn ei geg. Pam roedden nhw'n rhoi afalau yng nghegau moch? Pam na fydden nhw'n defnyddio peli, neu dop pren, neu glychau Dolig? Os bydden nhw'n rhoi rhywbeth yn ei cheg hi, beth fydden nhw'n ei roi tybed? Er gwaetha'i hofn, roedd cwsg yn suo fel cacwn yn ei phen.

'Mi fydda dy bram dol di'n gwneud y tro,' meddai Dolly.

Roedd hynny'n hurt. Yn blydi hurt, fel byddai Dolly'n ei ddweud. Byddai'n rhaid iddyn nhw dorri ei gên hi'n gyntaf. Roedd o'n bram mawr ac roedd 'na orchudd ar ei ben.

'Fyddai o byth yn mynd i mewn,' meddai hi.

'Mynd i mewn i ble?'

'I 'ngheg i.'

Roedd Dolly'n benderfynol o lusgo Siwsi'n ôl o afael cwsg, a rhoddodd bwniad iddi yn ei hasennau.

'Am fy ngheg i rydan ni'n sôn,' meddai'n ffyrnig. 'Am gau fy ngheg i. Does arna i ddim eisiau bwyta dy hen bram di.' Dechreuodd chwerthin. 'Rwyt ti'n dwp, on'd wyt ti? Mae rhywbeth o'i le ar dy ben di, Siwsi wirion. Rho di dy bram i mi a wna i ddim dweud dim wrth y plismon da, caredig yfory.'

Wrth iddi suddo i afael cwsg cydiodd Siwsi yn yr hyn a swniai fel addewid euraid, annelwig bod cyfle i ddianc yn cael ei gynnig iddi. Byddai'n well ganddi gael ei stumog a'i phen a'i gwddw na phram doliau er mor hardd oedd hwnnw. Fe gâi Dolly hwnnw. Doedd hi ddim yn malio. Wel, doedd hi ddim yn malio llawer. A ph'un bynnag, fyddai'r pram ddim gan Dolly yn hir.

'Iawn,' cytunodd.

Roedd Dolly ar ben ei digon a phlygodd drosti a'i chusanu. 'Dio'ch fawr, Siwsi. Dio'ch fawr iawn i ti.' Dynwarediad diamheuol ond anfwriadol o Mami.

Taflwyd Siwsi oddi ar ei hechel a sychodd y gusan oddi ar ei boch.

Byddai Willie bob amser yn sychu cusanau i ffwrdd.

Willie mewn bocs ymhell bell i ffwrdd.

Willie yn siglo ar goeden afalau yn y nefoedd. Yn hel afalau i Iesu Grist.

Ta ta, Willie.

Gwthiodd Siwsi fawd Mwnci i'w cheg a syrthio i gysgu.

Amser brecwast fore trannoeth roedd Dadi'n gwisgo ei lifrai Llu Awyr. Roedd Siwsi wrth ei bodd yn ei weld yn ei wisg Pennaeth Sgwadron, ond byddai Dadi'n brysio i'w thynnu ac yn mynd o gwmpas y lle mewn trowsus melfaréd a siwmper yn ystod ei gyfnodau prin gartref o'r Llu Awyr. Câi Siwsi'r teimlad nad oedd Dadi'n hoffi'r rhyfel gymaint ag roedd Mami'n hoffi'r rhyfel – nid y byddai Mami'n dweud hynny, dim ond pefrio'n dawel a gwenu'n gyfrinachol er gwaetha'r boen yn ei chefn a'r ffaith bod yn rhaid i'w ffrind y doctor ddod yno'n aml i'w gwneud hi'n well. Roedd yn ddirgelwch i Siwsi pam nad oedd cefn Mami'n brifo pan oedd Dadi gartref. Efallai bod Dadi'n gwybod sut i'w gwella hi hefyd. Roedd o'n Dadi caredig, neis, gwerth y byd.

Gwenodd Siwsi'n gariadus arno ar draws y bwrdd brecwast wrth iddi fwyta ei thost.

Dduw mawr, ochneidiodd Norman wrth edrych arni. Pan mae cath fach annwyl yn dechrau dangos nodweddion teigr, beth ddylai dyn ei wneud? Estyn ei ddryll? Roedd Clare ac yntau wedi treulio oriau yn ystod y nos yn trafod strategaeth. Roedd eu caru a oedd fel rheol yn bwyllog, bleserus drosodd mewn ychydig funudau. Dichon bod cysgod Tolliston yn hofran yn ysbeidiol yn y cefndir, ond y ddrama ar ganol y llwyfan oedd yn bennaf cyfrifol.

Roedd Siwsi yn uffern o broblem.

Roeddech chi'n caru. Yn creu plentyn. Yn siwgr a sbeis a thresi euraid i gyd. Ac yna roedd hi'n gwneud rhywbeth fel hyn i chi – neu a bod yn fwy manwl, yn ei wneud i Willie bach.

Roedd wedi gofyn i Clare a oedd Siwsi wedi dangos tueddiadau treisgar cyn i Willie a Dolly gyrraedd. Hyd yma roedd Clare wedi cuddio'r gwir, yn yr un modd ag roedd llenni'r blacowt yn cuddio'r goleuni, ond nawr adroddodd y cyfan yn glir nes datgelu'r peryglon i gyd.

'Yn ei pharti pen-blwydd yn bump oed mi sticiodd hi fforc yn wyneb Jean Thompson am i honno ddiffodd y canhwyllau ar ei theisen hi. Bu'n rhaid i Jean gael tri phwyth.' Roedd hi'n sicr bod gwên lydan ar wyneb Norman yn y tywyllwch. 'Ie, mi wn i bod Jean yn blentyn atgas a bod ei rhieni hyd yn oed yn waeth – ond mae ganddi hi graith y gall pawb ei gweld.'

Aeth ati i sôn am sawl digwyddiad arall a diweddu gyda'r stori amdani'n gwthio bys Marjorie, merch wyth oed, i'r mangl am ei bod hi wedi bwyta dogn melysion Siwsi i gyd.

Roedd y cwbl yn eitha normal. Dyna'r math o beth y byddai plant yn ei wneud. Ond fydden nhw ddim yn mynd cyn belled â llofruddio. Drwy ras Duw, tybed? Efallai mai wedi bod yn anlwcus roedd Siwsi – hi gymaint â hynny'n rhy gryf a Willie gymaint â hynny'n rhy wan.

'Yr hyn sy'n gyffredin i'r cwbl, cyn belled ag y gwela i,' meddai Norman, 'ydy bod Siwsi wedi cael ei hamddifadu o'i mwnci, o'r cyfle i ddiffodd ei chanhwyllau, o'i melysion. Erbyn hyn mae hi wedi cael y mwnci felltith 'na yn ôl. Cymer ofal nad oes dim sy'n perthyn i Siwsi yn cael ei gymryd oddi arni. A gwna'n siŵr bod Dolly'n cael ei hanfon yn ôl i Birmingham rhag blaen.'

Dadl Clare oedd ei bod yn ddyletswydd foesol arni i gymryd ifaciwîs, a phe bai hi'n cael gwared ar Dolly y byddai rhywun arall yn dod i gymryd ei lle. 'A pha esgus alla i ei roi dros wrthod? Dweud y bydd fy merch i'n eu lladd nhw fesul un?'

Cytunodd y ddau mai doethach fyddai celu'r gwir, er mor effeithiol fyddai ei ddatgelu er mwyn osgoi'r drafferth ofnadwy o gael plant i ddieithriaid dan draed. Cadw'n dawel a bod yn wyliadwrus oedd yr unig ateb.

Cyrhaeddodd y Ditectif Arolygwr Humphreys a'r Rhingyll Pritchard am un ar ddeg o'r gloch. Ymlwybrodd yr Austin Seven hynafol yn drafferthus i fyny'r rhodfa at y tŷ gan adael cwmwl o fwg glas o'i ôl. Roedd Siwsi'n gyfarwydd â gweld y rhingyll ar ei feic, a chredai gyda chryn falchder ei fod wedi cael dyrchafiad i bedair olwyn o'i hachos hi. Dywedodd

Mami, a oedd wrthi'n brwsio gwallt Siwsi cyn rhoi rubanau pinc ynddo, rywbeth o dan ei gwynt na ddeallodd Siwsi. Yna clymodd y rubanau'n frysiog ac yn lled anniben a mwytho boch ei merch.

Roedd y plentyn yn edrych yn hardd, meddyliodd Clare.

Doedd Dolly ddim yn edrych yn ddrwg chwaith. Roedd hi'n gwisgo ruban glas tywyll ac roedd Clare wedi cael mwy o amser i'w glymu'n ddestlus.

Tra oedd hi'n twtio'r ddwy ferch fach ar gyfer y cyfweliad, roedd hi wedi gwneud ei gorau i'w cyflyru. Gair Norman oedd cyflyru ac roedd yn dechneg ddieithr iddi hi. Ond roedd yn dechneg addas. Yr union beth roedd ei angen. Gobeithiai y byddai'n gweithio. Damwain, meddai hi drosodd a throsodd – damwain, damwain.

Arweiniodd Norman y ddau blismon i'r ystafell fyw wedi i'r gloch gael ei chanu fwy nag unwaith ac iddo yntau sylweddoli mai ei le o oedd mynd i agor y drws. Roedd Sarah, y forwyn, newydd adael a mynd i weithio i ffatri arfau lle roedd y cyflog dipyn yn well. Roedd y rhyfel wedi achosi trafferthion domestig a newidiadau cymdeithasol oedd yn cymryd cryn amser i ddygymod â hwy.

Cyfeiriodd y ddau at y soffa flodeuog ger y ffenestr a'u hannog yn gwrtais i eistedd. Yna cynigiodd ddiod iddynt. Ni dderbyniwyd y cynnig.

Edrychodd y tri gŵr mewn lifrai ar ei gilydd mewn tawelwch am rai eiliadau. Roedd y ffaith ei fod yn rhan o'r gymuned yn gwneud i Norman deimlo'n eitha cartrefol. Roedd ei dad a'i daid a'i hen-daid wedi byw yn y pentref, ac er nad oedd hynny ynddo'i hun yn gwarantu derbyniad llwyr (roedd gwreiddiau'r teulu, genedlaethau'n ôl, yng ngogledd Lloegr ac nid yng Nghymru) roedd yn gryn gymorth. Roedd y ffaith bod y tŷ hwn wedi bod ym meddiant y teulu ers dwy genhedlaeth yn help hefyd. Roedd teuluoedd, fel adeiladau hynafol, yn dod yn rhan o'r olygfa. Wnâi hi mo'r tro i unrhyw un gicio'r sylfeini.

Dechreuodd Norman fynegi ei dristwch mewn geiriau oedd eisoes wedi eu paratoi ganddo, ac aeth yn ei flaen i ychwanegu rhai hanesion am natur feiddgar Willie. Ceisiodd awgrymu'n gynnil bod mannau megis slymiau Birmingham, yn arbennig mewn cyfnod o ryfel, yn magu gwytnwch ysbryd hyd yn oed mewn plentyn pedair blwydd oed. Roedd yn hen gyfarwydd â chael rhyddid ac â mynnu cael ei ffordd ei hun. Roedd hi'n amhosibl cadw llygad arno bob awr o'r dydd. Rhestrodd lu o fân ddamweiniau roedd Willie wedi eu goroesi ac aeth ymlaen i sôn am y ddamwain fawr angheuol. Doedd hi ddim yn hawdd cysoni'r ddamcaniaeth bod Willie bach – Willie'r dihiryn beiddgar – wedi swagro drwy strydoedd drylliedig Birmingham yn ddianaf ac yna wedi boddi mewn dwy droedfedd o ddŵr mewn pwll pysgod aur yng Nghymru – ond roedd yn rhaid iddo roi cynnig arni.

'Roedd o'n rhedeg yn wyllt ac mi syrthiodd a tharo'i ben yn galed.' Cododd Norman ei lais ryw gymaint wrth iddo sylwi ar Siwsi yn y drws. 'Fel y gall fy merch ddweud wrthoch chi.'

Cododd y ddau blismon wrth i Clare ddod i mewn i'r ystafell â'r ddwy ferch fach y naill ochr iddi. Er iddo dreulio oes yn gweithio fel plismon, roedd Sam Humphreys yn dal yn greadur digon calon-feddal, a chredai mai'r tair yma oedd y darlun pertaf a welsai ers tro byd. Roedd Mrs Moncrief, â'i gwallt brown yn cyrraedd hyd ei hysgwyddau, yn gwisgo ffrog las golau oedd yr un lliw yn union â'i llygaid anniddig, trallodus. Safai ei phlentyn, Susannah, yn ddwys wrth ei hochr, yn goflaid fach annwyl wedi ei gwisgo mewn pinc gyda rubanau o'r un lliw yn ei gwallt. Nid oedd y ferch fach arall mor drawiadol, er ei bod yn dwt a glân ac yn amlwg yn cael magwraeth Gristnogol. Y fam Brydeinig ar ei gorau a'i harddaf, meddyliodd Sam. Y funud honno ni allai hyd yn oed y fam Gymreig ragori arni, ac roedd hynny'n ddweud mawr.

Roedd y Rhingyll Pritchard yntau yn ddigon o ddyn i gael ei ddylanwadu gan yr olygfa ac i edmygu Peter Tolliston am dorri ei syched yn y pydew arbennig yma. Tybed, meddyliodd, a wyddai'r Pennaeth Sgwadron Moncrief am hynny. Teimlai beth cydymdeimlad ag ef. Roedd hon yn rhyfel felltigedig. Roedd wedi trawsffurfio bachgen ifanc digon hoffus â gradd mewn cyfrifeg, yn awyrennwr mewn lifrai ffansi (pam oedd o'n gwisgo'i lifrai heddiw, tybed?) a oedd yn brysur yn lladd a dinistrio tra oedd ei wraig yn ei dwyllo a'i ifaciwî yn cael ei foddi. Dyfalodd – yn gwbl gywir – beth oedd Clare Moncrief yn ei wneud tra oedd Willie Morton yn boddi, a chynyddodd ei gydymdeimlad â'i gŵr. Roedd wedi cenhedlu plentyn hyfryd, beth bynnag. Ac nid oedd unrhyw amheuaeth pwy oedd tad hon.

Gwenodd ar Siwsi.

Roedd hynny'n rhyddhad i Siwsi a gwenodd yn ôl arno.

Roedd Dolly mor annibynadwy â bom ar fin ffrwydo, ym marn Norman, ac roedd wedi bod yn chwarae â'r syniad o'i chadw o'r golwg tra byddai'r plismyn yno. Ond mae'n debyg y byddent eisiau cael gair â hi p'un bynnag ac ar y cyfan roedd yn well ei chael yno'n un o'r grŵp lle gallai glywed beth oedd ganddi i'w ddweud. Duw yn unig a wyddai beth allai hi ei ddweud pe câi hi ei chroesholi ar ei phen ei hun.

Croesholi?

Lol i gyd!

Dim ond sgwrs fach ddiniwed gyda dwy ferch fach.

Sylweddolodd ei fod yn dechrau chwysu.

Tynnodd Sam Humphreys baced o felysion o'i boced. 'Helô, Susannah,' meddai, 'oes arnat ti eisiau da-da?'

Daliwyd Siwsi rhwng blys ac ymdeimlad dwys, henaidd bod gofyn iddi droedio'n hynod ofalus a dweud y pethau iawn drwy'r amser, a phetrusodd. Dynion drwg oedd yn cynnig da-da i blant. Roedden nhw'n ddynion drwg am nad oeddech chi'n eu nabod nhw. Doedd hi ddim yn nabod y dyn yma. Roedd ganddo wallt gwyn ac roedd yn hen iawn. Roedd ganddo geg lac. Roedd y Rhingyll Pritchard yn ddyn da. Byddai'n reidio beic ac yn codi ei law arni pan fyddai'n ei gweld yn mynd am dro. Pe bai o wedi cynnig da-da iddi byddai wedi ei gymryd yn syth.

'Dim diolch,' meddai hi.

Cafodd yr Arolygydd ei synnu a chynigiodd y pecyn i Dolly.

'Dio'ch,' meddai Dolly gan gymryd dau, 'dio'ch fawr iawn.'

Ar ôl cael y camau rhagarweiniol o'r ffordd, eisteddodd Humphreys unwaith eto. Syllodd yn feddylgar ar Siwsi. Syllodd Siwsi'n ochelgar arno yntau. Roedd hi'n sicr y byddai hi wedi ei blesio'n well pe bai hi wedi cymryd da-da ac roedd hi'n genfigennus o Dolly a oedd wedi cael dau ac wrthi'n eu cnoi'n wancus.

'Mi fydda i'n hoffi cael da-da,' meddai hi, 'gan rywun rydw i'n nabod.'

Daliodd ei rhieni eu hanadl.

'Rydw i'n nabod Sarjant Pritchard,' ymhelaethodd. 'Mae o'n blismon da, caredig. Mae o'n dweud wrtha i faint o'r gloch ydy hi. Ac mae o'n dod o hyd i mi pan fydda i ar goll.'

Rhoddodd Sam Humphreys y paced melysion i'r rhingyll ac estynnodd yntau y paced i Siwsi.

'Diolch,' meddai Siwsi, gan gymryd un. 'Rydych chi'n garedig iawn.'

'Ac mae'n amlwg,' meddai Humphreys, 'dy fod ti wedi cael dy fagu'n ofalus iawn. Da iawn chi, Mrs Moncrief.'

Gwenodd Clare yn betrus. Tybed a ddylai hi egluro nad oedd Siwsi wedi ei anwybyddu'n fwriadol? Penderfynodd y gwnâi gwên y tro.

Eglurodd Norman, 'Y Ditectif Arolygydd Humphreys ydy'r gŵr bonheddig gynigiodd dda-da i ti, Siwsi. Mae o'n ddyn da. Yn blismon da, caredig.'

'Nid fel dynion drwg sydd isio tynnu dy nicars di i ffwrdd mewn cae,' meddai Dolly, a'i cheg yn llawn o daffi.

Gwridodd Clare.

Sylwodd Siwsi ac roedd hi'n flin iawn. 'Mae nicars yn air drwg.'

'Mae bod heb rai yn waeth.' Roedd Dolly wedi cyrraedd yn din-noeth o Birmingham ac yn siarad gydag argyhoeddiad.

Teimlodd Siwsi ias o ofn yn cydio yn ei stumog.

Tybiodd a oedd y da-da wedi cael ei wenwyno, ac yna penderfynodd nad oedd. Rhaff a chyllell fyddai'n cael eu defnyddio i ddial arni. A ph'un bynnag, roedd Dolly yn bwyta dau a doedd hi ddim mymryn gwaeth.

Dechreuodd y pedwar oedolyn siarad ar yr un pryd mewn ymdrech i ddod â'r sgwrs yn ôl i dir cadarnach, ac yna tawelu.

'Rydan ni wedi dod yma,' dechreuodd y Ditectif Arolygydd Humphreys, yn ei lais mwyaf pregethwrol, 'i geisio cael gwybod sut y bu farw'r bachgen bach Morton. Fe fydd cwest yn cael ei gynnal, wrth gwrs, ond mae'n rhaid cael gwybod yr amgylchiadau a arweiniodd at ei farwolaeth.' Yn ogystal â chynnal ambell oedfa ar y Sul pan nad oedd pregethwr arall ar gael yn lleol, roedd Sam yn athro ysgol Sul. Roedd yn chwarae rhan wahanol yn y swydd honno. Dechreuodd chwarae'r rhan honno nawr.

'Does dim byd yn fwy hyfryd,' meddai, 'na gweld plant bach diniwed wrthi'n chwarae. Beth oeddet ti a Willie'n chwarae, Susannah, cyn iddo foddi?'

Ni ddywedodd Siwsi air. Roedd hi'n meddwl yn galed. Beth oedd yn gêm dda i'w chwarae? Yn gêm saff, neis i'w chwarae? Yn y dosbarth derbyn roedd Willie'n mynd iddo, roedd 'na gêm am fyns mewn siop fara. Byddai chwe siopwraig fach yn prynu chwe bynsen gan chwe bachgen bach. Roedd yn ffordd dda i ddysgu rhifo. Oedd yn rhaid iddi fod yn gêm?

'Roeddech chi'n chwarae dal,' meddai Dadi'n bendant. 'Roeddet ti a Willie'n chwarae dal. Roeddet ti'n sefyll wrth y pwll a dyma Willie'n rhuthro i drio dy ddal di. Mi redaist ti i ffwrdd oddi wrtho ac mi syrthiodd yntau i'r pwll. Mi ddwedaist ti wrtha i. Wyt ti ddim yn cofio?'

'Nac ydw,' meddai Siwsi.

'A mi ddwedaist ti wrtha inna hefyd,' meddai Mami.

'Wnest ti ddim dweud wrtha i,' meddai Dolly.

'Hen gêm gas ydy chwarae dal,' meddai Siwsi. 'Fydda i ddim yn chwarae gêmau cas.'

Roedd mynd â Mwnci am dro yn ei phram doliau hardd yn gêm bach neis. Y pram roedd Dolly am ei hawlio cyn bo hir. Syllodd arni'n feddylgar tra oedd yn aros am ysbrydoliaeth.

'Roeddet ti'n eistedd yn dawel bach ar y gwellt yn dysgu Willie i ddarllen,' meddai Dolly. 'A mi oeddwn i'n eistedd yn y goeden lelos yn edrych arnoch chi.'

'Lelog – y goeden lelog,' cywirodd Siwsi hi, heb unrhyw awgrym o ddangos ei hun. Roedd Dolly, er ei holl wendidau, yn gallu meddwl yn gyflym.

Syllodd y plismon hynaf ar Dolly gyda diddordeb newydd. Doedd neb wedi sôn ei bod hi yn yr ardd ar y pryd. 'Felly, mi welist ti beth ddigwyddodd, Dolly?'

'Bob yn ail â darllen fy llyfr.'

Yn yr ychydig fisoedd roedd hi wedi bod yng Nghymru roedd Dolly wedi dysgu darllen yn hynod o dda.

'Hanes Winnie the Pooh,' meddai, wrth iddi synhwyro amheuaeth yr Arolygydd. 'Hen lyfr gwirion ydy o,' ychwanegodd. Rhai felly oedd y rhan fwyaf o'r llyfrau oedd yn y tŷ.

'Nac ydy,' gwrthododd Siwsi'r feirniadaeth yn ffyrnig.

'Ydy, mae o. A'r llyfr 'na am Alice hefyd. Syrthio i lawr twll cwningen, wir.'

'Mae rhai pobl *yn* syrthio,' dadleuodd Siwsi. 'Mi syrthiodd Willie.' Achub cam y stori oedd ei bwriad yn hytrach na llywio'r sgwrs yn ôl at y mater dan sylw.

Trodd yr Arolygydd ati unwaith eto. 'Wyt ti'n hoffi llyfrau, Susannah?'

'Weithiau.' (Oedd rhywbeth o'i le mewn hoffi llyfrau?)

'Ac roeddat ti'n dysgu Willie i ddarllen?'

'Oeddwn.'

'Roeddet ti'n eistedd ar y lawnt ar ddiwrnod braf yn ei ddysgu i ddarllen?'

'Oeddwn.'

'Beth wnaeth iddo fo godi a rhedeg i'r pwll?'

Meddyliodd Siwsi cyn ateb. 'Doedd o ddim yn hoffi dysgu darllen.'

'Felly dyma chi'n chwarae dal yn lle darllen,' torrodd Dadi i mewn i'r sgwrs yn gyflym.

'Os gwelwch chi'n dda!' Roedd yr athro ysgol Sul a'r pregethwr lleyg yn Dditectif Arolygydd unwaith eto. 'Mae'n rhaid i chi adael i'r plentyn ddweud pethau yn ei ffordd ei hun.' Gwenodd yn ffals ar Siwsi. 'Nawr te, Susannah, mi awn ni trwy'r stori unwaith eto. Roeddet ti'n dysgu Willie i ddarllen. Doedd o ddim yn hoffi dysgu darllen. Oeddet ti'n flin efo fo?'

'O, nac oeddwn! Roeddwn i'n caru Willie bach.' Cofiodd eiriau Dadi. 'Fel brawd.'

'Ond mae brodyr yn cael cweir,' meddai Dolly. 'Mi fyddwn i'n rhoi cweir iddo fo. Ond fydda Siwsi ddim, byth.' Teimlai nad oedd wedi dweud digon. 'Wnaeth hi mo'i guro fo pan wthiodd o ddail poethion i lawr ei ffrog hi. Wnaeth hi ddim rhedeg ar ei ôl o gwmpas y pwll na'i wthio i mewn, roedd hi'n neis efo fo. A wnaeth hi ddim eistedd ar ei ben o chwaith – a doedd na ddim swigod yn codi o'r dŵr, na dim pysgod yn trio mynd i mewn i'w glust o. Tasa 'na bysgodyn wedi mynd i'w glust o, mi fasa hi wedi ei sathru fo efo'i sandal. Fasai hi ddim yn gadael i bysgodyn frathu Willie – mwy na fasa hi'n ei foddi o.'

Dyma'r araith hwyaf roedd Dolly wedi ei rhoi yn ei bywyd ac roedd hi'n bur falch o'i pherfformiad. Roedd lliw mefus hyfryd ar y pram. Tybed fyddai Siwsi'n gadael iddi gael y gobennydd gyda'r brodwaith arno hefyd? Gwenodd y ddwy ferch fach ar ei gilydd gyda dealltwriaeth oedd yn ymylu ar fod yn gariadus.

Siwsi oedd y gyntaf i ddod yn ymwybodol o'r awyrgylch rewllyd. Roedd Mami'n sefyll fel colofn o halen yr un fath â'r ddynes honno yn y stori ryfedd yn y Beibl. Edrychai Dadi fel pe bai'n fwy na pharod i dorri pen Dolly i ffwrdd a'i osod ar bicell. Roedd y wên wedi cilio o lygaid Sarjant Pritchard, ac edrychai'r plismon hŷn yn hynod o faleisus.

'Siwsi,' meddai, gan ddefnyddio ei henw anwes gyda rhyw dynerwch twyllodrus, 'wnest ti redeg ar ôl Willie a'i yrru i'r pwll ac yna'i foddi?'

'O, na!' meddai Siwsi, 'Na, na, na!' Nid ateb y cwestiwn roedd hi, ond doedd dim modd i'r Arolygwr wybod hynny. Ymwrthod â marwolaeth roedd hi – ei marwolaeth hi ei hun. Ac yna, fel haul yn ymddangos drwy gymylau duon, stormus, cofiodd a dechrau wylo mewn rhyddhad.

'Maen nhw wedi'u tynnu nhw,' ochneidiodd. 'Maen nhw wedi mynd â'r rheilins i ffwrdd. Maen nhw wedi eu llifio nhw i ffwrdd a mynd â nhw mewn lorri i ffatri i wneud awyrennau er mwyn i beilotiaid mawr dewr fel Dadi hedfan i'r Almaen achos bod 'na hen ryfel gas a phobl yn cael eu lladd – mae miloedd o bobl yn cael eu lladd drwy'r amser.'

Rhedodd at ei thad a neidio ar ei lin. Fyddai Dadi byth yn gadael i ddim byd ddigwydd iddi. Mi fyddai ei phen hi'n iawn, ond beth am ei stumog a'i gwddw? Os bydden nhw'n ei rhoi hi mewn bocs yr yn fath â Willie, mi fyddai rhaid iddyn nhw roi pob rhan ohoni ynddo – ei phen a'r cwbl.

Anwesodd Dadi hi. 'Dyna ni, 'mach i. Wrth gwrs na wnest ti ddim byd i Willie. Rydan ni i gyd yn gwybod hynny.'

Roedd ei gwadu wedi bod yn orchestol. Yn odidog o ddramatig. Ac i ragori ar y cyfan, dechreuodd Clare wylo'n dawel.

Gwych.

Rhagorol.

Ond beth oedd y busnes 'na am y rheilins? Nid bod hynny o unrhyw bwys.

Edrychodd Norman ar Humphreys ac yna ar Pritchard a gwyddai bod y frwydr wedi ei hennill. Roedd ei lifrai'n ychwanegu at effaith ddramatig yr olygfa. Roedd ei gwisgo wedi bod yn benderfyniad doeth. Rhaid i ni beidio â gwneud môr a mynydd o hyn i gyd, dyna oedd yr awgrym ym mherfformiad disglair Siwsi. Mae 'na ryfel i'w hennill, foneddigion. Mae un ifaciwî bach wedi cael damwain. Wel, roedd pethau felly'n digwydd. Ond rydw i'n fach a diniwed ac yn chwe blwydd oed.

Estynnodd ei hances a dechrau sychu dagrau Siwsi. Edrychai Dolly ar y cyfan yn gwbl ddigyffro.

Cododd y ddau blismon a pharatoi i ymadael.

'Mae'n wirioneddol ddrwg gen i os ydyn ni wedi peri trallod i'r ferch fach,' meddai Humphreys. A hyd yn oed yn fwy drwg, meddyliodd, os ydyn ni wedi peri trallod i'w mam.

'Popeth yn iawn,' meddai Norman yn oeraidd.

'Fydd arnoch chi eisiau siarad â hi eto?' sibrydodd Clare drwy blygion ei mymryn hances sidan.

Atebodd Humphrey na fyddai unrhyw alw am hynny. Penderfynodd dderbyn datganiad Moncrief. Roedd yn amlwg bod y plentyn mewn dryswch llwyr. Pwy feddyliai y byddai colli'r rheilins o flaen y tŷ yn poeni cymaint arni? Pe bai hi'n euog fyddai dim byd ond y drosedd ar ei meddwl. Trosedd? Euogrwydd? Plentyn chwech oed? Roedd yr holl beth yn ffolineb llwyr. Ifaciwî bach gwyllt – y ddau'n chwarae dal. Dyna'r cwbl. Wrth gwrs. Beth arall allai fod wedi digwydd?

Estynnodd y bag da-da o'i boced a'i wthio i ddwylo Siwsi. 'Dyna ni,' meddai, 'dyna ni bach, mae popeth yn iawn.'

Popeth yn iawn? meddyliodd Siwsi mewn syndod. O ddifri? Does dim gwahaniaeth am Willie? Rydych chi'n gwybod beth ddigwyddodd a does dim gwahaniaeth gennych chi?

Wrth lwc, fe gadwodd hi ei meddyliau iddi hi ei hun. Cuddiodd ei hwyneb yn erbyn brethyn glas y lifrai hardd ar ysgwydd Dadi a gadael i'w dagrau lifo tra oedd Mami'n mynd â'r plismyn annwyl, caredig, maddeugar at y drws.

Cyrhaeddodd nain Dolly a Willie ar y trên prynhawn. Roedd hi wedi dioddef ergydion bywyd drwy ei hoes ac wedi hen galedu. Doedd dim tegwch cnawd nac ysbryd yn perthyn iddi, ond roedd hi'n gwybod sut i oroesi. Credai bod yr Arglwydd yn rhoi – er cyn lleied – a'i fod yn hawlio'r hyn a roddai yn ôl. Dychmygai weld Willie ym mynwes yr Arglwydd a thri o'i hwyrion eraill yn gwmni iddo, ac roedd hi'n derbyn y drefn. Roedd hi wedi rhoi'r gorau i gwestiynu pethau ers blynyddoedd maith – ar wahân efallai i'r pwll pysgod aur. Roedd rhywbeth yn wrthun mewn cael pwll pysgod aur a'r wlad mewn cyfnod o ryfel. Allai neb fwyta pysgod aur. Roedd yn rhaid *bwydo* pysgod aur. Safodd yno'n benisel yn syllu ar y pwll, a Clare a Norman yn anesmwytho wrth ei hochr. Roedd y gollyngdod yn dilyn ymweliad y ddau blismon wedi cilio a theimlad o gydymdeimlad gonest ond gochelgar wedi cymryd ei le. Roedd hon yn berthynas gwaed. Roedd hon yn teimlo'r golled yn wirioneddol.

'Mae hi'n wirioneddol ddrwg gennym ni,' meddai Clare am yr ail neu'r drydedd waith. 'Yn ddrwg iawn, iawn gennym ni.'

'Damwain drychinebus iawn,' ychwanegodd Norman.

Fel llawer o bobl oedrannus, drwm eu clyw, roedd Nain Morton yn cynnal sgwrs yn ei meddwl ac ambell air yn llithro oddi ar ei thafod o bryd i'w gilydd fel siffrwd dail hydrefol.

Gwnaeth Clare ei gorau i ddeall geiriau'r hen wraig gan feddwl mai sibrwd rhyw weddi roedd hi – er y gallai dyngu bod y geiriau pysgod a bwyd yn rhan o'r truth. Wyddai hi ddim beth i'w ddweud a bodlonodd ar fwmial 'Amen'.

Ffwndrodd Nain Morton wrth sylweddoli bod ei sisial wedi dianc o barlwr cloëdig ei meddwl a chyrraedd clust y byd, a cheisiodd guddio ei dryswch drwy ddweud mewn llais uchel, 'Tydi'r hen ryfel 'ma'n ddiflas?' Dyma oedd ei hoff ddywediad ac roedd yn addas ar bob achlysur – yn arbennig yr un presennol. Oni bai am yr hen ryfel yma byddai Willie'n dal i fyw gyda'i rieni yn Birmingham. Roedd marwolaeth ei dad a'i fam yn llawer mwy o drychineb na marwolaeth Willie bach. Pan oeddech chi'n dair ar ddeg a thrigain oed roedd arnoch chi angen eich mab a'i wraig i esmwytho tipyn ar hynny o flynyddoedd oedd yn weddill i chi. Roeddech chi'n galaru oherwydd yr hyn oedd wedi digwydd i Willie bach, wrth gwrs, er ei fod o wedi bod yn faich ychwanegol ar eich ysgwyddau. Roedd hi wedi colli nosweithiau o gwsg yn gofidio beth fyddai'n digwydd iddo fo a Dolly ar ôl ei dyddiau hi. Doedd hi erioed wedi dychmygu mai dyma fyddai'r ateb – yn wir, roedd wedi bod yn gryn sioc iddi.

Edrychodd i fyny i'r awyr. 'Trwy ddirgel ffyrdd,' meddai hi, 'mae'r Uchel Iôr yn dwyn ei waith i ben.'

Gwenodd Clare yn betrus ar Norman gan deimlo rhyddhad dirfawr o ddeall mai'r Bod Mawr oedd yn cael ei feio. Gwenodd yntau'n drist arni a'i ollyngdod yn amlwg. Lwc bod yr hen greadures mor fyddar. Byddai beth bynnag y digwyddai Siwsi – neu Dolly – ei ddweud yn mynd heibio iddi heb beri unrhyw niwed. Wel, gobeithiai hynny o leiaf. Byddai'n rhaid cynnig iawndal o ryw fath i'r hen wraig. Cadw Dolly yn rhan o'r teulu a gwneud eu gorau drosti oedd yr unig beth y gallai feddwl amdano. Gallai hynny fod yn beryglus, ond doedd ganddo ddim dewis arall. Byddai cynnig rhodd ariannol iddi, er ei bod yn amlwg y gallai wneud â'r arian, yn rhy debyg i arian cydwybod. Allai neb roi dehongliad ysgeler o'r fath ar fasgedaid o fwyd y farchnad ddu, fodd bynnag.

Roedd digonedd o fenyn a chig moch ac wyau ar gael yn ffermydd yr ardal. A mater bach fyddai ennyn cydymdeimlad ymhlith amaethwyr lleol. Gallai'r hen dlawd ddychwelyd i Birmingham yn drymlwythog o anrhegion.

Yn y cyfamser roedd yn rhaid wynebu'r cwest y prynhawn hwnnw – ac yna'r angladd.

Er bod Nain Morton yn hen gyfarwydd â mynychu angladdau, doedd hi ddim wedi bod mewn cwest o'r blaen. Eisteddodd drwy'r gweithgareddau yn hanner cysgu ar ôl bwyta cinio trwm ac ni chlywodd air o'r hyn a ddywedwyd. Ar y diwedd hysbyswyd hi gan Clare, a oedd yn wên o glust i glust, mai marwolaeth drwy ddamwain oedd y ddedfryd ond, wrth gwrs, roedd hi'n gwybod hynny drwy'r amser. Allai hi ddim deall pam roedd Clare yn edrych mor foddhaus. Roedd y Pennaeth Sgwadron yntau'n ymddangos yn ddigon bodlon hefyd, ond nad oedd yn gwneud hynny mor amlwg. Roedd yn flin ganddo na allai aros am ddiwrnod neu ddau arall ar gyfer yr angladd, meddai wrthi, ond roedd yn rhaid iddo fynd yn ei ôl i'r gwersyll. 'Tydi'r hen ryfel 'ma'n ddiflas?' meddai hithau gan ei esgusodi, a chytunodd yntau. Cafodd fflach ddisglair o weledigaeth i gymeriad yr hen wraig a gwthiodd botel fechan o jin i'w llaw – iddi gael diferyn bach yn ei gwely pe bai hi'n cael trafferth i gysgu. 'I foddi 'ngofidia,' meddai hithau gan roi ei dehongliad ei hun ar y rhodd.

Gwgodd Dolly, a oedd wedi bod yn dyst o'r rhodd lechwraidd, mewn anghymeradwyaeth. Fyddai teulu crach Siwsi byth yn meddwi – neu o leiaf byddent yn gwneud hynny'n barchus. Fydden nhw ddim yn eistedd yn eu gwelâu ganol nos yn canu 'Abide With

Me' ac yna'n torri'r pot piso wrth faglu ar ei draws yn y tywyllwch. Gwridodd wrth iddi glywed Clare yn mynd â'i Nain i'r ystafell ymolchi i gymhennu tipyn arni. Aeth Siwsi, a oedd wedi cael ei deffro gan y sŵn, i weld beth oedd yn digwydd. Yr unig nain roedd hi wedi ei hadnabod erioed oedd Nana, mam Mami. Byddai Nana'n gwisgo gwallt gosod i guddio'r mannau moel ar ei chorun, a chyn mynd i'r gwely byddai'n rhoi ei dannedd mewn bowlen wydr gyda chaead arni. Byddai'n ymolchi â sebon clir *Pears* ac yn defnyddio hufen *Oatine* i lanhau ei chroen bob nos. Gwisgai goban wen gynnes gyda les ar y gwddw a'r llawes ac roedd ei thraed yn lân. Roedd arogl hyfryd arni.

Roedd Nain Morton yn wahanol.

Heb i Mami, a oedd yn rhy drallodus i sylwi (pam ddiawl roedd Norman wedi ymddwyn mor lloerig?), ei gweld, sylwodd Siwsi ar yr holl wahaniaethau ac yna aeth i ystafell wely Dolly i'w rhestru.

Eisteddodd ar droed y gwely yn y tywyllwch a lapio'r cwrlid plu amdani.

'Does dim rhaid i fy nana i gael ei hymolchi.'

Ddywedodd Dolly yr un gair.

'A fydd hi ddim yn gwneud petha gwirion ganol nos.'

Gwingodd Dolly a gwthio ei hun yn is yn y gwely.

'Yn yr eglwys y bydd Nana'n canu emynau. A fydd hi byth yn gorfod cael plastar ar ei phen-ôl.'

Chwarddodd Dolly er gwaetha'i chywilydd. Gobeithiai'n arw y byddai ei nain yn hel ei thraed yn ôl i Birmingham yn syth ar ôl yr angladd yn hytrach nag aros yma i gambyhafio. Doedd mam Siwsi ddim wedi rhoi'r driniaeth lladd llau iddi – a mater o raid oedd y bàth heno – ond roedd hi wedi rhoi cynfas rwber ar y gwely pan oedd hi'n meddwl nad oedd neb yn ei gweld. Roedd Nain, yn nes ymlaen, wedi ei thynnu i ffwrdd a'i chuddio yn y wardrob.

Roedd Nain wedi cael ei thramgwyddo. 'Beth mae hi'n feddwl ydw i?' gofynnodd i Dolly. 'Ydy hi'n meddwl nad ydw i ddim yn gallu dal fy nŵr?'

'Dydy matresi ddim yn tyfu ar goed,' atebodd Siwsi gan beri cryn ddryswch iddi.

Mae'n wir mai â Nain roedd perthynas waed Dolly, ond tueddu i deneuo mae gwaed nad yw'n cael ei feithrin yn foddhaol. Perthynas wedi ei meithrin gan amgylchfyd cysurus oedd ei pherthynas â Clare. Yn Birmingham roedd llygod mawr yn yr adeilad lle roedd hi'n byw; yma doedd dim byd gwaeth na hamster bach dof. Doedd bara a margarîn a saim yn ddim i'w gymharu â phantri llawn Clare. Yn Birmingham roeddech chi bron â llwgu ar brydiau ac yn aml yn fferru yn yr oerfel. Roedd yr Almaenwyr yn gollwng bomiau ar eich pen. Yma roedd eich brawd bach yn boddi mewn pwll pysgod aur, ond roeddech chi'n gynnes ac yn cael llond bol o fwyd ac roedd 'na rosynnau melyn ar eich coban. Roedd llofrudd bach benfelen yn eistedd ar eich traed ar waelod y gwely, ond roedd y gwely mewn tŷ hardd gyda gardd hardd . . . a phwll pysgod ynddi. Gallai ddod i ben â'r pwll. Gallai ddod i ben â Siwsi. A heddiw roedd Siwsi wedi rhoi ei phram bach pinc yn anrheg iddi. Fel roedden nhw wedi trefnu.

'Wyt ti am fynd yn ôl efo dy nain?' holodd Siwsi'n obeithiol gan dreiddio i ganol ei meddyliau.

'Dim ffiars o beryg!' atebodd Dolly'n ffyrnig. 'A symud dy din fawr oddi ar fy nhraed i!'

Peth annoeth, penderfynodd Clare, fyddai gadael i Siwsi fynd i'r angladd – yn wir byddai'n brofiad rhy arteithiol iddi. Roedd hi rhwng dau feddwl a ddylai Dolly fynd, ond doedd ganddi ddim dewis pan fynnodd Nain Morton mai yno roedd ei lle hi. Fyddai'r gwasanaeth ddim yn arteithio cydwybod Dolly. Roedd ei chydwybod hi'n berffaith dawel. Ond roedd cydwybod Siwsi y tu hwnt i amgyffred Clare. Pan oeddech chi mor ifanc â Siwsi, mae'n bosibl nad oedd gennych chi un hyd yn oed. Cofiodd am ei phlentyndod Catholigaidd hi ei hun. Roedd hi wedi mynd i gyffesu am y tro cyntaf pan oedd hi'n saith oed – yn saith oed roedd disgwyl i chi wybod. A hithau'n ddim ond chwech oed, mae'n amlwg nad oedd Siwsi'n gwybod dim. A chyda pheth lwc ddôi neb arall i wybod chwaith.

Roedd yn wasanaeth hynod o deimladwy. Wylodd pawb, gan gynnwys Clare.

Daeth Siwsi, a oedd wedi bod yn cael ei gwarchod gan gymdogion, adref mewn pryd ar gyfer y te cynhebrwng. Roedd y bwyd wedi ei osod ar fwrdd yr ystafell fwyta. Plateidiau o ham a salad a dysglau bach gwydr yn llawn o ffrwythau ffres a hufen. Estynnodd Mami ei bwyd iddi'n oeraidd, bron fel pe bai'n ei chasáu, a theimlai Siwsi groen gŵydd yn codi ar ei breichiau a'i choesau. Yr unig berson a gymerodd unrhyw sylw ohoni oedd y Parchedig Daniel Edwards, gweinidog y Bedyddwyr. Cododd hi ar ei lin a phlicio afal iddi a'i dysgu i gyfrif yn Gymraeg. Roedd arogl baco ar ei wynt ac roedd ei benliniau'n esgyrniog fel esgyrn ffowlyn ar blât cinio, ond pan oeddech chi ar goll ar eich pen eich hun mewn anialwch roeddech chi'n barod i groesawu unrhyw ddieithryn a ddigwyddai ddod o hyd i chi. Bwytaodd ei hafal yn llednais gan ogwyddo'i phen yn wylaidd ac ymdrechu i ymddangos fel pe bai'n ei mwynhau ei hun. 'Rwyt ti'n ferch fach annwyl,' meddai wrthi, 'yn ferch fach annwyl dros ben.' Er i Mami glywed ei eiriau, ni wnaethant lawer o argraff arni. Un fechan iawn oedd yr arch – ac roedd y bedd yn hynod o ddwfn. Efallai y dylai Siwsi fod wedi mynd i'r angladd wedi'r cwbl. Efallai y dylid bod wedi ei llusgo yno a'i gorfodi i edrych.

Drannoeth yr angladd dechreuodd Clare bryderu y byddai Nain Morton yn penderfynu aros gyda hi. Doedd gwneud iawn am bechodau arswydus eich epil hyd yn oed ddim yn ddigon o gyfiawnhad dros orfod dioddef ymweliad annerbyniol am gyfnod amhenodol. Fodd bynnag, doedd dim rhaid iddi bryderu. Roedd cryn wahaniaeth rhwng gwerthoedd Nain Morton a rhai Clare. Roedd yr awyrgylch grachaidd yn fwy nag y gallai hi ddygymod ag ef. Roedd dillad claerwyn y gwely fel pe baent yn ei herio i'w difwyno. Gartref roedd y gwely pantiog, cysurus, digynfas a'i blancedi carpiog yn ei denu i freichiau cwsg fel cofleidiad hen ffrind annwyl, anniben. Roedd y bwyd yma'n ardderchog ac roedd digon ohono, ond pe bai hyd yn oed y tamaid lleiaf yn glynu yn y twll yn yr unig ddant oedd ganddi'n weddill, roedd rhaid ei ddioddef yn boenus foesgar. Gartref byddai'n gwthio'i bys i'w cheg ac yn ei dyrchu allan. Roedd rhyw gysur mewn bod yn aflednais ac yn fudr ac mewn canu emynau meddw i Dduw oedd yn eistedd yn rhywle uwchlaw awyrennau'r Almaen yn cyfeirio'r bomiau i ben eu teithiau apwyntedig. Cred ddiysgog Nain Morton oedd bod troeon yr yrfa wedi eu rhagluniaethu. Roedd hi'n berffaith sicr mai parhau i fyw yn slymiau Birmingham fyddai ei thynged hi, yng nghanol ffrindiau fyddai'n mynd gyda hi i'r lloches i guddio rhag y bomiau ac yn estyn help llaw iddi efo'i dogn bwyd pan fyddai galw. Ar y cyfan, roedd pobl nad oedd ganddynt lawer i'w roi yn ddigon parod i rannu. Roedd hi'n gymuned oddefgar, arw ond craff. Roedd gweld bod Dolly mor awyddus i'w gadael a dod yn rhan o'r gymuned hon yn ei rhyfeddu. Ei bwriad oedd mynd â hi adref i'w chanlyn os oedd hi'n fodlon, ond roedd ei hanfodlonrwydd yn rhyddhad iddi. Byddai'n rhaid iddynt wahanu am byth rywbryd yn y dyfodol ac mae'n siŵr bod Duw yn gwybod beth oedd o'n ei wneud. Doedd Mrs Moncrief ddim yn cydymffurfio â'i darlun hi o fam ddelfrydol, ond doedd Nancy, mam Dolly, ddim wedi gwneud hynny chwaith. Bechod nad oedd Mrs Moncrief yr un siâp a'r un maint â Nancy. Roedd y got aeaf roedd hi wedi ei chynnig iddi yn llawer rhy fach ac roedd hi'n gwisgo'r esgidiau rhyfeddaf. Ond er mwyn dangos arwydd o gwrteisi cyn troi am adref, penderfynodd y byddai'n eu gwisgo i fynd cyn belled â'r orsaf ac yna'n rhoi ei hen fflachod yn ôl ar ei thraed ar ôl cyrraedd y trên. Roedden nhw'n esgidiau lledr da a châi hi fawr o drafferth i gael swllt neu ddau amdanynt.

Roedd yr orsaf ychydig dros chwarter milltir i ffwrdd, ar hyd ffordd droellog a llwyni drain a gwyddfid bob ochr iddi. Pensynnai'r bryniau llwydaidd mor drymaidd â chapeli Calfinaidd yng ngwres yr haul. Ymfalchïai Dolly yn y pram pinc a oedd bellach yn eiddo iddi, gan ei wthio'n hapus i lawr y ffordd. Ynddo roedd bag clwt mawr yn llwythog o gynnyrch fferm gan gynnwys dwsin o wyau wedi eu lapio'n ofalus mewn siwmper angora. Roedd ei nain a mam Siwsi yn cerdded yn araf y tu ôl iddi – a'u cyflymder, neu eu diffyg cyflymder, yn cael ei benderfynu gan faint y gwasgu ar gyrn Nain. Ceisiai Siwsi gelu ei dicter brwd am nad oedd y pram yn eiddo iddi mwyach drwy ganu rhigymau Saesneg atgas am lofruddiaeth robin goch ac am gath mewn ffynnon. '*Who saw him die?*' cwafriai. '*I, said the fly, with my little eye.*' Sylwodd ar wyneb cuchiog Mami a sgipiodd yn ei blaen a dechrau casglu blodau. Ond daliodd ati i ganu, '*Ding – dong – bell – pussy down the well. Who pushed him in? Little Tommy thin . . .*'

Gallai Nain Morton glywed y canu er na ddeallai'r geiriau, ac roedd y cuwch ar wyneb Mrs Moncrief yn ddirgelwch iddi. Efallai bod arni ofn y byddai'r wyau yn torri yn y siwmper angora ac yn ei difetha. Efallai ei bod yn teimlo mai ei merch hi ddylai fod yn gwthio'r pram. Roedd Dolly wedi dweud mai hi oedd piau'r pram nawr – anrheg, meddai hi. Os oedd hi'n credu hynny, mae'n rhaid bod ei hymennydd hi'n dechrau meddalu. Dyna ddrwg byw mewn lle fel hyn – roeddech chi'n dechrau gweld y byd y tu allan fel rhywbeth yn y pictiwrs. Roedd popeth yn afreal. Roeddech chi'n rhoi'r gorau i gymryd unrhyw sylw ohono. Roeddech chi'n ymlacio'n gynnes braf yn sedd foethus y sinema. Ac yn y diwedd roeddech chi'n syrthio i gysgu.

Dechreuodd Nain feddwl am yr holl ffilmiau yr oedd hi wedi eu gweld. Edrychai Siwsi yn union yr un fath â Shirley Temple. Gallai Dolly, er ei bod hi'n lân, fod yn un o aelodau '*Our Gang*'. Câi olchi ei gwallt unwaith yr wythnos a châi fàth bob nos, ac er hynny roedd hi'n awyddus i aros. Wel, pob lwc iddi hi.

Roedd hi'n sibrwd ac yn mwmian ac yn tuchan ac yn melltithio ei hesgidiau ac, o bryd i'w gilydd, yn bytheirio ynglŷn â'r rhyfel ac yn cwyno ei bod hi'n chwys diferol a bod arni ofn y byddai'n colli'r trên. Roedd yr un ofn yn brawychu Clare a dechreuodd redeg pan welodd y trên yn aros yn yr orsaf. Un o fanteision byw mewn pentref bychan oedd y gallai atal y trên rhag cychwyn tra oedd hi'n llwytho'r hen wraig i mewn iddo. Gyda chymorth y porter, a oedd hefyd yn bennaeth yr orsaf, gwthiwyd Mrs Morton i mewn i un o'r cerbydau a'i bagiau ar ei hôl.

'Rho gusan i dy Nain,' gorchmynnodd Clare, ond ni chymerodd Dolly na Nain unrhyw sylw.

'Rhowch glewtan iawn iddi, os na fydd hi'n byhafio,' meddai Nain yn serchog, gan ryddhau ei thraed dolurus yn ofalus o afael yr esgidiau arteithiol. Roedd hi'n falch o gael troi tuag adref i ganol drewdod ac aflendid Birmingham. Yma roedd hyd yn oed yr orsaf yn lân. Codai'r stêm o'r injan fel trochion sebon i'r awyr las. 'A Dolly, paid ag anghofio glanhau dy ddannedd,' ychwanegodd gyda chyffyrddiad annisgwyl o hiwmor chwerw. Cestyll ifori oedd yr enw hurt ar ddannedd yn y rhan yma o'r byd. Roedd hi'n teimlo bod y bwlch rhyngddi hi a Dolly yn fwy hyd yn oed na'r bwlch rhyngddi hi a Willie. O leiaf, roedd o wedi mynd i fynwes yr Arglwydd fel roedd hi'n ei gofio – â'i drwyn yn rhedeg fel erioed.

Plygodd allan drwy'r ffenestr a rhedeg ei llaw arw drwy wallt Dolly. Sylwodd ar Siwsi yn camu'n ôl yn frysiog rhag iddi hithau gael yr un driniaeth. Plentyn bach rhyfedd oedd honna. Dylai ei mam roi'r gorau i'w llenwi ag olew iau penfras a brag. Roedd hi'n rhoi'r un stwff i Dolly hefyd, ond doedd hynny'n gwneud dim gwahaniaeth. Un fain fel styllen oedd Dolly. Ac un fain fyddai hi byth.

At Clare y cyfeiriwyd ei geiriau olaf wrth i'r trên gychwyn. 'Pysgod aur,' meddai hi, 'does dim synnwyr yn y peth. Mae'ch cynfas rwber chi yn y wardrob. Pob bendith.'

Methodd Clare feddwl am ateb synhwyrol a chwifiodd yn fud wrth wylio'r trên yn diflannu yn y pellter.

Dechreuodd y cysgod oedd wedi ei llethu ers marwolaeth Willie gilio ryw ychydig. Roedd popeth wedi gweithio'n iawn. Mewn amser, mae'n debyg y llwyddai i'w pherswadio ei hun mai damwain a dim arall oedd y cyfan. A hyd yn oed os nad oedd yn ddamwain, gweithred fyrbwyll yn hytrach nag un fwriadol oedd hi. Roedd hi wedi adweithio'n warthus wrth gasáu Siwsi ar ôl yr angladd. Dim ond plentyn bach oedd Siwsi. Y rhan fwyaf o'r amser roedd hi'n blentyn bach da. Pe bai hi'n blentyn cas, cecrus, dialgar byddai'n codi helynt ynglŷn â'r pram roedd Dolly'n ei wthio. Roedd hi wedi gadael iddi ei wthio yr holl ffordd i'r orsaf a nawr roedd hi'n gadael iddi ei wthio yr holl ffordd yn ôl. Efallai bod yn edifar ganddi am yr hyn roedd hi wedi ei wneud. Wrth gwrs roedd hi'n edifar. Rhoi benthyg ei phram i Dolly oedd ei ffordd hi o ddangos hynny.

Estynnodd ei llaw'n gymodlon at Siwsi. 'Gafael yn llaw Mami, cariad – tra bydd Dolly'n gwthio dy bram di.'

Gwrthododd Siwsi'n gwrtais. Dechreuodd ganu unwaith eto, yn araf a galarus. '*Three blind mice . . .*

see how they run . . .' Rhedodd heibio i Dolly nes cyrraedd y tro ar ben yr allt. '*Cut off their heads with a carving knife.*' Tawelodd am ychydig. '*Cut off their tails with a carving knife.*' Roedd pennau'n well. Allai neb eu sticio ar reilins pan oedd y reilins wedi cael eu tynnu i lawr. Yn y pellter gallai weld fan werdd Ifans Bara yn dod i lawr y ffordd tuag atynt. Roedd Ifans Bara'n ddyn neis. Roedd o wedi rhoi bynsen yn anrheg iddi y Pasg diwethaf. Roedd o wedi rhoi un i Dolly hefyd. Ddylsai o ddim bod wedi rhoi un i Dolly. Doedd Dolly ddim yn perthyn yma. Roedd hi wedi dod yma ac roedd hi'n hawlio pethau.

Dechreuodd redeg yn ôl i lawr yr allt at Dolly a'r pram pinc. '*Did you ever hear such a thing in your life*,' rhuodd nerth ei phen, '*as three blind mice?*'

Roedd dwylo bach cadarn Dolly yn cydio'n dynn yn y pram wrth i Siwsi ei chyrraedd. Fel anifail gwyllt wedi ei gornelu, teimlai Dolly ei chalon yn curo'n gyflymach a'r blew ar ei gwegil yn codi wrth iddi ei pharatoi ei hun. Erbyn hyn roedd y fan wedi troi'r gornel ac yn dynesu'n fawr a bygythiol ar gryn gyflymder. Amserodd Siwsi ei rhuthr yn berffaith wrth iddi hyrddio am Dolly i'w gwthio i lwybr y fan, ond roedd amseru Dolly yn well byth a throdd ar ei sodlau. Ceisiodd yn ofer i ddal ei gafael yn y pram. Brawychwyd Ifans Bara wrth weld plentyn ar fin cael ei ladd – trodd drwyn y fan yn erbyn rhywbeth pinc a'i falu'n yfflon, ac yna collodd bob rheolaeth ar y fan a chwalodd honno'r clawdd isel a mynd ar ei phen yn erbyn hen dderwen lydanfrig. Ffrwydrodd y tanc petrol a llamodd fflamau ugain troedfedd i'r awyr rhwng y brigau.

Gallai Siwsi arogli bara'n llosgi – neu efallai mai

Ifans Bara oedd yn llosgi. Gallai ei weld yn dal i eistedd yn sedd y gyrrwr, hanner ffordd i fyny'r goeden. Roedd cyn ddued â Guto Ffowc mewn coelcerth. Ac yna trodd i chwilio am ei phram a'i weld yn chwilfriw ar yr allt. Ond roedd Dolly yno o hyd a doedd hi ddim gwaeth. Eisteddai yn y ffos yn rhythu arni. 'Rwyt ti wedi malu fy blincin pram i,' oernadodd. 'Beth oedd ar dy ben di, yr ast wirion?' Yna trodd ac edrych i fyny ar y dderwen wenfflam. ''Rarglwydd mawr!' meddai hi.

Dechreuodd Clare, a oedd wedi gwylio'r cyfan yn fud, fynd i sterics glân. Chwarddodd yn ynfyd a'r dagrau'n llifo i lawr ei gruddiau. Syrthiodd ar ei gliniau yn y borfa ar ochr y ffordd a chladdu ei hwyneb mewn clwstwr o redyn. Chwarddodd ac udodd bob yn ail. Pan edrychodd i fyny o'r diwedd gwelodd Siwsi'n sefyll wrth ei hochr yn syllu'n syn arni.

'Doeddwn i ddim yn trio'i ladd o,' meddai Siwsi. 'A doeddwn i ddim yn trio malu'r pram.' Roedd ei gwefusau'n crynu.

'Nac oeddet,' meddai Mami'n oeraidd a chwbl ddigyffro. 'Mi wn i.'

Pennod 2

Roedd y cwfaint, oedd yn ddwy ganrif oed ac wedi ei godi o garreg feddal, wedi ei leoli mewn man hyfryd ar yr arfordir i'r de o Benrhyn Llŷn. Roedd yn ysgol breswyl ddethol iawn ar gyfer merched ac yn cael ei rhedeg gan urdd o leianod. Pwysleisiai'r llyfryn cyhoeddusrwydd bod sylw unigol yn cael ei roi i bob plentyn ac mai'n anaml iawn y byddai nifer y disgyblion yn codi uwchlaw hanner cant. Roedd y pwys mwyaf yn cael ei roi ar adeiladu cymeriad. Câi ochr academaidd ac ochr ysbrydol pob disgybl eu meithrin yn ofalus a'r awgrym oedd y byddai pob merch ifanc ar derfyn ei gyrfa yn yr ysgol yn foneddiges goeth a diwylliedig. Byddai'n ferch dda ymhob ystyr y gair. Gallai hyd yn oed fod yn lleian ryw ddydd – er nad oedd unrhyw bwyso arni i gerdded y llwybr hwnnw.

'Mae'r ddwy ferch yn Gatholigion, wrth gwrs?' holodd y Fam Benedicta.

Roedd Clare, a oedd wedi gwrthgilio o'r eglwys, yn barod am y cwestiwn ac wedi penderfynu y byddai'n dychwelyd i'r gorlan, dros dro o leiaf. Aelod o Eglwys Loegr oedd Norman, mewn enw, a doedd dim gwahaniaeth ganddo y naill ffordd na'r llall. Tra oedd Siwsi'n brysur yn lladd y dyn bara roedd o wedi bod yn brysur yn gollwng bomiau ar ddinas Cologne. Gallai faddau ei weithgarwch ei hun ond, er mor annwyl oedd Siwsi, ni allai yn ei fyw faddau iddi hi. Roedd yn barod i'w hanfon i unrhyw fan – hyd yn oed i fynachdy Zen – os gwnâi hynny unrhyw les. Roedd hi'n berffaith amlwg na allai Clare ymdopi – efallai y gallai'r lleianod yma ddod i ben â'r gwaith. Yn sicr, ymddangosai'r Fam Benedicta, pennaeth merched y cwfaint, yn llawn digon arswydus. Urdd Ffrengig oedd yn rhedeg yr ysgol, a *Ma Mère* y'i gelwid er mai Gwyddeles oedd hi. Gwyddelod oedd y rhan fwyaf o'r lleianod. Byddai wrth ei fodd pe bai hi'n cynnig diod o'i Guinness brodorol iddo – neu'n well byth lymaid o chwisgi. Roedd yr ychydig wythnosau diwethaf wedi bod yn uffern – ac nid oherwydd y rhyfel. Roedd dyn yn dod i ddygymod â'r rhyfel.

'Mae fy ngŵr a minnau,' meddai Clare, 'yn berffaith hapus i weld y ddau blentyn yn cael eu hyfforddi yn y ffydd Gatholig.'

Roedd yn ymgais bur ddeheuig i osgoi'r cwestiwn ac roedd y Fam Benedicta yn ddigon profiadol i sylweddoli hynny. 'Gallaf dderbyn eich cynlluniau ar gyfer Susannah,' meddai, 'ond yn achos y plentyn arall, rydych chi'n dweud mai ifaciwî yw hi. Rwy'n credu y dylai ei rhieni hi gael mynegi eu barn ar y mater.'

'Plentyn amddifad ydy hi,' eglurodd Clare. 'Allwn ni ddim hyd yn oed gael gafael ar ei nain hi erbyn hyn.'

Roedd hynny'n wir. Dichon y byddai Nain Morton yn ystyried mai rhan o ddirgel ffyrdd yr Iôr oedd trefnu i fom ddinistrio'r rhan fwyaf o'r stryd lle roedd hi'n byw yn fuan ar ôl i Siwsi gwblhau ei thipyn dinistr hithau. Treuliodd Norman oriau seithug yn ystod y seibiant a gawsai o'r Llu Awyr oherwydd yr argyfwng teuluol diweddaraf, yn ceisio cael gafael arni. Gwyddai ei fod ar fin cael ei anfon dramor, i Ogledd Affrica o bosibl, ac ni allai lai na chroesawu'r newid. Câi Clare a'i ffrind y doctor dreulio hynny o amser a fynnent yn y gwely. Câi Siwsi fwrw ymlaen â'i dull dihafal ei hun o ddiboblogi'r wlad. Câi yntau roi ei fryd ar ollwng bomiau mewn heddwch.

'Ond,' mynnodd y Fam Benedicta, 'nid chi yw gwarcheidwaid swyddogol Dorothy Morton.'

Dorothy Morton, meddyliodd Clare. Dyw hon, mwy na finnau, ddim wedi cyfarfod Dorothy Morton. Does neb wedi cyfarfod Dorothy Morton. Dolly ydy hi ac mae hi'n dal i sychu ei thrwyn ar ei llawes.

'Os ydych chi'n barod i'w derbyn,' meddai hi, 'rydyn ni'n hollol barod i dalu'r costau – i brynu ei dillad hi ac i fod yn gyfrifol amdani nes bydd hi'n ddigon hen i fod yn gyfrifol amdani hi ei hun. Os oes gofyn i ni fod yn warcheidwaid swyddogol er mwyn gwneud hynny rydan ni'n barod i wneud hynny, on'd ydyn ni, Norman?'

Cytunodd Norman. Roedd hyn i gyd wedi ei benderfynu cyn iddynt gyrraedd. Roedd Norman yn dechrau sylweddoli bod Clare yn aeddfedu mor gyflym â phlanhigyn yn un o fforestydd glaw y trofannau. Roedd y wraig fach dawel, ddel wedi troi'n ddraig fochgoch, ormesol, na ellid ei hanwybyddu. Enbydrwydd oedd wrth wraidd hyn yn bennaf. Ni ellid cael gwared â Dolly. Ni ellid cadw Siwsi dan glo mewn cell ar ei phen ei hun. Y cwfaint oedd yr unig gyfaddawd a allai ddatrys y broblem. Roedd y cwfaint yn dir niwtral. Doedd dim Mwnci yma. Na phram pinc. A go brin y byddai Siwsi'n chwennych gleiniau pader Dolly. Pe gwnâi hi, nid ei phroblem hi fyddai hynny. Câi'r Fam Benedicta dynnu'r ddagr. Roedd ei mam hi ei hun wedi cael llond bol.

'Mae'r ddau blentyn,' sylwodd y Fam Benedicta, 'yn ifanc iawn. Chwech a saith, ddywedoch chi?'

'Ie, ond roeddwn i'n deall bod gennych chi blant iau na hynny yma.'

'Dim ond am na all eu rhieni edrych ar eu holau am amryfal resymau, rhesymau'n ymwneud â'r rhyfel yn bennaf. Mae'ch cartref chi mewn man cymharol ddiogel mewn pentref bach heb fod ymhell oddi yma. Yn wahanol i lawer o'r rhieni eraill dydych chi ddim yn byw mewn ardal sy'n cael ei bomio'n gyson. Rydych chi'n eich amddifadu eich hun o lawer o'r pleser o fod yn fam drwy eu hanfon i ffwrdd mor ifanc.'

Gofalodd Clare beidio ag edrych ar Norman. 'Rydw i'n barod i hepgor y pleser o fod yn fam,' meddai hi.

'Alla i ofyn pam?'

'Am y byddai'r ddwy ohonyn nhw'n well allan yma. Alla i ddim edrych ar eu holau fel y dylwn i. Dydy magu plant ddim yn fy natur i. Rydw i'n siŵr nad ydy hynny ddim yn wir amdanoch chi a'r lleianod eraill sydd yma.' (Rydych chi hyd yn oed yn cario bwndel o allweddi fel swyddog carchar ac rydw i wedi gweld eich celloedd bach twt chi a darlun o'r Galon Friw ymhob un. Mi fyddwch chi'n siŵr o ymdopi. Rydw i'n gweddïo ar Dduw a'r Forwyn Fendigaid a'r Holl Saint y byddwch chi'n ymdopi.)

Edrychai llygaid chwyddedig y Fam Benedicta fel dwy fflêr ar faes awyr i arwain awyrennau coll adre'n ddiogel. Hoeliodd ei sylw ar Norman. 'Pam,' mynnodd, 'y dylai eich gwraig gredu nad yw hi o'r anian iawn i edrych ar ôl dwy ferch fach? Neu a ydych chi o'r farn y gall hi wneud hynny'n iawn?'

Pan oedd dyn yn cael ei ddal gan y gelyn roedd yn dweud beth oedd ei enw a'i ranc a'i rif; doedd dim rhaid cyflwyno unrhyw wybodaeth ddianghenraid arall. Roedd dyfeisio gwybodaeth yn gwbl dderbyniol. Y polisi gorau, fodd bynnag, os nad oedd hynny'n peri unrhyw niwed, oedd glynu wrth y gwir.

'Mae ein merch Siwsi,' meddai, 'yn genfigennus o Dolly. Mae'r peth yn drech na ni. Ond rydyn ni'n sicr y gallwch chi ddelio â'r broblem.'

Cododd y Fam Benedicta a mynd at y botwm ger y lle tân a chanu'r gloch. Mewn munud neu ddau byddai'r Chwaer Bernadette yn dod â the i'r tri ohonynt. Roedd hi'n berffaith amlwg nad oedd yna unrhyw broblem o bwys yma. Onid oedd pob plentyn yn cenfigennu wrth ryw blentyn arall? Roedd y fam yn amlwg yn llawer rhy groendenau. Erbyn hyn doedd ganddi hi ddim amheuaeth o gwbl ynglŷn â derbyn y ddwy ferch fach. Byddai'n rhaid eu hyfforddi i garu ei gilydd yn yr Arglwydd. Yn y cyfamser roedd yn rhaid setlo mater y tâl. Mae'n debyg y byddai'r ifaciwî bach yn hynod o araf – rhaid fyddai iddi gael hyfforddiant ychwanegol i ddysgu darllen. Dechreuodd restru'r amryfal fanylion. Wedi'r cwbl, roedd arian yn bwysig.

'Gan ei bod hi'n amser rhyfel,' meddai hi, 'rhaid i ni wneud y gorau allwn ni efo'r cwponau dillad. Roedd y merched yn arfer gwisgo ffrogiau glas tywyll efo coleri gwynion. Erbyn hyn tiwnig ysgol gyffredin yw'r wisg. Rhai glas tywyll, mae'n dda gen i ddweud, a blows wen. Llwydion fyddai'r cotiau gaeaf, ond mae'r rheini hefyd yn las tywyll erbyn hyn. Allwch chi ddod i ben â hynny ar gyfer y ddwy ohonyn nhw?'

Byddai Clare wedi bod yn barod i ddwyn rhai pe byddai'n rhaid.

Roedd y ddwy wedi'u derbyn – doedd dim ots am

ddim arall. Dechreuodd cloch yr hwyrol weddi ganu. *Ding-dong-bell*, meddyliodd Clare. Gofalwch roi caead diogel ar ffynnon y cwfaint. Estynnodd ei llaw i gyffwrdd llaw Norman. Gwasgodd yntau ei llaw.

Doedd Dolly ddim yn gweld unrhyw degwch yn y ffaith ei bod hi'n cael ei hanfon i gwfaint am i Siwsi geisio ei lladd hi. Ar y cyfan, meddyliai, byddai'n well ganddi pe bai Siwsi wedi llwyddo. Roedd hi wedi bod yn hoff iawn o ysgol fach y pentref. Roedd hi'n hoffi arogl y sialc a'r blodau gwylltion ar silff y ffenestr. Roedd yna ddigon o flodau yma, twmpathau mawr ohonynt yn tyfu o amgylch delwau troednoeth neu rai gyda sandalau am eu traed. Roedd y blodau'n fyw ond roeddynt yn edrych yr un mor ddifywyd â'r delwau ac nid oedd unrhyw arogl arnynt. Roedd yna ryw ddrewdod rhyfedd yn yr eglwys. A hwnnw'n dod o rywbeth bach aur ar gadwyn y byddai bachgen yn ei chwifio o gwmpas tra oedd yn cerdded y tu ôl i'r offeiriad. Allai hi ddim gweld unrhyw synnwyr mewn mygu pobl â'r stwff. Os oedd ar Iesu eisiau persawr, pam na fydden nhw'n rhoi *Attar of Roses* neu rywbeth felly iddo fo? Roedd y stwff yma'n drewi. Awgrymodd hynny wrth un o'r lleianod ac atebodd honno, ar ôl dod dros y sioc, y byddai hi'n gweddïo drosti. 'Dio'ch,' meddai Dolly'n flin, 'dio'ch fawr iawn.'

Ar y cyfan, derbyniodd Siwsi ei hamgylchedd newydd yn gymharol ddi-gŵyn. Roedd yn rhywbeth oedd yn mynd i ddigwydd iddi yn hwyr neu'n hwyrach p'un bynnag. Roedd pob un o'r teulu Moncrief wedi cael ei anfon i ysgol breswyl. Ac roedd y Bradys, teulu Mami, wedi cael eu haddysgu mewn cwfaint, oedd yr un peth i bob pwrpas. Roedd mynd i ffwrdd i'r ysgol pan oeddech chi'n ifanc yn gwbl naturiol; nid mor ifanc â hi efallai, ond yn ifanc. Yr unig wahaniaeth yn ei hachos hi oedd bod Mami wedi blino arni yn gynt na'r arfer. Roedd ennyn dig Mami fel pe bai pob tân yn y tŷ wedi ei ddiffodd – roeddech chi'n fferru yn yr oerfel. Roedd Siwsi yn ddigon hirben i ddyfalu bod a wnelo diwedd tanbaid Ifan Bara rywbeth â'r peth. Nid bod neb wedi gwneud unrhyw ffwdan ynglŷn â'r digwyddiad hwnnw. Doedd y plismyn annwyl, caredig ddim wedi gofyn unrhyw gwestiwn iddi. Yma doedd yna ddim awgrym o gerydd. Yma roedd hi'n cael ei derbyn. Yn un peth roedd hi'n siarad fel pawb arall. Roedd hi'n gallu defnyddio ei chyllell a'i fforc yn y ffreutur. Fyddai hi byth yn poeri. Ac ar yr achlysuron prin hynny pan fyddai'r seiren yn rhybuddio bod perygl oddi wrth gyrch awyr a phawb yn tyrru i lawr i selerau'r cwfaint, byddai'r merched hynaf yn cymryd eu tro i'w dal ar eu gliniau. Roedd hi'n angel bach annwyl, meddent, yn hen gariad bach benfelen.

Gwelai Dolly beth oedd yn digwydd o'r lle'r eisteddai ar ei phen ei hun ar ymyl mainc ymarfer corff am nad oedd cadair yn sbâr iddi, ond doedd hi'n malio dim. Croeso iddyn nhw wirioni ar Siwsi. Pe baen nhw mewn sw yn lle mewn seler yn cuddio rhag cyrch awyr byddent yn gwirioni yr un fath wrth weld cyw arth neu lewpart neu epa. Pe na bai pryfed cop gwenwynig yn edrych fel pryfed cop gwenwynig mae'n sicr y bydden nhw'n gwirioni ar y rheini yn yr un modd. Daeth y syniad diwethaf i'w meddwl wrth iddi wylio pry copyn mawr yn cropian i fyny'r wal y tu ôl i'r Chwaer Philomena. Syllodd arno gan obeithio'i weld yn cwympo i mewn i'r cap chwerthinllyd o ddefnydd gwyn caled a wisgai'r lleianod i geisio bywiogi rhywfaint ar ddüwch eu gwisg.

Camddehonglodd y Chwaer Philomena'r olwg ddwys ar wyneb Dolly, ac awgrymodd yn dyner y gallai ddod i eistedd ar ei glin. Roedd yn berffaith amlwg bod y plentyn wedi ei harswydo. Mae'n siŵr ei bod wedi cael profiadau brawychus yn ystod y bomio yn Birmingham. Doedd dim ofn ar neb yma. Hyd yma doedd dim wedi digwydd i godi ofn ar unrhyw un. Roedd rhywun yn cyfarwyddo â grwnan undonog, nodweddiadol awyrennau bomio'r Almaen uwch ei ben. Ychydig fisoedd yn ôl roedd un ohonynt wedi cael gwared o'i bomiau pan oedd un o awyrennau'r Llu Awyr yn ei hymlid. Roedd y bomiau wedi creu cryn lanastr mewn un cae maip, a dyna'r cyfan.

Gwrthododd Dolly'r gwahoddiad.

'Does dim rhaid i chi ofni, fy mhlentyn annwyl i,' cysurodd y Chwaer Philomena.

'Does arna i ddim o'u hofn nhw'n arbennig,' meddai Dolly, 'ond dydw i ddim am eu gweld nhw'n dod yn rhy agos. Doedd ar Nain ddim o'u hofn nhw o gwbl.'

'Roedd eich Nain yn wraig dda, ddewr,' meddai'r Chwaer Philomena a oedd wedi clywed nad oedd neb yn gwybod beth oedd wedi digwydd i Nain, ond mai'r tebygrwydd oedd ei bod hi wedi ei lladd mewn cyrch awyr. 'Fe roddodd yr Arglwydd daionus galon wrol iddi hi.'

Digon gwrol, meddyliodd Dolly, i gydio ynddynt a'u sathru dan ei thraed. Ond roedd clywed mai Duw oedd wedi rhoi iddi'r dewrder i ladd pryfed cop yn dipyn o syndod iddi. 'Mi daflais i fricsen at un unwaith,' meddai hi, 'a bu ond y dim i mi ei daro.'

Cyffyrddwyd calon y Chwaer Philomena gan y darlun o ferch fach herfeiddiol yn taflu bricsen – yn ei dychymyg yn fwy na thebyg – at un o awyrennau'r gelyn. Dyma blentyn bach amddifad a diymgeledd, plentyn roedd y plant eraill yn ei hanwybyddu neu'n chwerthin am ei phen. Dyma Achos Da, Enaid i'w feithrin a'i gaboli a'i wneud yn brydferth a dymunol. Dyma reswm dros dreulio'i hamser mewn cwfaint yng Nghymru – rheswm dros fod mewn cwfaint o gwbl. Roedd Satan, yn ddiweddar, wedi bod yn chwilota am resymau. Gallai hon fod yn em. Gem digon garw, mae'n wir, ond y fath her. O, dyma beth oedd her!

Unwaith y cawsant wared ar eu hargraff gyntaf o Dolly, gwawriodd yn raddol ar y lleianod eu bod yn ymdrin â rhywun go eithriadol. Roedd athrawes y babanod yn ysgol y pentref wedi sylweddoli hynny, ond doedd neb wedi gofyn iddi hi gyflwyno adroddiad ar y plentyn. Roedd meddwl Dolly, fel tir heb ei drin o'r blaen, yn gyfoethog ei bosibiliadau. Roedd unrhyw beth a gâi ei blannu ynddo yn egino a blodeuo. Mae'n wir ei bod yn dewis a gwrthod yr hadau yn ôl ei chwaeth ei hun. Gallai ddarllen y rhan fwyaf o lyfrau'n rhwydd. Roedd y ffaith bod yn well ganddi ddarllen y copi o *Dracula* yr oedd rhywun wedi ei smyglo i mewn i'r llyfrgell nag unrhyw un o'r llyfrau mwy dof oedd ar y silffoedd, yn gwbl nodweddiadol ohoni. Roedd wedi ei ddarllen mewn noson neu ddwy yng ngolau fflachlamp o dan ddillad y gwely, ac yna'i ailadrodd fel stori gyfres wrth unrhyw un oedd yn fodlon gwrando. Roedd yr alltud, nad oedd yn poeni ei bod yn alltud, wedi cael y lleill i'w derbyn.

Câi'r sesiynau adrodd stori eu cynnal yn slei bach yn un o'r corneli cerdd bychain. Roedd deg o'r rhain yn yr ystafell gerdd ac roedd piano ymhob un. Roeddynt wedi eu darparu fel nad oedd unrhyw sŵn yn dianc ohonynt. Yn y lle agored yng nghanol yr ystafell eisteddai nofis o leian ddiniwed wrth ei desg yn gwylio'r merched yn dyrnu'r pianos y tu ôl i'r gwydrau, ac yn gwylio'r grŵp bychan oedd yn eistedd ar y llawr yn rhoi prawf cerddoriaeth y naill i'r llall. Pan agorai'r drws yn achlysurol i weld sut roedd pethau'n mynd yno ni chlywai ddim ond môr o leisiau yn llafarganu am grosiet a chwafer a hanner-cwafer. Sylwodd bod golwg frawychus ar un neu ddwy ohonynt, ond efallai mai ar ei sbectol hi yr oedd y bai. Doedd astudio cerddoriaeth ddim yn beth hawdd, roedd gofyn i chi gael meddwl mathemategol i ymdopi â'r pwnc.

Fyddai Siwsi ddim yn mynychu'r sesiynau hyn. Yn ôl Dolly, roedd hi'n eu hystyried yn bethau twp. Roedd y ffaith bod gan Dolly ei dilynwyr yn cythruddo ychydig arni, ond o fewn terfynau emosiynol diogel. Yn wir, roedd hwn yn dir niwtral ac roedd ganddi hithau ei ffrindiau ei hun. Digonedd o ffrindiau. Ond doedd ganddi hi ddim lleian. Roedd gan Dolly y Chwaer Philomena. Dichon na fyddai hynny wedi poeni cymaint arni pe bai hi'n gwybod sut roedd Dolly yn teimlo ynglŷn â'r peth. Byddai wedi bod yn bleser i Dolly allu cyflwyno'r Chwaer Philomena'n anrheg i Siwsi – doedd hi ddim yn yr un maes â Mwnci na'r pram pinc. Roedd y Chwaer

Philomena yn niwsans llwyr. I wersi llefaru'r Chwaer Philomena roedd y diolch mai niwsans llwyr oedd hi, yn hytrach na phoen yn y pen-ôl. Roedd y gwersi yn para am awr bob nos Fercher, rhwng amser gwaith cartref ac amser swper, pan oedd gweddill y plant yn rhydd i chwarae. Roedd Dolly yn gwirioneddol warafun pob munud o'r awr honno.

Câi'r gwersi eu cynnal yn y parlwr a ddefnyddid i groesawu ymwelwyr. Roedd yno gadeiriau coch meddal ac antimacasars gwynion arnynt. Ar ganol y llawr roedd bwrdd hirgrwn wedi ei gaboli nes ei fod yn disgleirio fel drych, a lliain gwyn crwn wedi ei frodio ar ei ganol. Ar ganol y lliain roedd pot blodau pres a rhedynen gwallt y forwyn yn tyfu ynddo. Yn ystod gwers gyntaf Dolly roedd rhosyn ar y bwrdd wrth ochr y pot. Dywedodd y Chwaer Philomena wrth Dolly am godi'r rhosyn.

Archwiliodd Dolly'r rhosyn yn amheus cyn ei godi rhag ofn bod draenen ar ei goes.

'Dyna ydych chi, Dolly,' meddai'r Chwaer Philomena a'i llygaid yn ddisglair gan fodlonrwydd hunan-dwyllodrus y sawl sy'n credu ei fod yn llawn rhinwedd. 'Rydych chithau'n rhosyn.'

Yn ystod ei hoes fer roedd Dolly wedi cymysgu gyda phobl feddw ac ambell berson gwallgof (y chwil gaib a'r hanner pan) ond dyma'r tro cyntaf iddi gwrdd â'r penwendid arbennig hwn ac roedd yn ddryswch llwyr iddi.

'Ydych chi wedi meddwl erioed,' aeth y Chwaer Philomena rhagddi, 'eich bod chi'n brydferth, yn yr un modd ag mae'r rhosyn yna'n brydferth, yn un o greadigaethau Duw – wedi'ch llunio'n gain – eich creu yn gariadus?'

‘Mi wn i beth wnaeth fy nhad a mam, os mai dyna sy gynnoch chi,’ meddai Dolly. Pan oedd y teulu i gyd yn byw yn yr un ystafell doedd gennych chi ddim llawer o ddewis ond gwybod. Diwedd y gân bob tro oedd babi sgrechlyd, nid rhosyn coch a chlêr gwyrdd arno. Cydiodd yn y gleren a’i gollwng ar y carped. Doedd y lleianod yma’n gwybod dim. Tybed mai dyna pam roedden nhw yma?

‘Ydych chi’n gwybod *unrhyw* beth?’ gofynnodd.

Teimlai’r Chwaer Philomena ei hun yn gwrido. Roedd y gwaith am fod yn anoddach nag roedd hi wedi tybio. Rhuthrodd ymlaen yn frysiog cyn i Dolly gael siawns i ddechrau rhoi darlith ar gyfathrach rywiol iddi.

‘Allan fan acw,’ meddai, gan chwifio ei braich i gyfeiriad gerddi’r cwfaint, ‘gallwch glywed yr adar yn canu. Maen nhw’n canu’n hyfryd dros ben. Mae Duw wedi rhoi lleisiau iddyn nhw ac maen nhw’n gwybod sut i’w defnyddio. Mae llais gennych chithau hefyd. Ac fe allwch chithau hefyd gynhyrchu seiniau prydferth.’

‘Does gen i ddim clust ar gyfer canu,’ meddai Dolly. Yn ystod y ddrama Nadolig yn ysgol y pentref roedd hi wedi cael ei rhybuddio i wneud siâp ceg a pheidio â meiddio yngan gair pan oedd y plant yn canu am ‘dawel ddinas Bethlehem’. Gwraig gall a di-lol oedd Miss Williams. Roedd hi wedi ennill parch Dolly.

‘Y sawl sydd ganddo glustiau,’ meddai’r Chwaer Philomena, ‘gwrandawed. Mae gennych chi glustiau, Dolly, dwy glust fach binc, ddel, fel cregyn ar y traeth. Maen nhw’n glustiau perffaith – cystal â chlustiau unrhyw un. Bydd eich clustiau’n gwrando ar bob math o sŵn ac yna fe fyddwch chi'n eu hatgynhyrchu. Cymerwch y sain *ing*, er enghraifft. Ting-a-*ling*, a-*ling*. Allwch chi ddweud hynny ar fy ôl i? Ting-a-*ling*, a-*ling*? Y pwyslais ar yr *ing*.'

'Arglwydd Mawr!' meddai Dolly o dan ei gwynt.

Os na ellid osgoi rhywbeth, roedd yn rhaid ei oddef: roedd hi wedi dysgu hynny gan ei nain. Ac roedd brwdfrydedd y Chwaer Philomena mor llethol ag unrhyw benyd y bu'n rhaid iddi ei oddef erioed. Sylweddolodd ymhen amser y byddai'r awr yn ymestyn yn awr a hanner oni bai ei bod hi'n cydymffurfio. Deuai gwaredigaeth yn gynt pan fyddai hi'n ynganu pob gair yn hyglyw. A phan welai negydd dwbl ar y gorwel byddai'n ei osgoi'n ofalus rhag gorfod treulio deng munud arall yn ei gwmni. Os gofynnid iddi edrych fel rhosyn – siarad fel eos – a cherdded fel tywysoges – rhaid oedd gofalu peidio â gollwng rhech o rwystredigaeth (cawsai awr ychwanegol y noson ganlynol yn gosb am y pechod hwnnw). Rhaid oedd dysgu cyfaddawdu.

Erbyn diwedd y tymor roedd Dolly wedi plygu digon i'r drefn, ar yr wyneb o leiaf, i ddod yn gymdeithasol gymeradwy. Roedd hi'n dechrau dod i swnio'n iawn. Roedd ei throed ar ffon isaf yr ysgol i ddosbarth cymdeithasol uwch. Erbyn hyn roedd hi'n pigo ei thrwyn yn y dirgel. Roedd ei hewinedd yn lân oherwydd eu bod yn cael eu harchwilio'n ddyddiol, ac y byddai'n rhaid mynd yn ôl i'w glanhau eilwaith os na fyddent yn cyrraedd y safon. Ni châi clustiau eu harchwilio, ond roedd ganddi obsesiwn ynglŷn â'i chlustiau, a doedd hynny ddim yn syndod. Dim ond ei chlustiau yr oedd hi'n eu glanhau o'i gwirfodd.

Doedd gan Siwsi, a oedd yn brysur yn dod o hyd

i'w lefel ei hun, ddim diddordeb ym metamorffosis Dolly o fod yn gynrhonyn i fod yn greadur lled afrosgo gydag awgrym o adenydd ar ei gefn. Yn academaidd roedd hi ddosbarth neu ddau y tu ôl i Dolly. Yn y gorffennol roedd hi wedi gallu cywiro ynganiad Dolly ac wedi cael blas ar wneud hynny. Erbyn hyn, roedd Dolly wedi meistroli'r geiriau caled. Roedd colli ei hymdeimlad o ragoriaeth fel colli ei chrys isaf – braidd yn rhynllyd. Ar y cyfan roedd cynllun Clare i wahanu'r ddwy yn llwyddo – ychydig a welai'r ddwy ar ei gilydd, a hynny o ddewis gan amlaf. Newidiwyd y sefyllfa pan ddaeth yr amser iddynt gael eu paratoi ar gyfer eu cymun cyntaf.

Ysgrifennodd y Fam Benedicta lythyr at Clare i'w hatgoffa bod trefniadau i'w gwneud yn fuan ar gyfer cymun a chyffes gyntaf Siwsi gan ei bod ar drothwy ei seithfed pen blwydd. Roedd Dolly hefyd yn mynd i gael ei derbyn i'r Eglwys. Tybed a hoffai Mrs Moncrief anfon ffrogiau gwynion ar gyfer y ddwy? Byddai'r cwfaint yn darparu'r gorchudd gwyn i guddio'r pen a'r wyneb. Ynglyn â'r deisen, roedd dod o hyd i'r cynhwysion yn dipyn o broblem y dyddiau hyn. Tybed oedd Mrs Moncrief wedi rhag-weld hynny ac wedi rhoi rhywfaint o siwgr o'r neilltu?

Roedd Clare, a oedd yn weddol dawel ei meddwl gan nad oedd poblogaeth y cwfaint wedi ei lleihau hyd yma, wedi bod yn byw yn gymharol gysurus o ddydd i ddydd. Yn ôl y disgwyl, roedd Norman wedi cael ei anfon i Ogledd Affrica a byddai'n ysgrifennu ati bob cyfle a gâi. Byddai'n anfon ei gariad at Siwsi a byddai Clare yn anfon y cariad hwnnw ymlaen at ei merch. Yn ôl pob golwg roeddynt yn dal i fod yn rhieni hynod o gariadus i ferch fach annwyl. Roedd clywed bod y ferch fach annwyl ar fin cael ei derbyn i freichiau'r Fam Eglwys ar ôl iddi gyffesu ei holl bechodau yn gryn ysgytiad. Doedd gan Clare ddim syniad beth i'w wneud. Fyddai ysgrifennu at Norman yn newid dim ar yr amgylchiadau. Doedd yr hen air bod rhannu gofid yn helpu i'w ysgafnhau ddim yn wir yn yr achos hwn. Feiddiai hi ddim dweud wrth Peter. Roedd ef yn dal i esmwytho ei chefn, fel yr arferai Siwsi ddweud. Roedd y ddau ohonynt yn garwyr medrus a doedd y naill na'r llall yn meddwl ymhellach na'r weithred rywiol. Doedd cymhlethdodau serch – ymrwymiad teulu a'r dyfodol – ddim yn rhan o'r berthynas o gwbl.

Roedd dyfodol Siwsi ar ffurf cyffesgell yn ymrithio fel tynged uwch gorwelion Clare. Pa mor gaeedig fyddai genau'r offeiriad? Ac os na fyddai ei enau'n gaeedig, a gâi hi ei thaflu allan o'r ysgol? Ar ôl treulio amryw o nosweithiau di-gwsg, penderfynodd Clare adael i bethau gymryd eu siawns heb geisio achub y blaen arnynt. Doedd dim byd y gallai hi ei wneud, ac eithrio mynd i weld Siwsi a'i rhybuddio i beidio â dweud dim, ond gan ei bod, yn ddiamau, yn cael ei hyfforddi'r funud honno i wneud yr union wrthwyneb i hynny doedd dim pwrpas iddi wastraffu ei hanadl. Doedd ganddi hi fawr o glem ar wnïo, ond gan ei bod wedi cadw ei ffrog briodas wen penderfynodd adael i'r wniadwraig leol ei defnyddio i lunio dwy ffrog gymundeb. Aeth ati i wneud y deisen ei hun. Ffug oedd y marsipan, ond chafodd hi fawr o drafferth i gael gafael ar weddill y cynhwysion. Llwyddodd un wraig fferm leol i ddod o hyd i ychydig o gyrens a resins hyd yn oed. Mae'n wir eu bod yn anghydffurfwyr Cymreig pybyr, gydag amheuaeth reddfol o arferion Pabyddol, ond pan oedd hi'n fater o ddarparu teisen ar gyfer dwy ferch fach, un ohonynt wedi colli ei brawd bach annwyl dan amgylchiadau mor druenus, roeddynt yn barod i helpu hyd eithaf eu gallu.

Yn y cyfamser ni allai Siwsi na Dolly ddeall beth oedd yr holl ffwdan. Sugnodd Dolly'r catecism i'w chof fel sbwng. Cyntaf yn y byd y dysgai hi rywbeth, cyntaf yn y byd y câi hi lonydd. Darganfu Siwsi, nad oedd ganddi gof hanner cystal, y gallai hithau ddod i ben â hi'n eithaf rhwydd wrth wenu'n annwyl ar y Tad Donovan. Roedd yr hen offeiriad wrth ei fodd gyda'r ddwy. Dwy o ferched bach annwyl y Duw Dad. Y naill mor ddawnus a chyflym, a'r llall mor hardd a rhinweddol.

Dwy frenhines fach, oedd sylw'r lleianod ffwdanus wrth gyhwfan o'u cwmpas pan oeddynt yn barod yn eu ffrogiau gwynion, yn cydio yn eu llyfrau offeren gwynion a'r gorchudd gwyn wedi ei daenu dros eu gwalltiau.

Gwelodd Clare, a oedd ymhlith y gynulleidfa ar gyfer yr Achlysur Mawr, y ddwy yn cerdded i mewn i'r eglwys a theimlodd frath sydyn o arswyd ac yna awydd annisgwyl i wylo. Edrychai Siwsi mor dlws, mor angylaidd. Pam na allai hi fod rywbeth yn debyg i'w golwg? Edrychai Dolly, ar y llaw arall, yn rhyfeddol o od. Wyneb fel mwnci bach. Llygaid mawr tywyll. Roedd ei ffrog hanner modfedd yn rhy hir a mynnai faglu drosti. Roedd rhywun wedi rhoi hances les fawr iddi ac roedd honno'n ymwthio allan o'i llawes chwith.

Dolly oedd y gyntaf i fynd i'r gyffesgell. Doedd hi ddim yn siŵr o gwbl pwy yr oedd hi'n ei blesio wrth fynd drwy'r holl ddefodau. Os nad oedd ei nain wedi llwyddo i osgoi'r bom ac os oedd hi'n hedfan fry uwch ei phen yn rhywle, mae'n siŵr y byddai ei llygaid bron neidio allan o'i phen.

Gorau po gyntaf y dywedai hi'r geiriau iddi gael ei thraed yn rhydd o'r lle.

'Bendithia fi, fy Nhad, canys myfi a bechais.'

Ymatebodd y Tad Donovan o ochr arall y pared. 'Bydded yr Arglwydd yn dy galon ac ar dy wefusau fel y bo iti gyffesu dy bechodau yn uniawn a gostyngedig, yn enw'r Tad a'r Mab a'r Ysbryd Glân.'

'Amen,' meddai Dolly.

Anogodd yr offeiriad hi'n dyner, 'A beth sydd gen ti i'w gyffesu?'

Rhoddodd Dolly ystyriaeth i'r cwestiwn. Roedd hi wedi pendroni tipyn ynglŷn â'r mater. Roedd hi wedi bod yn gwylio'r lleianod yn penlinio cyn mynd i mewn i'r gyffesgell. Byddent yn gadael i'r gorchudd oedd am eu gwalltiau guddio eu hwynebau. Beth ar y ddaear oedd ganddynt i'w gyffesu, tybed? Pa ddrwg y gallai unrhyw un ei wneud yn y fath le? Mae'n rhaid eu bod yn hurt.

'Dim byd,' meddai hi.

'Dim byd? Meddylia, blentyn, meddylia.'

'Dw i'm 'di gneud dim byd.' Pan oedd dan bwysau – ac roedd yr achlysur hwn yn dechrau mynd yn drech na hi – tueddai Dolly i lithro'n ôl i'w dull naturiol o siarad.

Cofiai'r Tad Donovan mor gyflym roedd hi wedi meistroli'r catecism, ac roedd hyn yn gryn syndod iddo. Doedd o ddim wedi ei chlywed yn siarad fel hyn o'r blaen. 'Os nad wyt ti wedi gwneud dim,' meddai, 'efallai dy fod ti wedi pechu drwy beidio â gwneud rhywbeth. Efallai i ti beidio â gwneud rhywbeth y dylet ti ei wneud. Byddai hynny'n bechod.'

Gallai Dolly hanner cofio cael sgwrs debyg, ond tipyn llai astrus, gyda'r Tad Donovan o'r blaen – rhywbeth ynglŷn â helpu person dall i groesi'r ffordd, ac y byddai peidio â helpu yn bechod. Ond doedd 'na neb dall yn y lle yma, a doedd hi ddim yn cael llawer o gyfle i groesi ffyrdd.

Arhosodd am ragor o awgrymiadau.

Cynigiodd y Tad amryw iddi – gan gynnwys balchder ysbrydol – a brysiodd Dolly i wadu pob un ohonynt. Doedd ganddi mo'r syniad lleiaf beth oedd balchder ysbrydol.

Roedd y ddau'n dechrau chwysu erbyn hyn.

Roedd arni hi eisiau dianc oddi yno. Roedd hi wedi cael llond bol. Allai hi ddim gweld ei wyneb, ond roedd ei lais yn swnio'n flin. Os na allai hi feddwl am bechod yn weddol fuan byddai'n dod allan o'i ochr ef ac yn rhoi bonclust iddi.

Ac yna fe gofiodd hi, a gwenu mewn rhyddhad. Wrth gwrs, roedd hi wedi pechu. Roedd hi wedi dweud clamp o gelwydd y munud y daeth i mewn i'r bocs. Roedd hi wedi dweud, 'Bendithia fi, fy Nhad, canys myfi a bechais.' Roedd hi wedi dweud ei bod hi wedi pechu a hithau heb wneud hynny.

'Fy Nhad, rydw i wedi pechu drwy ddweud anwiredd.'

'Wel, diolch i Dduw am hynny,' meddai'r Tad Donovan yn sur. 'A diolch i'r Forwyn Fendigaid am dy helpu di i gofio.'

Penderfynodd mai doethach fyddai peidio â holi am fanylion y celwydd – roedd hi wedi bod yno am ddeng munud yn barod ac roedd hi'n hen bryd i'r ferch fach arall gael ei chyfle. Siawns na fyddai honno'n fwy parod ei hymateb. Dywedodd wrthi'n swta am adrodd 'Henffych, Fair' deirgwaith.

Roedd Siwsi ar bigau'r drain yn aros i Dolly ddod allan. Beth allai hi fod yn ei ddweud wrtho am yr holl amser?

O'r diwedd daeth Dolly allan, yn chwys i gyd. Yn ei brys i ddianc o'r fan baglodd ar draws ei ffrog a syrthio'n glewt o flaen Siwsi. 'O, diawl!' mwmiodd yn ei dryswch. Ac yna sibrydodd wrth Siwsi mai adrodd 'Henffych, Fair' deirgwaith oedd ei phenyd.

Tra oedd Siwsi'n dod i mewn i'r gyffesgell, gweddïodd y Tad Donovan yn frysiog y byddai pethau'n rhwyddach y tro hwn. Aed drwy'r rhan ragarweiniol ac yna dechreuwyd ar y gwaith o ddifrif.

'Dyw hi ddim bob amser yn hawdd dwyn pechodau i gof, ond rwyt ti wedi cael tipyn o amser i feddwl am y peth, fy merch. Nawr, beth sydd gen ti i'w gyffesu?'

Bu tawelwch am eiliad neu ddwy – siffrwd sidan y ffrog laes – ac yna sibrwd isel, cynllwyngar.

'Allwch chi fy nghlywed i os siarada i'n dawel?'

'Rwy'n dy glywed ti'n berffaith, fy merch.'

'Mi foddais i Willie bach.'

'Beth?'

'Mi foddais i Willie – ym mhwll y pysgod aur.'

Gwthiodd y Tad Donovan ei fys i'w glust a chwilio'n fanwl am unrhyw beth a allai fod yn amharu ar ei glyw.

'Boddio ddwedaist ti?'

'Nage – boddi. Mi eisteddais i ar ei ben o.'

Dduw Mawr Hollalluog, meddyliodd y Tad Donovan, pa fath o driciau wyt Ti'n eu chwarae ar dy was heddiw? Roedd bob amser wedi credu bod synnwyr digrifwch gan yr Hollalluog, ond dyma'r tro cyntaf iddo gael ei bryfocio ganddo Ef. Un plentyn heb bechu o gwbl – ac yna'n llwyddo i gofio am un ar ôl hir berswâd. A'r plentyn arall yn dyfeisio clamp o bechod syfrdanol yn syth.

'Peth drwg iawn,' meddai'n flin, 'yw dweud celwydd.'

'O, rydw i'n gwybod hynny, Fy Nhad. A pheth drwg iawn yw peidio dweud y gwir hefyd, yntê?'

Daeth y gronyn lleiaf o amheuaeth i feddwl y Tad Donovan. Roedd hi'n swnio mor hunanfeddiannol. Yn gwbl ddifrifol. Doedd dim awgrym o chwerthiniad. Doedd y peth ddim yn gwbl amhosibl.

'Faint oedd oed Willie . . . y . . . bach?' gofynnodd.

'Pedair.'

Roedd yn gwbl, ac yn frawychus, bosibl.

Penderfynodd ei bod yn bryd rhoi heibio gymryd arno na wyddai pwy oedd ar ochr arall y pared. 'Siwsi?'

'Ie, Fy Nhad?'

'Wyt ti'n dweud y gwir wrtha i, Siwsi?'

'Ydw, Fy Nhad.'

'Grist o'r Nef! Pam yn enw Duw y gadawodd o i ti?'

'Y gadawodd o i mi beth, Fy Nhad?'

'Eistedd ar ei ben o.'

'Mi redais i ar ei ôl o i'r pwll, a dyma fo'n syrthio ac yn taro'i ben yn y gwaelod – cyn iddo fo allu codi mi eisteddais i ar ei ben o – mi driodd o fy ngwthio fi i ffwrdd, ond alla fo ddim. Roedd 'na lot o swigod yn y dŵr – a physgod. Pan dynnodd Mami a'r doctor fo allan roedd o wedi marw.'

Eglurhad byw a chwbl glir. Roedd y Tad Donovan yn credu'r stori. Rhoddodd ei ben yn ei ddwylo ac yn sydyn teimlodd awydd cryf i redeg i'r tŷ bach, ond llwyddodd i drechu'r teimlad. Roedd wedi gwrando ar bob math o bechodau yn ei oes – un neu ddau o rai digon brawychus – ond dim byd i'w gymharu â hwn. Doedd ganddo ddim syniad beth i'w ddweud – na'i wneud.

'Fy Nhad.'

Ochneidiodd. 'Ie, Siwsi.'

'Ddylwn i ddweud fy mhechodau i gyd yr un pryd – neu ddylwn i gadw rhai hyd y tro nesa?'

'Dwyt ti erioed yn dweud bod yna ragor?'

'Oes, Fy Nhad – mi laddais i Ifans Bara.'

'Pwy?'

'Mr Evans, dyn y fan fara. Mi ffrwydrais i ei fan o. Roedd o hanner ffordd i fyny'r goeden – yn ddu i gyd – a fflamau'n dod allan ohono fo. A dyma fo'n marw.'

'O,' meddai'r Tad Donovan. Roedd ei goluddion yn ymdawelu. Roedd yr Arglwydd Bendigaid yn mynnu gwneud ffŵl ohono heddiw. Ac roedd yntau bron iawn â'i gredu. Pa bechod oedd o'n euog ohono? Bod yn rhy hunandybus? Roedd wedi cyhuddo'r plentyn arall o falchder ysbrydol a nawr roedd yr Arglwydd yn tynnu ei goes yntau ei orau glas. Roedd wedi anfon y plentyn yma ato – gyda'i dychymyg brawychus – ac am hanner munud roedd yntau wedi credu ei stori. Gwelodd yn sydyn mai cyfrwng yr Arglwydd oedd hi, y fechan benfelen, wedi ei hanfon ato gyda'r ddawn i chwerthin – i chwerthin am ei ben ef. Ei hunig bechod oedd darllen y math anghywir o gomic ac yna dychmygu ei bod yn rhan ohonynt. Ddylai'r lleianod ddim caniatáu i neb ddod â'r math yna o gomic i mewn i'r adeilad. Ifans Bara – doedd o ddim wedi clywed am y cymeriad yna o'r blaen!

Cafodd hi'n anodd i gelu'r chwerthiniad oedd yn ei lais. 'Rwyt ti'n gwybod, Siwsi, na ddylai neb ddweud anwiredd.'

'Ydw, Fy Nhad.'

'Mae dweud anwiredd yn bechod.'

'Ydy, Fy Nhad.'

'A wnei di ddim dweud rhagor o anwiredd, na wnei Siwsi?'

'Na wnaf, Fy Nhad.' (Sut gallai hi ddweud rhagor a hithau heb ddweud dim o gwbl?)

'Siwsi.'

'Ie, Nhad.'

'Rwyt ti'n gwybod na ddylet ti ddim darllen y math yna o lyfr. Pa fath o lyfr fyddi di'n ei ddarllen?'

'*Peter Pan*,' awgrymodd Siwsi'n betrus. Roedd sboncio fel sioncyn gwair wrth geisio dilyn ei feddyliau yn ei blino'n lân.

'A beth am gomics?'

'*Chick's Own* a *Rainbow*.'

'Wyt ti wedi darllen rhai o'r hen gomics cas yna ar gyfer bechgyn?'

'Nac ydw, Fy Nhad.'

'Storïau am bobl fel Ifans Bara – 'ta Ifans Braw oedd o?'

'Nac ydw, Fy Nhad.'

'Ac os nad wyt ti'n dweud y gwir, wnei di mo'u darllen nhw eto, na wnei, Siwsi?'

Roedd Siwsi wedi ffwndro'n lân erbyn hyn, ac addawodd na wnâi hi byth eto beth bynnag nad oedd hi wedi ei wneud o'r blaen nad oedd o am iddi ei wneud.

'Rhaid i ti adrodd 'Henffych, Fair' deirgwaith, fy merch, a bendith arnat ti.'

'Dyna'r cwbl?' Yn ei heiliadau mwyaf pesimistaidd roedd Siwsi wedi ei gweld ei hun yn cael ei boddi mewn dŵr sanctaidd neu'n cael ei llosgi wrth y stanc.

'Ie, dyna'r cwbl,' meddai'r Tad Donovan yn siriol, 'os na hoffet ti ddweud gweddi fechan drosof fi.'

Pan oedd hi yn ei gwely'r noson honno y dechreuodd Siwsi geisio datgymalu'r pos a'i ailosod mewn ffordd oedd yn gwneud synnwyr o ryw fath. Roedd y Ditectif Arolygydd Humphreys wedi rhoi llond bag o dda-da iddi am ladd Willie bach. Roedd y Tad Donovan wedi ei gorchymyn i ddweud 'Henffych, Fair' deirgwaith am ladd Willie Bach ac Ifans Bara. Roedd adrodd 'Henffych, Fair' deirgwaith yn gosb – cosb bur fechan, mae'n wir – ond roedd yn arwydd o anghymeradwyaeth er hynny. Roedd lladd yn bechod, ond nid yn bechod mawr iawn. Roeddech chi'n cael maddeuant llwyr am ladd unwaith. Roeddech chi'n cael cosb fechan am wneud hynny ddwywaith. Cyn belled â'ch bod chi'n cadw'r pechod o fewn rheswm, doeddech chi ddim yn debyg o fynd i lawer o drwbwl. Tri 'Henffych, Fair' am ladd ddwywaith. Tri 'Henffych, Fair' am un celwydd (yn achos Dolly). Ar y cychwyn roedd hi wedi edrych ar Dolly gyda chryn chwilfrydedd. Oedd Dolly wedi lladd rhywun? Pa bryd oedd hi wedi cael y cyfle – a phwy gafodd ei ladd ganddi? Roedd hi wedi dod yn gynyddol amlwg y byddai Dolly wrth ei bodd yn cael gwared o'r Chwaer Philomena, ond roedd y Chwaer Philomena yn dal i fod o gwmpas y lle. A phan ofynnodd hi i Dolly, roedd honno wedi gwadu'n ffyrnig iddi ladd unrhyw un. Roedd hi wedi dweud celwydd, cyfaddefodd; pe bai heb wneud mi fyddai hi wedi treulio gweddill ei hoes yn y bocs yng nghwmni'r Tad Donovan. Roedd y lle yma'n hollol dwp. Roedd yn rhaid i chi fynd o gwmpas yn pechu er mwyn cadw'r Tad Donovan yn hapus.

Doedd Dolly ddim yn gweld unrhyw degwch yn y ffordd roedd troseddau brawychus Siwsi wedi cael eu trafod mor oddefgar. Efallai bod a wnelo'r ffaith bod Siwsi yn un o'r crach rywbeth â'r peth. Pe bai hi, Dolly, wedi cyffesu rhywbeth o'r fath mi fyddai hi yn y carchar yn cael ei phoenydio erbyn hyn. Efallai nad oedd y Chwaer Philomena yn gymaint o elyn wedi'r cwbl. Mae'n wir bod cael eich caboli yn gythraul o niwsans, ond os byddech chi'n cyffesu eich troseddau mewn llais mursennaidd – fel blydi eos – fyddai dim cosb yn eich aros. Felly, y tro nesaf yr aeth hi i weld y Chwaer Philomena, roedd hi'n anarferol o barod i gydweithio. 'Mae pethau'n gwella, fy merch i,' meddai'r Chwaer Philomena'n foddhaus.

Daliodd pethau i wella yn ystod y ddwy flynedd ddilynol. Ar yr wyneb, roedd Dolly yn ymddangos yn ddigon tebyg i unrhyw blentyn dosbarth canol arall. Roedd hi hyd yn oed wedi dyfeisio nani fyddai'n edrych ar ei hôl cyn iddi ddechrau mynd i'r ysgol feithrin. Roedd y rhai na wyddai am ei gorffennol yn ddigon parod i'w chredu. Roedd hi'n cael hwyl wrth gyfeirio at ei rhieni marw fel ei mami annwyl a'i dadi hoff. A 'fy nain hynod sydd bellach gyda Duw' oedd Nain Morton. Ac ar ôl dwy flynedd o ddistawrwydd mae'n debyg bod hynny'n wir. Byddai Dolly'n dal i feddwl amdani'n achlysurol ac yn hiraethu ryw ychydig. Yn ei hunigrwydd byddai'n cofleidio ei chlustog yn ei gwely ac yn claddu ei thrwyn ynddi gan geisio consurio sawr Nain Morton – cymysgedd o arogl chwys a jin ynghyd â rhyw awgrym cynnil o anwyldeb. Roedd Birmingham wedi bod yn real. Yn ffiaidd o real yn amlach na pheidio. Roedd realiti'r cwfaint yn llai anghyfforddus, ond yma byddai ei dagrau'n llifo ar brydiau a hithau heb wybod pam. Roedd arni angen rhywbeth ond wyddai hi ddim beth. Byddai bonclust iawn gan Nain Morton neu gan ei thad a'i mam yn y blynyddoedd diflanedig gynt yn arwydd eu bod yn malio. Gallent fod yn ei chasáu â chas perffaith ar y pryd a hithau'n teimlo'r un fath tuag atynt hwythau, ond roedd ochr gadarnhaol i'r emosiwn yn ogystal. Yma roedd pobl yn eich hoffi yn llugoer neu yn eich casáu yn llugoer – doedd dim dyfnder teimlad yn perthyn i'w hemosiynau.

Roedd Siwsi, hithau, yn mynd drwy gyfnod digon diangerdd. Doedd dim yma'n tarfu rhyw lawer arni. Doedd hi'n cael dim hwyl ar rifyddeg, ond mater bach oedd copïo gwaith un o'r merched eraill. Pe bai hi wedi bod yn yr un dosbarth â Dolly dichon y byddai wedi bod yn genfigennus o allu honno, ond nid rhywbeth y gellir ei gipio oddi ar ei berchennog yw ymennydd da. Gallai Dolly gadw ei phen a'i gynnwys heb boeni dim am ei ddiogelwch.

Dechreuodd Clare, a oedd wedi ennyn anghymeradwyaeth y lleianod am iddi beidio â gadael i Dolly dreulio'i gwyliau gartref gyda hi a Siwsi, bendroni a ddylai hi fentro ei chroesawu am ddiwrnod neu ddau ar y tro. Gwell peidio, ar y cyfan. Roedd hi'n cadw ei rhan hi o'r fargen drwy dalu am ei hysgol a phrynu ei dillad a rhoi anrhegion pen blwydd a Nadolig iddi. Pe na bai neb o'r plant yn aros yn y cwfaint dros y gwyliau byddai wedi gorfod mentro, ond roedd amryw o blant yn treulio'u gwyliau yno. A hynny am resymau rhagorol, yn ôl awgrym beirniadol y Fam Benedicta. Ac mae fy rheswm innau'n fwy na rhagorol, meddyliodd Clare. Er hynny, mae'n debyg na fyddai unrhyw berygl mewn mynd â'r ddwy ferch fach i siopa am ddiwrnod yn un o'r trefi cyfagos. A byddai'r weithred yn lleddfu dicter y lleianod. Deuai Siwsi'n ymwybodol o gariad mamol a oedd yn parhau drwy gydol y tymor ysgol yn ogystal ag yn ystod y gwyliau (wel, roedd hi'n ei charu hi, wedi'r cwbl, on'd oedd hi?), a byddai Dolly hithau yn teimlo'n llai amddifad. (Roedd hi'n drueni nad oedd ei nain wedi dod i'r fei, ond hyd yn oed pe bai hi'n ymddangos nawr mae'n siŵr na fyddai'n ddim mwy na mater o ddweud helô a ta ta.)

Roedd y diwrnod yn y dref wedi mynd heibio'n ddidramgwydd, ac eithrio bod y seiren wedi canu i rybuddio bod awyrennau'r gelyn yn y cyffiniau. Aeth y tair i ymochel i siop lyfrau oedd yn digwydd bod gerllaw a rhoddodd Clare arian i'r merched i brynu llyfr yr un. Prynodd y ddwy lyfr yn llawn o luniau sêr y ffilmiau gan sicrhau Clare, mewn eiliad brin o gyd-ddealltwriaeth, na fyddai dim gwahaniaeth gan y lleianod. Roeddynt yn lluniau hardd. Roedd hanes Tarzan fel stori natur – edrychwch ar yr holl goed yna! Edrychodd Clare ar gorff cyhyrog Johnny Weismuller ac ni chafodd ei thwyllo, ond roedd hi'n braf gweld y ddwy'n gwenu'n gynllwyngar ar ei gilydd. Roedd hi'n ymddangos eu bod yn dechrau dod yn hoff o'r naill y llall. Roedd y llyfrau yn gwbl ddiniwed. Dechreuodd feddwl am Peter. Roedd o'n llai o Tarzan na Norman hyd yn oed. Roedd y rhyfel yn mynd yn ei blaen yn rhy hir. Roedd Norman yn siŵr o fod yn cael ei damaid yn rhywle, oni bai bod y gyflafan ddiddiwedd yn difa'r awydd. Os oedd yr awydd heb ei ddifa a dim byd i'w gael yn y ffordd arferol, oedd o'n debyg o fynd i chwilio amdano yn y ffordd arall? Pan ddychwelai o'r rhyfel, tybed a fyddai'n dod â rhyw ddyn arall i'w ganlyn? Doedd y syniad ddim yn apelio ati a bwriodd ef allan o'i meddwl.

Byddai wedi bod yn ddoethach pe bai'r Chwaer Clemence wedi gwneud yr un modd pan gafodd hithau ei tharo gan syniad cyffelyb ynglŷn â'r merched oedd yn ei gofal. Ffrances ddeugain oed, laes ei bronnau, a wisgai ddillad lleian gyda gwroldeb yn hytrach na brwdfrydedd oedd y Chwaer Clemence. Casâi fod ar ddyletswydd yn ystafelloedd cysgu'r merched â chas perffaith ond byddai er hynny'n cwblhau'r gwaith gyda sêl afraid. Dyna'i ffordd o wneud ei holl waith. Yn lle crwydro drwy'r ystafell gysgu gan fyseddu ei phaderau yn dawel wrthi ei hunan, neu fyfyrio'n felys hiraethus am ddyddiau ei hieuenctid – ymhell cyn cyfnod Hitler a'r rhyfel – hoeliai ei holl sylw'n ddiwyro ar yr hyn oedd o'i chwmpas. Cwblhâi ei dyletswydd i'r llythyren a thu hwnt i hynny. Diffoddid y golau am naw. Pe bai rhywun yn cael bàth neu'n talu ymweliad hwyrol â'r tŷ bach ar yr awr benodedig, byddai'n rhaid iddi ymbalfalu ei ffordd yn ôl i'w gwely orau y gallai. Ni chaniateid defnyddio fflachlamp. Ac roedd unrhyw ymdrech i sibrwd gair wrth gymydog dros y parwydydd gwynion a wahanai'r gwelyau yn weithred waharddedig. Rhaid oedd plygu pob dilledyn yn dwt a'i osod yn drefnus ar y gadair wrth ochr y gwely. Roedd caniatâd i osod lluniau o berthnasau – perthnasau agos – ar y silff ger y cwpwrdd dillad. Gwaherddid dangos llun o unrhyw un arall. Dros dro a chyda pheth lwc gellid mentro dangos llun o Clive Brook neu Clarke Gable gan hawlio ei fod yn llun o Dadi cyn y rhyfel, a llwyddo i dwyllo rhai o'r diniweitaf ymhlith y chwiorydd yng Nghrist, ond ni thwyllid mo'r Chwaer Clemence. Pan oedd hi ar ddyletswydd diflannai pob llun o'r fath o dan y matresi. Âi tudalennau oedd wedi eu torri o lyfrau ffilm Siwsi a Dolly a'u cyfnewid am felysion o'r golwg fel aelodau o'r fyddin gudd yn Ffrainc, a theithient mewn mawr berygl o'r naill wely i'r llall. Gan fod llai o luniau nag o ferched, mentrai rhai o'r merched ar daith fwy rhyfygus byth i edmygu'r lluniau o dan ddillad gwely un o'u cymdogion. Yn yr awyrgylch ddi-wryw honno rhaid oedd i ferch amddiffyn ei Franchot Tone a'i Melvyn Douglas rhag llygaid awdurdod maleisus drwy eu gwthio i waelodion y gwely pan fyddai'r Chwaer Clemence yn prowla heibio. Byddai'n rhaid i'r ferch oedd ar ymweliad guddio dan y dillad hefyd gan adael i iawn berchennog y gwely ffugio cwsg dan lygaid barcud y chwaer. Wedi iddi barhau ar ei thaith dihangai'r ddwy ferch eilwaith dan y dillad gyda'u fflachlamp a'u lluniau o sêr y ffilmiau i fyd llawn dynion cyhyrog, hardd.

Beth oedd Lesbiad?

Pam oedd y Chwaer Clemence yn mynd yn benwan?

Roedd hyd yn oed y merched hynaf yn credu bod ei hymateb i'r drosedd yn ymylu ar wallgofrwydd.

Roeddynt yn cael eu hanfon at y Fam Benedicta – am beth? Roeddynt yn debyg o gael eu hanfon o'r ysgol – am beth? Am siarad gyda'i gilydd yn y tywyllwch? Doedd y ffaith y byddai'r lluniau oedd yn eu meddiant yn taflu goleuni gwahanol ar bopeth ddim wedi croesi eu meddyliau.

Heidiodd y Chwaer Clemence, a oedd yn crynu gan emosiwn, tua dwsin ohonynt yn eu gynau-gwisgo i lawr i stydi'r Fam Benedicta ac yna aeth i chwilio am awdurdod uwch.

Edrychodd Siwsi a Dolly, y ddwy ieuengaf, ar ei gilydd mewn dryswch. Am beth roedd y ddynes yn bytheirio? Roedden nhw wedi bod wrthi'n cyfrif y lluniau oedd ar ôl ac yn ceisio amcangyfrif eu gwerth mewn melysion. Roedd pocedi eu gynau-gwisgo yn llawn o'r lluniau. Gan mai hwy oedd gwerthwyr y lluniau roedd y merched hŷn wedi bod yn cymryd cryn sylw ohonynt – a nawr roedd storm wedi torri uwch eu pennau.

Cyrhaeddodd y Fam Benedicta yn llawn cynddaredd a'u gyrru i gyd yn ôl i'w gwelyau. Byddai'n eu gweld yn y bore, meddai hi. Roedd hi'n wraig graff, gytbwys, ac roedd hi'n ymwybodol iawn na ellid dweud hynny am y Chwaer Clemence. Os oedd eglurhad i'w gael – ac nid eglurhad y Chwaer Clemence fyddai hwnnw o anghenraid – byddai'n siŵr o ddod i'r fei yng ngolau dydd.

Cafodd air â'r merched fesul dwy. Partneriaid Lesbiaidd, yn ôl y Chwaer Clemence. Doedd y Fam Benedicta ddim yn cytuno.

Dechreuodd gyda'r rhai hynaf a sylwi ar syfrdandod yn hytrach na thrachwant. Os oedd euogrwydd, nid euogrwydd cnawdol mohono. Pan ddaeth hi'n dro Siwsi a Dolly, gofynnodd yr un cwestiynau iddynt ag roedd hi wedi eu gofyn i'r lleill, a hynny o ran tegwch a dyletswydd yn hytrach nag o argyhoeddiad.

'Roeddech chi, Siwsi a Dolly, yn rhannu'r un gwely – pam?'

'Er mwyn cael cwmni,' meddai Dolly, y fwyaf chwim ei meddwl o'r ddwy.

'Beth oeddech chi'n wneud?'

'Dim ond gorwedd,' meddai Dolly.

'Nawr, atebwch chi, Siwsi – beth oeddech chi'n wneud?'

'Dim ond gorwedd,' meddai Siwsi, gan adleisio geiriau Dolly.

'Oeddech chi'n cyffwrdd â'ch gilydd?'

Sut gallai'r ddwy ohonynt orwedd mewn gwely tair troedfedd o led heb gyffwrdd?

'Oedden,' meddai'r ddwy yn unsain.

'Ble roeddech chi'n cyffwrdd?'

Gwyddai'r ddwy yn reddfol na ddylen nhw fod wedi cyffwrdd â'i gilydd, ond doedd ganddyn nhw ddim syniad pam.

'Bawd troed Siwsi,' meddai Dolly. 'Mi gyffyrddodd bawd Siwsi fawd fy nhroed i.'

'Roedd braich chwith Dolly yn pwyso ar fy ngwddw i,' meddai Siwsi.

'A wnaethoch chi ddim cyffwrdd ag unman arall?'

Roedd goslef y cwestiwn yn dweud yn eglur y byddai cyffwrdd unrhyw fan arall wedi bod yn hynod o anghymeradwy. Am beth roedd y ddynes yn siarad?

Unwaith eto cydadroddodd y ddwy, 'Naddo.'

Dywedodd yn chwyrn wrthynt bod torri rheolau'r ysgol yn bechod. Y rheol oedd eich bod yn aros yn eich gwely eich hun unwaith yr oeddech wedi mynd i mewn iddo. Doeddech chi ddim i godi o'ch gwely a mynd i wely merch arall am unrhyw reswm o gwbl. Y tro nesaf y byddent yn mynd i gyffesu byddai'n rhaid iddynt ddweud wrth y Tad Donovan beth oedd wedi digwydd.

Penderfynodd Dolly a Siwsi y byddai'n well ar y cyfan iddynt ddweud wrth y Tad Donovan iddynt fynd i'r un gwely i gusanu. Cyffyrddiad bach ysgafn iawn oedd cusan, ac roedd hi'n hollol amlwg mai cyffwrdd oedd y pechod. Gellid cadw'r celwydd am y cusanu yn bechod cyfleus wrth gefn ar gyfer yr ymweliad nesaf â'r gyffesgell.

Gwrandawodd y Tad Donovan arnynt mewn peth syndod – nid oedd unrhyw awgrym o gnawdolrwydd yng nghyffes gweddill y merched – a dweud wrthynt am adrodd eu paderau ddwywaith. A boed i'r Arglwydd Mawr ei hun ddatrys y broblem, meddyliodd. Croes y Fam Benedicta, yn ôl y Fam Benedicta, oedd y Chwaer Clemence, ac roedd yn dechrau dod i ddeall pam. Roedd y pechodau unigol a gyffesid gan y lleianod a'r disgyblion yn cydblethu fel brodwaith a châi yntau o ganlyniad olwg gyffredinol ar y cwfaint. Roedd popeth yno'n normal ac yn naturiol. Roedd yn falch mai'r Bod Mawr oedd y barnwr terfynol. Byddai'n aml yn teimlo rhyddhad y gallai ef, y Tad Donovan – y sianel – osgoi'r cyfrifoldeb terfynol. Yn wir, roedd rhai achlysuron, ac roedd hwn yn un ohonynt, pan na allai osgoi'r cyfrifoldeb yn ddigon cyflym.

Roedd gorfod adrodd ei holl baderau ddwywaith drosodd yn awgrymu pechod go ddifrifol ac unwaith yn rhagor aeth yn nos ar Siwsi yn ei hymdrech i wneud synnwyr moesol o'r holl beth. Pwy oedd yn cynllunio'r holl benydiau? Oedd gan y Tad Donovan lyfr ar y pwnc? Pe bai hi wedi rhoi gobennydd ar wyneb Dolly ac eistedd arno, tybed fyddai hi wedi gorfod adrodd 'Henffych Fair' deirgwaith unwaith yn rhagor neu bedair gwaith neu bump gwaith efallai? Roedd rhai pechodau'n cael eu galw'n rhai marwol ac eraill yn cael eu galw'n rhai y gellid eu hesgusodi. Uffern oedd y gosb am y math cyntaf. Rhai y gellid eu hesgusodi oedd pob un o bechodau Siwsi hyd yn hyn – ac roedd llofruddiaeth yn fwy esgusodol na'r mwyafrif. Doedd llofruddiaeth ddim i'w weld o fawr bwys. Roedd cyffwrdd yn wahanol. Roedd ei chof am Willie bach a'r dyn bara yn cilio'n raddol fel machlud llachar i lwydni mwyn anghofrwydd. Rhoddodd Dolly, a oedd wrthi'n cymryd arni ei bod yn dweud ei phaderau, bwniad i Siwsi â'i phenelin a dweud yn ei hacen enedigol fwyaf garw bod yr holl blincin lle yn gwbl wallgof. 'Does dim blincin sens o gwbl yn y peth.'

Cytunodd Siwsi.

O'r munud hwnnw penderfynodd na fyddai byth eto'n chwilio am reswm. Doedd dim arweiniad i'w gael ac eithrio'r arweiniad oedd yn ei phen hi ei hun. Doedd pechod yn ddim byd ond smotyn o arian byw a oedd byth a hefyd yn newid ei ffurf ac nad oedd hi'n bosibl cael unrhyw drefn barhaol arno. Felly anghofio'r holl beth fyddai orau. Cael gwared o'r syniad a byw yn ôl ei greddf. Roedd y geiriau a ddefnyddiodd yn symlach – prin y defnyddiodd hi unrhyw eiriau o gwbl. Dychmygai ei hun yn eistedd ar draeth, yn noeth. Roedd yr haul yn tywynnu. Doedd dim cynnwrf. Dim ffwdan. Roedd ei meddwl fel y tu mewn i gragen. Cragen binc, hardd yn tyfu perlau Siwsi prydferth.

Ym 1945 ar y diwrnod y daeth y rhyfel i ben, cafodd Siwsi ei misglwyf cyntaf. Canodd clychau'r cwfaint a chanodd clychau'r dref, chwifiwyd baneri a chofleidiodd pawb ei gilydd yn agored heb deimlo unrhyw euogrwydd. Teimlodd Siwsi'r lleithder cynnes rhwng ei choesau a gwaeddodd mewn peth syndod a rhyw gymaint o fraw ei bod hi'n ddynes. Roedd pawb yn rhy brysur yn dathlu'r ffaith bod trwyn Hitler wedi cael ei wthio i'r baw o'r diwedd i gymryd unrhyw sylw ohoni. Defnyddiodd un o'r tywelion misglwyf roedd Mami wedi bod yn ddigon doeth i'w darparu ar ei chyfer a gorwedd ar ei gwely gan ddisgwyl i rywbeth o bwys mawr ddigwydd iddi. Teimlad rhyfedd oedd bod yn berson mewn oed (wel, bron yn un ar ddeg). Roedd ganddi boen yn ei stumog ac roedd hi fel pe bai hi'n graddol waedu i farwolaeth. Os oedd hyn yn mynd i ddigwydd iddi unwaith y mis nes byddai hi'n ddeugain oed, roedd yn amlwg bod rhywun â'i gyllell mewn menywod. Roedd anghyfiawnder eithafol y peth yn sarhad arni. Dylai dynion waedu hefyd. Byddai Dadi'n dod adref cyn bo hir. Doedd Dadi ddim wedi gwaedu o gwbl. Nid ar yr wyneb, nid o unrhyw agoriad yn ei gorff. Roedd hi'n dechrau anghofio sut un oedd ei thad.

Roedd Norman – a gofiai Siwsi'n ferch fach, lyfndew, angheuol – wrth ei fodd pan welodd hi. Byddai hi'n ferch ifanc eithriadol o brydferth pan fyddai hi ychydig yn hŷn, ac roedd ei gwasg yn dechrau meinhau yn barod. Doedd ei stumog ddim yn sticio allan erbyn hyn ac roedd ei bronnau bychain i'w gweld o dan ei blows ysgol fel soseri wyneb i waered. Ac nid yn unig roedd hi'n addo bod yn brydferth, roedd hi'n dda yn ogystal. Roedd y lleianod wedi gwneud gwyrthiau. Doedd hi ddim wedi lladd neb ers hydoedd.

Yn wahanol i lawer o'i gydwladwyr, ni chafodd unrhyw anhawster i setlo i lawr i fyw bywyd teuluol unwaith eto. Ni fyddai ei briodas yn chwalu. Aeth â Clare i'r gwely mor eiddgar â chariad newydd a chafodd groeso brwd ganddi. Roedd ei pherthynas â Peter wedi datblygu'n ddefod ddiflas. Roedd gan Norman gêmau newydd i'w chwarae. Mae fy nghwpan, meddyliodd Clare, yn llawn. Mae'r dyddiau tywyll wedi mynd heibio. O'r diwedd, mae bywyd yn normal. Yn ddigon normal i adael i Dolly ddod atynt am ychydig ddyddiau yn ystod gwyliau'r haf. (Dim ond am ychydig ddyddiau – yn araf bach piau hi.)

Er nad oedd Norman yn arbennig o ddeallus ei hun, roedd yn ymwybodol o ddeallusrwydd Dolly – er nad oedd yn llawn sylweddoli maint ei deallusrwydd. Roedd y metamorffosis o fod yn blentyn o'r slymiau i fod yn ferch ifanc gwrtais, gwbl dderbyniol yn un anodd dygymod ag ef. Clywodd ei hun yn ei galw'n Dorothy unwaith neu ddwy. Roedd hi'n fach, yn fain, ac yn wylaidd, a phrin y gellid ei galw'n dlws. Ond roedd ganddi ddwy lygad hardd – yn ei atgoffa o frown tywyll gwerddonau'r anialwch. Ac os oedd blew ei hamrannau yn real (wel, wrth gwrs eu bod nhw), doedd o ddim wedi gweld eu tebyg ers cryn amser. Byddai Dolly'n siŵr o wneud yn fawr ohonynt ryw ddiwrnod.

Ond doedd hi ddim i'w chymharu â Siwsi. Ei Siwsi

landeg, brydferth, gariadus ef. Doedd dim cystadlu am sylw a chariad rhyngddynt. Gwnâi Dolly, a oedd yn fwriadol lletchwith ar brydiau, yn siŵr o hynny. Câi wahoddiad i dreulio gwyliau mewn amryw o gartrefi y dyddiau hyn a gwyddai'n union sut i'w haddasu ei hun. Yn y cartrefi hynny byddai'n addasu yn gwbl ddiymdrech. Dadi – uwchgapten gyda'r *Royal Engineers* – wedi ei ladd yn *El Alamein* – un o ddynion Monty. Y math yna o beth. Ambell waith byddai'n gapten llong danfor a gollwyd ger Dunkirk. Mami, swyddog gyda'r WRENS – neu roedd hi'n gwneud gwaith cyfrinachol (mae'n ddrwg gen i ond alla i ddim dweud mwy na hynny) – roedd hithau wedi cael ei lladd gan fom neu wedi cael ei diddymu. Byddai ei gwesteiwyr, boed nhw'n amheus neu'n hygoelus, yn gwrtais a charedig.

Ond yma nid oedd unrhyw ffugio na smalio. Yma doedd dim ond presennol gochelgar braidd. Roedd hi'n ddiolchgar bod rhieni Siwsi yn ddigon llawn o euogrwydd i dalu am ei hysgol ac i ddarparu ar gyfer ei hanghenion. Roedd hi'n ddigon doeth i beidio â chrybwyll y rheswm pam o gwbl. Roedd pwll y pysgod aur wedi ei lenwi a'i wneud yn wely blodau. Fyddai Nain Morton ddim wedi cymeradwyo hynny chwaith. Mi ddylen nhw fod wedi plannu bresych yno.

Yn ystod y rhyfel roedd gardd y cwfaint, a oedd yn wladgarol lawn o fresych, maip a thatws, yng ngofal y lleianod eu hunain, chwiorydd lleyg yn fwyaf arbennig, nad oedd ganddynt arian i'w cyflwyno i'r Urdd ac a oedd yn lle hynny wedi cysegru eu medrau domestig a garddwrol tra oedd eu chwiorydd mwy cefnog ac addysgedig wedi cyflwyno eu gallu academaidd a'u harian. Cyflwynid pob llafur er clod i Dduw – boed yn chwynnu o gylch y betys, golchi dillad, sgwrio lloriau neu ddysgu pynciau arbenigol i'r chweched dosbarth.

Wedi i'r rhyfel ddod i ben daeth cynnydd yn nifer y disgyblion. Yn ystod y tair blynedd ddilynol aeth eu nifer i fyny i bedwar ugain. Roedd digon o arian ar gael erbyn hyn i adnewyddu bwthyn y garddwr ac i gyflogi garddwr llawn amser. Cyflogid garddwyr lleol, cyn-filwyr gan mwyaf, dros dro. Cymry oedd y rhain, a doedden nhw ddim yn Babyddion. Rhywle i ennill arian nes byddai gwaith mwy addas ar gael oedd y cwfaint. Roedden nhw'n goddef y gwaith, am y tro, yn yr un modd ag roedd y Fam Benedicta yn eu goddef hwythau.

Pe na bai hi wedi gorfod goddef cymaint, byddai wedi bod yn ddigon doeth i beidio â chyflogi Murphy. Roedd Murphy, hyd yn oed ym marn wyryfol y Fam Benedicta, yn greadur hynod o wrywaidd. Roedd yn ddeg ar hugain oed, yn Wyddel ac yn Babydd. Roedd yn addas dros ben ar wahân i un peth – ei wrywdod amlwg. Gwisgai hen grys gwlanen a throwsus melfaréd trwchus nad oedd yn arbennig o lân, ac roedd ei gorff cydnerth a chyhyrog yn disgleirio drwy'r cyfan – yn addewid o orfoledd.

Ceisiodd y Fam Benedicta ddod o hyd i ryw ffordd allan o'i phenbleth drwy ofyn iddo a oedd yn briod, neu'n debyg o fod yn briod cyn bo hir. Atebodd nad oedd ac yna gwenu'n ddireidus a dweud ei fod wedi ystyried y peth gan ei fod yn ddyn cwbl normal, ond nad oedd ar unrhyw frys i fod yn ŵr priod. Os gallai'r lleianod ddygymod â dyn dibriod fel ef, yna gallai yntau ymdopi i'r dim â'r gwaith. Roedd hyd yn oed yn barod i fagu cwningod ar gyfer cegin y cwfaint – roedd lle ar gyfer cytiau iddynt y tu ôl i'r bwthyn – a phe bai'n clirio'r gornel ger y sièd yn yr ardd byddai'n fan hwylus i gadw ieir. Doedd dim pall ar ei frwdfrydedd. Roedd bwlch yn ei ddannedd blaen lle roedd wedi colli un o'i ddannedd uchaf ar yr ochr chwith, a hynny yn hytrach na'i frwdfrydedd a berswadiodd y Fam Benedicta i gynnig y gwaith iddo. Roedd nam arno. Nam bychan, mae'n wir, ond gallai fod yn ddigon. Y tu allan i oriau gwaith, meddai wrtho, byddai gofyn iddo aros o fewn i libart gardd y bwthyn. Roedd gât yn arwain oddi yno i'r ffordd. Nid oedd i ddefnyddio prif fynedfa'r cwfaint nac i gymryd llwybr tarw ar draws y caeau chwarae. O'i rhan hithau, byddai'n gofalu na fyddai'r plant yn tarfu arno. Ni chaniateid i neb ohonynt fynd ar gyfyl gardd y bwthyn. Os byddai rhai o'r merched yn chwarae'n rhy agos i'r bwthyn neu'n aflonyddu arno – drwy fynd i'r ardd i nôl pêl, er enghraifft – roedd disgwyl iddo eu hanfon oddi yno ar unwaith a'i hysbysu hi o'r digwyddiad.

Cytunodd â'r holl amodau. Roedd diwrnod o grwydro strydoedd y dref gyfagos, y gallai ei chyrraedd yn rhwydd ar ei feic, wedi datgelu digon o dalent fenywaidd i'w gadw'n fodlon pan ddôi'r cyfle. Câi'r Fam ddrwgdybus ei ynysu fel gŵr gwahanglwyfus, câi hoelio rhybuddion 'Cadwch Draw' ar y coed o gwmpas ei fwthyn a'r ardd – byddai'n cydymffurfio'n ddirwgnach. Dywedodd hynny wrthi mewn geiriau gwahanol.

Tawelodd hynny ychydig ar ei hofnau a

dechreuodd fargeinio ag ef ynglŷn â'i gyflog. Doedd o ddim yn cynnig ei wasanaeth yn rhad.

Roedd yr un peth yn wir am yr athrawon dros dro – a oedd yn ddigon defnyddiol i lenwi'r bwlch nes y gallai'r prif gwfaint yn Ffrainc anfon athrawon â'r cymwysterau dysgu angenrheidiol – ond roeddynt yn costio llai na chyflogi athrawon trwyddedig. Roedd tair ohonynt. Robina Blane, merch ugain oed o Altrincham, a oedd yn cloffi rhwng dau feddwl ynglyn â bod yn athrawes, ac yn defnyddio'r cwfaint i'w helpu i benderfynu. Bridget O'Hare, pedair ar bymtheg oed ac mor Wyddelig â'r Liffey, a oedd yn berffaith barod i roi cynnig ar unrhyw beth, yn arbennig chwarae tennis (cafodd hi waith fel athrawes chwaraeon). A Miss Agatha Sheldon-Smythe, a oedd yn tynnu at oedran ymddeol ac yn awyddus i gael cartref iddi hi ei hun a'i dau fwji. Bywydeg ar gyfer y dosbarthiadau iau oedd ei chryfder. Rhannai'r ddwy athrawes ifanc ystafell ger clafdy'r cwfaint. Roedd gan Miss Sheldon-Smythe ei hystafell ei hun ar y llawr isaf, yn agos i'r llyfrgell. Roedd hi bron mor hoff o'r teulu brenhinol ag yr oedd hi o'i dau fwji. Pan fyddai un o'r teulu farw, gwisgai ddu o'i phen i'w thraed am wythnos gyfan. Pan briodai un ohonynt neu pan geid rhyw ddathliad brenhinol arall, gwisgai wasgod goch, gwyn a glas a gosodai fflag ar gaets y bwjis. Roedd y merched i gyd yn hoff ohoni. Roedd hi'n fendigedig o wallgof. Goddefai'r lleianod hi; o leiaf roedd hi'n gyfarwydd â'i thrychfilod a gallai ddadelfennu llyffantod yn gyflym a chelfydd.

Erbyn hyn roedd Siwsi a Dolly, a oedd yn bedair ar ddeg ac yn bymtheg oed, yn nosbarthiadau uchaf yr ysgol ac yng ngofal academig effeithiol y lleianod. Nid bod gofal academig effeithiol yn cyfrif rhyw lawer yn achos Siwsi. Yr unig arholiad roedd hi wedi llwyddo ynddo oedd y *Junior Oxford*, a thrwy lwc yn unig roedd hynny. Roedd y lleian oedd yn arolygu'r arholiad wedi cysgu'n dawel o'r dechrau i'r diwedd ac roedd Siwsi hithau wedi bod yn ddigon ffodus i eistedd yn ymyl ffrind eithaf galluog a charedig nad oedd yn malio o gwbl bod ei gwaith yn cael ei gopïo. Yn achos Dolly byddai dysgu aneffeithiol wedi bod o'r pwys mwyaf. Roedd yn gwbl amlwg mai hi oedd y disgybl disgleiriaf oedd wedi bod yn y cwfaint ers rhai blynyddoedd. Roedd ei gallu hi'n tynnu'r gorau allan o'i hathrawon. Rhagwelid y byddai'n llwyddo i gael ei derbyn i Gaergrawnt ymhen amser, ac roedd y lleianod yn ddigon parod i'w helpu i fynd yno a'i chynnal nes byddai'n ennill ei gradd os na fyddai Mr a Mrs Moncrief yn fodlon gwneud hynny. Byddai ei llwyddiant yn ddigon o hysbyseb i safon academaidd y cwfaint i dreblu nifer y plant fyddai'n cael eu hanfon yno.

Roedd y byd yn camu'n fras i gyfeiriad oes newydd. Roedd y ferch broffesiynol yn dechrau ennill ei phlwyf. Yn y cyfnod cyn y rhyfel byddai merched yn cael eu paratoi ar gyfer priodi. Os na lwyddent i ddenu dyn erbyn iddynt gyrraedd tua phump ar hugain oed, byddent yn rhedeg siopau ffasiwn bach sidêt neu gaffis bach tawel yn arbenigo ar ddarparu te a theisennau cartref, neu'n gofalu am berthnasau oedrannus, neu'n mynd yn lleianod. Ar y cyfan, roedd y Fam Benedicta yn tueddu i fod o blaid rhoi mwy o ryddid i ferched. Os oedd gan ferch ddewis rhwng mynd i'r byd academaidd neu i gwfaint a hithau'n cymryd yr ail ddewis, yna roedd hi o ddifrif ynglŷn â'i galwad. Roedd Duw, yn rhy aml o lawer, wedi dod yn ail sâl i garwr anfodlon neu arholiad aflwyddiannus. Dichon y ceid llai o leianod yn y dyfodol, ond dylai eu hansawdd a'u hymroddiad fod yn ardderchog.

Roedd hynny'n fwy nag y gellid ei ddweud am ansawdd ac ymroddiad Robina Blane a Bridget O'Hare. Roedd y gyntaf yn prysur ddarganfod nad oedd hi am fod yn athrawes, er ei bod yn bwriadu aros hyd ddiwedd tymor yr haf. Doedd Bridget chwaith ddim yn or-hoff o'r gwaith, ond roedd hi'n hoff iawn o Murphy a fyddai dim byd yn ei pherswadio i adael tra byddai ef o gwmpas y lle. Roedd Murphy a hithau yn rhannu'r un gwreiddiau. Siaradai'r ddau yn acen feddal De Iwerddon. Roeddynt yn gweddu'r naill y llall i'r dim.

Teimlai Murphy yr un fath amdani hithau. Bu bron iddo briodi merch debyg iddi ar un adeg, merch hirwallt, dywyll gyda choesau cryfion a chluniau a gafael ynddynt. Wrth edrych arni câi ei atgoffa am ddiod o laeth enwyn a wyau brown a diferyn o chwisgi i rwystro'r melyster, yr iachusrwydd, rhag troi'n syrffed. Roedd Bridget yn gymysgedd hyfryd.

Treulient y nosweithiau gyda'i gilydd yn ei gegin fach gyda'r llenni ynghau i gadw haul yr haf allan ac i osgoi llygaid busneslyd. Byddent yn caru'n aml, weithiau ar y soffa rhawn ceffyl (anghyfforddus) ond yn amlach yn yr ystafell drws nesaf ar hen wely plu (mor gyfforddus â mynwes hael eu mamwlad).

Doedd dim rhyfedd bod Bridget yn rhy flinedig i ddysgu'r merched i chwarae pêl-fasged. Ac ar y cwrt tennis, byddai'n pensynnu ger y rhwyd ac yn gwrando ar gân yr adar, tra gwibiai'r peli heibio iddi.

Roedd Siwsi hefyd wedi dechrau breuddwydio. Byddai ei chorff, y tir gwyryfol, yn gyrru iasau synhwyrus o emosiwn drwyddi nes caledu ei thethi. Wyddai hi ddim beth oedd ystyr y peth, ond byddai'n digwydd bob tro y meddyliai am Murphy. Pan eisteddai yn y dosbarth yn cymryd arni wrando ar y Chwaer Gabrielle yn sôn am drionglau cyfochrol ac am rywun o'r enw Pythagoras, gallai ei weld drwy'r ffenestr yn trin yr ardd lysiau. Ar ddyddiau poeth byddai'n rhoi ei grys i hongian ar gangen coeden afalau. Roedd ei groen wedi troi'n frown tywyll yn yr haul ac roedd y chwys yn disgleirio arno – fel cneuen gastan yn y glaw. Du oedd y gwallt ar ei ben, ond roedd y blew ar ei frest yn gras ac yn frown fel cneuen. Llyfai ei gwefusau fel pe bai hi'n blasu Murphy, yn cael ei gwefreiddio gan Murphy, ac edrychai ar y Chwaer Gabrielle drwy lygaid pŵl pan fynnai honno ei sylw.

Ym mhreifatrwydd ei gwely y breuddwydiai fwyaf. Roedd y tywyllwch yn hir yn dod yn ystod nosweithiau'r haf. Trôi'r pared pren gwyn a amgylchynai ei gwely yn euraid, yna'n felyngoch ac yna'n lliw rhosyn tywyll cyn i'r tywyllwch ei guddio o'i golwg. Er nad oedd hi wedi torri gair ag ef, siaradai'n hir ag ef yn ei meddwl. Dywedai wrthi ei bod hi'n hardd. *Colleen* oedd ei enw arni. (Gwyddai mai Gwyddel oedd o ac felly byddai'n sicr o ddefnyddio geiriau Gwyddelig.) Dawnsient ym mreichiau ei gilydd i seiniau cerddorfa linynnol yn chwarae '*One Night of Love*', ac yna prynai ddiod moethus iddi a'i gwahodd i ginio. Roedd yn ŵr cefnog erbyn hyn. Gwaith dros dro i adfer ei iechyd ar ôl carwriaeth dorcalonnus oedd ei gyfnod o fod yn arddwr. Roedd wedi etifeddu ystad eang a chastell mawreddog ar ôl hen ewythr iddo, a oedd yn *laird* cyfoethog (os nad yn yr Alban roedd rheini'n byw). Roedd ganddo wely anferth gyda llenni o'i amgylch ac arweiniodd Siwsi ato'n dyner. Gwisgai hithau ŵn nos laes binc yn llawn les a ffriliau, a rhywbeth a elwid yn *négligé* ag ymyl o fanblu arno. Dywedodd bod ei thraed yn binc fel trwynau'r cwningod angora gwynion yr arferai eu magu ar gyfer y lleianod yn y cwfaint amser maith yn ôl. Dadwisgodd ef hi a dweud bod ei chorff cyn wynned â'u ffwr (na – prin y dywedai hynny, gwnâi hynny iddi swnio'n flewog a doedd hi ddim – wel, nid yn fwy blewog na'r cyffredin, a dim ond yn y mannau iawn; byddai alabaster yn well, neu sidan gwyn), ac yna cododd hi'n dyner a'i gosod i orwedd ar y gwely.

Dyma pryd y teimlodd Siwsi uchafbwynt ei chyffro rhywiol, a hynny heb sylweddoli beth oedd yn digwydd iddi. Doedd hyn erioed wedi digwydd o'r blaen a brathodd y gynfas gan wthio darn ohoni i'w cheg i geisio atal ei hun rhag gweiddi. Roedd bod yn fenyw yn rhywbeth hynod dros ben. Trodd ar ei hochr a dychmygu bod Murphy yno'n glòs wrth ei hochr. Daeth yr holl sôn am y pechod o gyffwrdd a'r penyd o orfod adrodd ei phaderau ddwywaith i'w meddwl, ac yna ciliodd drachefn. Os oedd hyd yn oed peidio â chyffwrdd yn gyrru'r fath wefr drydanol drwy ei chorff nes bod bysedd ei thraed yn gwingo, beth tybed fyddai effaith cyffwrdd? Dyma, felly, beth oedd ystyr bod mewn cariad. O, lawenydd! O, Murphy!

Tua chanol tymor yr haf roedd y cwfaint yn dathlu ei ganmlwyddiant. Daeth yr Esgob yno i weinyddu'r Offeren. Roedd yn ddyn mawr hwyliog a oedd wrth ei fodd yng nghwmni plant ac yn barod iawn i chwarae cuddio gyda'r merched ieuengaf. Wrth iddo ffarwelio ar derfyn y dydd dywedodd y dylai'r ysgol gael diwrnod o wyliau a hwnnw i'w dreulio ym mha ffordd bynnag roedd y merched yn dewis. Hoffen nhw fynd ar bicnic? Hoffent. Ar y traeth? O, ie. Gyda llwyth o frechdanau a theisennau jam? O, ie, *Monseigneur*.

Digon hawdd i ti wenu mor hunanfodlon, meddyliodd y Fam Benedicta'n flin. Nid ti fydd yn gorfod darparu'r teisennau jam a gwneud yn siŵr bod bws yr ysgol mewn cyflwr boddhaol. Alli di ddim hyd yn oed berswadio'r Hollalluog i roi diwrnod braf i ni. Mae'r tywydd wedi bod yn ddieflig bob tro o'r blaen pan ydan ni wedi mynd ar bicnic.

Eleni eto, y diafol oedd yn rheoli'r tywydd ar ddyddiau picnic plant dosbarthiadau isaf a dosbarthiadau canol yr ysgol (doedd dim modd mynd â phedwar ugain o blant ar bicnic anferth yr un pryd), ond roedd hi'n well pan ddaeth hi'n dro'r merched hŷn. Os oedd digon o awyr las i wneud trowsus i longwr roedd gobaith am ddiwrnod braf. Mi fydd pethau'n iawn heddiw, meddyliodd Siwsi. Fyddwn ni ddim yn cyrraedd yn ôl yn flin ac yn wlyb at ein crwyn. Plygodd ei gwisg ymdrochi – un undarn yn unol â rheol y cwfaint, ac un na wnâi unrhyw beth i ychwanegu at ddengarwch y corff benywaidd – mewn tywel mawr gwyn ac aeth i lawr at y bws yn hapus.

Eisteddai Murphy yn sedd y gyrrwr.

Roedd hyn yn fonws annisgwyl. Teimlodd Siwsi'n hapusach fyth y funud honno. Wyddai hi ddim beth oedd yn gyfrifol am ei bresenoldeb. Ond eisteddai yno yn ei grys siec brown a gwyn gyda'r llewys wedi eu torchi. Roedd blew ar ei freichiau o'i arddyrnau hyd ei benelinoedd fel blew esmwyth anifail. Roedd ei ddwylo ar yr olwyn yn gadarn a chryf, gyda'r ewinedd llydain, crynion a'r rhimyn du o'u cwmpas yn dystiolaeth o'i lafur gonest (doedd o ddim wedi etifeddu'r ystad a'r castell hyd yma). Gallai faddau'r baw dan ei ewinedd. Gallai faddau unrhyw beth iddo. Safodd ar stepen uchaf y bws a theimlo'r haul poeth yn llosgi ei chnawd, ac roedd hynny'n dipyn o syndod gan nad oedd hi'n arbennig o heulog ar y pryd.

Pwniodd Dolly hi â'i phen-glin o'r tu ôl a'i gorfodi i symud ymlaen. 'Gobeithio bod trwydded i yrru'r bws yma ganddo fo,' meddai Dolly. Doedd Murphy ddim yn cael unrhyw effaith arni hi. Pan oedd hi'n ferch fach roedd hi wedi gweld digon o rai tebyg iddo – fersiwn Canolbarth Lloegr. Y dyddiau hyn roedd hi'n dechrau hoffi dynion llai garw, pan fyddai hi'n trafferthu i feddwl am ddynion o gwbl.

Roedd pedair lleian yn edrych ar ôl y merched ar y trip. Pedair lleian a Bridget. Gan mai hi oedd yr athrawes chwaraeon roedd dysgu'r merched i nofio yn rhan o'i dyletswyddau. Doedd hithau ddim yn gallu nofio rhyw lawer, ond byddai'n chwarae gyda rhai o'r merched iau ym mhwll nofio'r cwfaint, yn lluchio dŵr drostynt ac yn dangos iddynt sut i arnofio. Bae'r Cyryglau oedd mangre'r picnic – cilfach fechan tuag ugain milltir i ffwrdd, a gofynnwyd iddi fynd ar y trip 'i gadw llygad', fel y dywedodd y Fam Benedicta. Roedd y Fam Benedicta ei hun wedi dewis peidio â dod. Roedd hi wedi mynd ar y ddau bicnic cyntaf ac wedi gwneud ei siâr o blygu ei chymalau anystwyth i eistedd ar dywod gwlyb. Rhan o'i chynllun hi oedd taith gymharol faith a chyfnod gweddol fyr ar y traeth, ond roedd cymharol fyr hyd yn oed yn rhy hir ac roedd hi wedi cael mwy na digon. Daeth i mewn i'r bws i gael gair neu ddau yng nghlust Murphy cyn iddo gychwyn.

'Cofiwch,' meddai hi, 'mai eich dyletswydd chi ydy gyrru'r merched i'r llecyn picnic – fel y gwnaethoch chi ddoe ac echdoe – gadael y bws yno fel y gallan nhw fynd i mewn iddo ar unwaith os daw hi i lawio, a dod yn ôl i'r bws erbyn pedwar o'r gloch, neu cyn hynny os bydd hi'n brynhawn gwlyb.' Aeth hi ddim drwy'r cyfarwyddiadau eraill: y dylai gadw'n ddigon pell o'r man picnic; y dylai dorri ei syched mewn caffi bach yn y pentref os nad oedd ei fflasg o goffi yn ddigon iddo; na ddylai ar unrhyw gyfrif fynd ar gyfyl unrhyw un o'r tafarndai lleol. Gobeithiai bod eu hadrodd unwaith wedi bod yn ddigon.

Gan ei bod wedi bod ar y ddwy daith flaenorol, nid oedd ganddi unrhyw amheuaeth ynglŷn â'i allu fel gyrrwr. Fel rheol byddai'r bws (rhodd i'r ysgol gan gyn-gyrnol, tad un o ferched y trydydd dosbarth) yn cael ei yrru gan y Chwaer Sofia a oedd wedi bod yn gyrru ambiwlans yn ystod y rhyfel ac yn deall y gwaith i'r dim. Ond yn anffodus roedd y Chwaer Sofia yn dioddef o'r eryr, ac er bod rhai o'r lleianod eraill yn gallu gyrru ceir doedd yr un ohonynt yn barod i fentro ar y ffordd y tu ôl i olwyn bws. Cynigiodd Murphy – a oedd wedi clywed gan Bridget am y sefyllfa, a'r manteision a ddôi yn ei sgil – ei wasanaeth. Pan ofynnwyd iddo sut y daeth i wybod am y broblem, roedd wedi dechrau gwamalu am ryw aderyn bach ac yna wedi brysio i achub y sefyllfa drwy awgrymu y gallai'r Hollalluog fod wedi rhoi'r syniad yn ei ben. Roedd y Fam Benedicta wedi edrych yn bur amheus arno ond roedd holl helynt y picnic felltith yn gymaint o boen fel y penderfynodd beidio â'i holi ymhellach.

Roedd Murphy'n falch nad oedd hi'n dod ar y trip heddiw. Ar y ddwy daith flaenorol roedd yr hen Fam Benedicta wedi bod yn clebran yn ddiddiwedd am harddwch yr olygfa a hanes yr ardal. Roedd hi'n dipyn o boen. Heddiw, diolch i'r drefn, roedd y lleianod yn dawel. Roedd un hen greadures yn cysgu'n sownd â'i cheg ar agor. Symudodd fymryn ar y drych o'i flaen fel y gallai weld Bridget a oedd yn eistedd dair sedd y tu ôl iddo. Daliodd ei lygad a rhoi winc slei arno. Gwenodd a chanu'r corn – bîb, bîb-bîb, bîb, bîb. Chwarddodd y merched a dechrau canu. Fyddai dim diwylliant ar y trip heddiw – dim ond hwyl, hwyl a mwy o hwyl.

Parciodd y bws yn y man arferol ger y prif draeth a chario'r fasged bicnic fawr drom i fyny'r ffordd tua'r gilfach yr oedd y Fam Benedicta yn ei hystyried yn gymharol breifat. Dilynodd y merched a'r lleianod ef gan gario gweddill yr offer, a cherddodd Bridget yn gyfrwys y tu ôl i'r gweddill gan gadw digon o bellter rhyngddi hi a Murphy. Gwisgai siwmper fflamgoch a throwsus glas cwta, cwta, ac i'r diawl â'r lleianod – roedd hi bron yn ganol yr ugeinfed ganrif. Ymhen dwy flynedd byddai'n 1950. '*Roll out the Barrel*', canodd Bridget ac ymunodd Murphy yn y gân. Ceisiodd y lleianod hynaf – yn eu ffordd ddryslyd, aneffeithiol, arferol – dawelu'r merched oedd yn eu gofal wrth iddynt ganu nerth eu pennau a smalio cerdded yn feddw, sigledig.

Doedd y fath firi ddim yn hollol at ddant Siwsi. Oedd yn rhaid i Murphy gymryd rhan mewn difyrrwch mor werinol a hynny gyda'r fath frwdfrydedd? Efallai bod yn rhaid iddo. Efallai bod hyn i gyd yn rhan o'r argraff yr oedd yn ceisio ei chreu. Roedd ei lais bariton ysgafn yn ei chyffroi, ond roedd yn difetha rhyw gymaint ar ei ddelwedd. Doedd hi ddim wedi meddwl amdano fel person hwyliog. Yn ei breuddwydion, urddas dwys oedd yn ei nodweddu. Byddai hi ac yntau yn crwydro law yn llaw o dan y palmwydd ar draeth gwyn trofannol. Gwisgai siwt dywyll a thei bow a charnasiwn yn ei dwll botwm. Cyn mynd i'r gwely (byddent bob amser yn mynd i'r gwely), byddai'n dod â photel o siampên i'r ystafell wely, a honno wedi ei chladdu mewn pwcedaid o rew. Pan dynnai'r corcyn byddai'r siampên yn saethu allan fel rhaeadrau Niagara nes bod ei gŵn nos (satin glaswyrdd) yn diferu. Tynnai yntau hi oddi amdani gan chwerthin. Yna, fel rheol, byddai'r hyn a ddilynai yn dibynnu ar Siwsi.

'*Run, Rabbit, Run,*' canodd Murphy nerth ei ben. Erbyn hyn roeddynt wedi cyrraedd y gilfach ac roedd yn rhaid iddynt ddringo dros wal isel a chroesi llain o laswellt llithrig. Rhoddodd help llaw i bob un o'r lleianod yn eu tro. Cydiodd y rhai hynaf yn anfoddog yn ei law. Cymerai'r rhai iau arnynt eu bod yn anfodlon hefyd, ond ni wrthododd yr un ohonynt ei help. Neidiodd y merched drosodd yn heini ac eithro un ferch fach dlos gyda gwallt fel aur a fynnodd gydio yn ei law. Gallai dyngu iddi geisio cosi cledr ei law â'i bys canol. Yn sicr roedd hi wedi cochi at ei chlustiau. Roedd ei bochau bron cyn goched â siwmper Bridget.

Ar ôl cario'r defnyddiau ar gyfer y picnic i lawr i'r traeth, sibrydodd air neu ddau yng nghlust Bridget ac yna i ffwrdd ag ef. Roedd ganddo ei fasged bicnic fach ei hun a oedd wedi ei pharatoi gan un o'r chwiorydd lleyg a 'Murphy' wedi ei ysgrifennu ar label ar y ddolen. Eisteddodd ar y prif draeth i fwyta ei frechdanau. Roedd gwynt yn chwythu o'r môr ac roedd ychydig o deuluoedd hwnt ac yma ar y tywod yn ceisio gwasgu at ei gilydd i gadw'n gynnes. Doedd gwyliau haf yr ysgolion lleol ddim wedi dechrau eto. Byddai'r Fam Benedicta wedi gallu trefnu'r picnic ar y traeth hwn yn ddigon rhwydd – roedd digon o le i bawb ac roedd yn well traeth. Gorweddodd ar ei gefn a hepian am ychydig. Roedd y tywydd yn dechrau cynhesu.

Gorweddai Dolly ar ei chefn hefyd gan deimlo'n ddiflas ac ychydig yn rhynllyd. Roedd hi wedi gwneud ei dyletswydd drwy fynd i'r môr – byddai'r lleianod wedi gwneud môr a mynydd o'r peth petai hi wedi gwrthod. Pe bai hi wedi meddwl am y peth mewn pryd byddai wedi gallu dweud ei bod hi'n amser anffodus yn y mis arni. Pam oedd trochi ei hun yn nŵr oer – oer iawn – y môr ac yna dod allan ohono a methu â'i sychu ei hun yn iawn yn llesol iddi? Roedd tywod gwlyb yn mynnu glynu hyd ei chluniau. Pam nad oedd ganddi hi gluniau siapus fel rhai Siwsi? Siwsi Dew – er nad oedd hi mor dew â hynny erbyn hyn. Pan fyddai Siwsi ychydig yn hŷn, mae'n debyg mai putain fyddai hi. Wel, doedd dim llawer o ddim arall y gallai ei wneud a byddai'n ennill arian da. Breuddwydiodd am Siwsi yn puteinio yn y *West End*, (doedd hi erioed wedi bod yn Llundain, ond roedd y *West End* yn swnio fel lle addas ar gyfer y fath weithgarwch), ac am Siwsi yn berlau drosti mewn *Rolls-Royce* gwyn.

A beth amdani hithau? Roedd y lleianod yn gwbl benderfynol o'i gwthio i brifysgol. Nid bod hynny'n poeni dim arni – allai hi ddim disgwyl i rieni Siwsi ei chynnal yn ariannol am byth. Roedd adegau pan fyddai'n eithaf parod i gyfnewid ei hymennydd am fronnau Siwsi. Yn academaidd roedd Siwsi'n anobeithiol, ond gyda'i chorff lluniaidd doedd hynny ddim o unrhyw bwys.

Cododd Dolly ar ei phenelin i gael gweld beth oedd Siwsi'n ei wneud. Ond doedd dim golwg ohoni.

Eisteddai Siwsi hanner ffordd i fyny'r sgri ar ochr bella'r gilfach lle roedd craig fawr yn ei chysgodi rhag y gwynt. Roedd hi'n gyfforddus ac yn gymharol gynnes yma. Roedd wedi dweud wrth y Chwaer Gabrielle ei bod yn mynd i chwilio am flodau gwylltion ac na fyddai'n hir. Roedd hi wedi casglu ychydig o flodau clustog Fair ac roedd swp ohonynt yn gorwedd yn binc a bregus ar ei glin. Roedd y môr yn unig. Roedd yna gerdd am y môr a'r awyr unig. Roedd y merched i lawr ar y traeth yn eistedd yn grwpiau fan hyn a fan draw ac roedd rhai ohonynt yn chwarae â phêl fawr liwgar. Gallai weld Dolly yn gorwedd ar ei phen ei hun a'i thrwyn mewn llyfr. Byddai Dolly yn darllen ei ffordd drwy fywyd heb gael dim blas ar ei fyw. Wel, doedd dim disgwyl iddi fyw rhyw lawer o gofio sut gorff oedd ganddi. Mae'n wir y byddai hi'n troi ei llygaid mawr ar Dadi ac y byddai yntau, fel ffŵl, yn ei llygadu hithau. Ond roedd rhaid wrth fwy na llygaid i ddod ymlaen yn y byd. Yn y diwedd mae'n debyg y byddai hi'n ennill gradd, ac yn mynd ymlaen i sôn am drionglau cyfochrol a chyfernodau ehangiad llinol wrth y rhai fyddai'n ddigon ffôl i wrando arni . . . neu byddai'n mynd yn lleian.

Uffern o fywyd oedd bod yn lleian, meddyliodd Siwsi.

Edrychodd i lawr ar y cwmni ar y traeth unwaith

yn rhagor. Doedd neb wedi sylwi arni hi i fyny yma. Byddai'n berffaith ddiogel iddi gerdded i'r pentref i edrych a oedd Murphy o gwmpas. Dychmygodd y sgwrs pe bai'r ddau yn cwrdd. 'Mr Murphy, rydw i mor falch fy mod i wedi eich gweld chi. Mae arnaf eisiau mynd i'r bws. Rydw i wedi gadael rhywbeth ar ôl, mae arna i ofn.'

'Prynhawn da, ferch ifanc, dyna lwc ein bod ni wedi cyfarfod. Wrth gwrs, fe sylwais i arnoch ar y bws ar y ffordd yma. Yn wir, rydw i wedi bod yn gwneud rhai ymholiadau amdanoch chi – Miss Moncrief yw eich enw, onide?'

'Wel, ie. Siwsi yw fy enw cyntaf – mae croeso i chi ei ddefnyddio.'

'Rydych chi'n hynod o garedig. Fy enw cyntaf i yw . . .'

Allai hi yn ei byw feddwl am enw addas. Am unwaith roedd hi ar goll yn lân. Murphy oedd o. Murphy hardd, fonheddig, hynaws, gyhyrog, yn fwrlwm o emosiwn tanllyd (a oedd dan reolaeth lem ar hyn o bryd). Gwell anghofio'r rhan olaf yna o'r sgwrs.

Erbyn hyn byddent yn y bws yn chwilio am yr hyn yr oedd hi wedi ei anghofio. Beth allai hynny fod? Hances bersawrus? Na – rhy gyffredin. Cyfrol o farddoniaeth? Rhy ddiflas. *French letter*? Beth oedd *French letter*? Roedd hi wedi clywed am y peth ond doedd ganddi hi ddim syniad beth oedd un. Ond roedd yn swnio'n rhywbeth fyddai'n taro i'r dim.

'Wel, a dweud y gwir Mr Murphy, *French letter* – mae o o dan y sedd.'

Mae'n debyg y byddai rhywun wedi mynd ag ef – beth bynnag oedd o. Byddai yntau'n cydymdeimlo.

Efallai y byddai'n awgrymu y gallent gael cwpanaid o de yn y caffi gerllaw. Gallai fod yn y caffi hwnnw y funud hon. Aeth draw yno ac agor y drws a chael cip i mewn. Roedd teulu gyda phedwar o blant yn bwyta hufen iâ. Ond doedd dim golwg o Murphy.

Treuliodd beth amser yn crwydro drwy'r pentref ac yna aeth i fyny i'r twyni. Roedd y tywod yma'n ddwfn ac yn sych ac yn mynnu llenwi ei sandalau. Roedd yna gysgod rhag y gwynt ac roedd yr hafnau rhwng y twyni yn gynnes braf. Piti bod pobl yn taflu crwyn orenau yno. Roedd hwn yn fae eithriadol o brydferth. Rywbryd yn y dyfodol byddai hi a Murphy'n dychwelyd gyda'i gilydd, taith atgofus i fangre eu cyfarfyddiad cyntaf. Byddai Murphy'n holi, 'F'anwylyd, ydych chi'n cofio'r diwrnod hwnnw yn y twyni? Roedd eich gwallt fel aur tawdd, f'anwylyd. Wyddech chi mai dyna pryd y syrthiais i mewn cariad â chi?'

Roedd yr ymddiddan yn tueddu i fod braidd yn rhodresgar. Roedd ei dychmygu hwyrol bob nos yn llawer iawn gwell – yn llawer mwy soffistigedig. Doedd o erioed wedi defnyddio'r gair cariad – dim ond edrych arni a chydio ynddi.

Ble roedd o? Efallai ei fod ar y creigiau fan acw. Byddai'n eistedd yno yn syllu allan i'r môr – fel y bu hithau beth amser yn ôl. Pe bai hi'n gwneud ffilm o hyn byddai'r camerâu yn symud o'r naill i'r llall ac yna byddai'r ddau yn codi'n araf ac yn symud i gyfeiriad ei gilydd gyda'r symudiad araf rhythmig y byddai pobl y ffilmiau yn ei gyfleu mor effeithiol. Byddai cerddoriaeth yn y cefndir – alaw leddf ar ffidil unig.

Damia'r tywod yma! Roedd yn rhaid iddi dynnu ei

sandalau a gwagio'r tywod ohonynt dro ar ôl tro. Aeth yn ei hôl i gerdded ar y ffordd unwaith eto nes iddi ddod yn nes at y creigiau ac yna dringodd dros y wal a dilyn llwybr rhwng y llwyni eithin. Yma roedd hi mewn man unig a gwyllt. Heb fod ymhell roedd y môr yn hyrddio i gilfach fechan rhwng y creigiau. Gallai glywed ei sŵn er na allai ei weld ar hyn o bryd.

Gwelodd Murphy cyn iddi weld y môr. Roedd llain fechan o dir du lle roedd yr eithin wedi ei losgi ymhlith y llwyni oedd yn dal heb eu difa. Ar lawr llosg y gwely hwn roedd un o dywelion gwynion mawr yr ysgol wedi ei daenu. Ar y tywel, yn noeth o'i gwasg i lawr, gorweddai Bridget. Ar ben Bridget, a'r un rhan o'i gorff yntau yn noeth, roedd Murphy.

Doedd Siwsi erioed wedi gweld y weithred o'r blaen, ond gwyddai'n eithaf da beth oedd yn digwydd. Roedd wedi ei syfrdanu ac aeth i lawr ar ei gliniau a chrafangu ei ffordd yn ofalus drwy fynediad cul i mewn i ogof ddwfn o eithin. Mae'n debyg mai lloches rhyw anifail oedd y lle ac roedd yn fan delfrydol iddi guddio. Wnaeth hi ddim crio. Roedd ei sioc y tu hwnt i ddagrau. Roedd y boen yn ei hollti'n ddwy. Arhosodd yno ar ei chwrcwd yn griddfan.

Clywodd Murphy a Bridget, a oedd wedi ymgolli gormod yn eu caru i gymryd sylw o unrhyw sŵn o'r byd y tu allan, riddfan Siwsi a'i anwybyddu. Roedd y môr yn curo'n drystiog ar y creigiau ac roedd anifeiliaid ac adar o gylch y lle – gallai fod yn wylan yn chwydu neu'n gwningen oedd wedi cael ei haflonyddu gan garlwm. Cyn belled ag y gwyddent doedd dim bod dynol arall yn agos i'r lle. Cyn caru roeddynt wedi cael anferth o ffrae. Byddent yn cweryla'n aml. Roedd ffrae dda yn symbyliad campus. Y tro hwn, Charles Parnell oedd testun y ffrae. Roedd Murphy wedi ei alw'n fastard am ryw reswm na allai ei gofio erbyn hyn. Roedd Bridget wedi amddiffyn y gwron yn lew. Nid oedd gwleidyddiaeth fodern Iwerddon yn y cyfnod hwn ar ôl y rhyfel yn arbennig o gyffrous, ond gellid mynd yn ôl i'r gorffennol unrhyw bryd. Roedd heddwch parhaol yn annaturiol, yn yr un modd ag yr oedd perthynas gariadus gwbl heddychlon yn annaturiol. Fyddai Bridget ddim wedi ei gripio mor nwydwyllt yn ystod eu caru pe na bai wedi poeri ato yn ei chynddaredd ychydig amser cyn hynny.

Cododd oddi arni yn wên o glust i glust.

Sychodd hithau'r gwaed oedd ar ei ysgwydd â'i bys. Roedd yna lawer o bethau y byddai'n rhaid iddi eu dweud wrth y dyn yma, ei chariad, a llawer o bethau na fyddai'n eu dweud wrtho. Roedd yr amser i ddewis beth i'w ddweud a beth i beidio â'i ddweud yn dod yn nes. Pam, yn enw Duw, roedd o'n gweithio fel garddwr mewn cwfaint? Dyna oedd ei drwbwl – diffyg uchelgais. Pam nad âi ati i fagu cwningod ac i gadw ieir yng ngardd gefn rhyw dafarn fach glyd – yn rhywle ar arfordir gorllewin Iwerddon o bosibl? Roedd bob amser wedi bod â'i llygad ar Connemara.

'Rwyt ti'n ddyn ardderchog,' meddai Bridget gan ei gymharu â rhywun na wyddai ef am ei fodolaeth.

'Ddim yn garwr gwael o gwbl,' meddai Murphy'n wylaidd, ddiddeall.

Hoffai allu treulio gweddill y prynhawn allan yma yng nghwmni Bridget. Teimlai hithau yr un modd, ond roedd cyfrifoldebau eraill yn galw arni. Byddai'n rhaid iddi fynd yn ôl at y lleianod a'r plant cyn bo hir. Plant? Merched ar eu prifiant oedd y rhain.

A phob un ohonynt yn dirgrynu fel tannau telyn ym mhresenoldeb Murphy.

'Mae gen ti ddwylo rhywiol iawn,' meddai hi, 'ond mi ddylet ti lanhau dy ewinedd o bryd i'w gilydd.'

Ymfalchïai yn y ganmoliaeth i'w ddwylo. Wrth gwrs eu bod nhw'n rhywiol. Roedd yn gwybod sut i wneud defnydd ohonynt. A chyn belled ag roedd ei ewinedd budr yn y cwestiwn, byddent yn llawer butrach mewn munud neu ddau. Roedd angen sylw ar un o olwynion y bws. Ac roedd hi'n hen bryd iddo fynd ati.

Gwisgodd ei drowsus a dweud wrth Bridget am aros yno am tua deng munud. Byddai arni angen yr amser i'w thacluso ei hun beth bynnag.

Yn ei ffau, gwyliodd Siwsi ef yn mynd. Clywsai ef yn dweud deng munud. Doedd ganddi fawr o amser. Ymlusgodd allan o'r llwyni, gan deimlo'n oer ac yn ddiflas. Roedd y boen yn ei chnawd a'i hesgyrn yn gwneud iddi symud yn araf fel pe bai hi mewn gwth o oedran. Roedd yn rhaid iddi orfodi ei chymalau i symud o gwbl. Roedd gofyn iddi chwilio'r tir am yr union le. Ac am yr union arf. O'r diwedd daeth o hyd i'r naill a'r llall.

Dechreuodd alw'n dyner ac yn ddolefus, 'Miss O'Hare, Miss O'Hare.'

Cododd Bridget, a oedd wrthi'n botymu ei throwsus cwta, ei phen mewn braw. Roedd y llais fel pe bai'n dod o'r ochr bellaf i'r grib lle roedd sŵn y môr ar ei uchaf. Plygodd i gau ei sandalau'n frysiog cyn mynd draw i gael golwg.

Roedd y ferch fach dlos – Siwsi rhywbeth neu'i gilydd – yn cyrcydu uwchben rhywbeth ar y glaswellt llithrig. Roedd hi'n beryglus o agos i'r ymyl.

'Beth bynnag sydd gennych chi,' meddai Bridget yn flin, 'gadewch iddo fod a dowch i fyny yma ar unwaith.' (Faint oedd y ferch felltith yma wedi ei weld tybed?)

'O, alla i ddim,' meddai Siwsi'n gwynfanllyd, 'rwy'n sicr ei fod o'n marw.'

'Beth sy'n marw?'

'Anifail bach annwyl. Hen gariad bach annwyl.' (Willie yn y nefoedd yn hel afalau i Iesu Grist. Ifans Bara ar dân mewn coeden.)

'Beth?' Er ei gwaethaf, aeth Bridget i lawr ati i edrych.

Wrth iddi blygu i lawr, daeth Siwsi â'r talp o ithfaen i lawr yn galed ar gefn ei gwddw a rhoi hergwd iddi ar yr un pryd. Llithrodd Bridget rai llathenni i lawr ar hyd y glaswellt, ceisiodd ei bysedd grafangu i gael gafael ar y pridd gwlyb ar ymyl y clogwyn ac yna hwyliodd mewn hanner cylch coch a glas perffaith i lawr ac i mewn i wyrdd mileinig y môr islaw.

Nid dyma'r farwolaeth fwyaf trawiadol o'r tair – doedd hi'n ddim o'i chymharu â diwedd Ifans Bara – ond i Siwsi, dyma'r un fwyaf boddhaol. Eisteddodd yno am ychydig yn syllu i lawr i'r gilfach rhwng y creigiau tra ewynnai'r môr fel hufen o gylch gwallt du, hir Bridget.

Pennod 3

Wrth ei gweld yn hwyrhau a dim golwg o'r bws yn cyrraedd yn ôl, gwyddai'r Fam Benedicta bod rhywbeth o'i le. Ei syniad cyntaf oedd bod Murphy wedi meddwi ac wedi cael damwain. Doedd hi erioed wedi ei weld yn feddw, ond roedd hi'n teimlo'n sicr nad oedd hi'n ei enllibio wrth ei rybuddio i gadw draw o'r tafarnau. Pan ymlwybrodd y bws i fyny rhodfa'r cwfaint a hithau bron yn hanner awr wedi naw aeth allan i'w gyfarfod.

Roedd Murphy yn eistedd yn sedd y gyrrwr yn wyn gan gynddaredd, ond nid oedd unrhyw awgrym o ddiod feddwol ar ei gyfyl. Roedd wedi treulio cryn amser yn chwilio am Bridget. Ymhen hir a hwyr roedd wedi gweld rhywun oedd yn edrych yn debyg i Bridget – roedd hi'n gwisgo jersi goch a throwsus cwta – yn mynd i mewn i gwch yng nghwmni dau ddyn. Gallai glywed eu chwerthin o bell. Roedd un o'r diawliaid â'i fraich am ei chanol. Roedd ei gweld hi yn ei fwrw heibio mor haerllug am ryw geiliog dandi diawl oedd yn berchen cwch hwylio yn peri i'w ddicter Gwyddelig ffrwydro. Aeth yn ôl at y lleianod a'r merched a oedd yn aros amdano'n bryderus a dweud iddo'i gweld ac y câi hi gerdded adref i'r diawl. Gallai redeg gan sgrechian ar ôl y bws, meddai, a gobeithio y byddai ei thraed diawl hi'n treulio'n ddim. Er iddo lwyddo i fod yn gymharol gynnil (byddai wedi gallu cyfleu ei deimladau yn llawer mwy lliwgar), nid oedd y lleianod yn rhy hapus. Ac aeth un o'r merched yn sâl. Taflodd i fyny ar lawr y bws. Edrychai am eiliad fe pe bai ar fin llewygu. Yr un ddel oedd hi. Yr un oedd wedi cydio mor awgrymog yn ei law wrth ddringo dros y wal. Glanhaodd un o'r lleianod y llanastr a rhoddodd un arall damaid o siwgr barlys iddi i setlo ei stumog. Eisteddodd a'i gnoi gan rythu arno â'i llygaid yn llawn arswyd.

Cafodd y Fam Benedicta glywed y rhan fwyaf o'r hanes gan amryfal aelodau o'r parti. Priodolwyd cyfog Siwsi i'w theimladrwydd. Doedd ganddynt ddim syniad o gwbl i eiriau Murphy gonsurio yn ei phen hi ysbryd gwaedlyd yn dringo allan o'r gilfach, fel Draciwla yn codi o'i fedd, ac yn sgrechian dialedd wrth iddo ymlid y bws ar ei daith – ei daith gyflym iawn – yn ôl i'r cwfaint. Penderfynodd y Fam Benedicta mai anhwylder corfforol – gormod o deisennau jam mae'n debyg – oedd wrth wraidd y salwch a gorchmynnodd Siwsi i dreulio'r noson yn y clafdy. Os oedd hi am gyfogi eto byddai'n well iddi wneud hynny yno.

A chyn belled ag yr oedd Bridget O'Hare yn y cwestiwn, doedd dim disgwyl i ferch bedair ar bymtheg oed ymddwyn yn gall oni bai ei bod â'i bryd ar fod yn lleian – a doedd dim sicrwydd yn achos y rheini chwaith – ac os oedd hi wedi dewis aros allan drwy'r nos y peth gorau oedd peidio â thynnu gormod o sylw at y peth. Pan ddôi hi'n ôl yn y bore byddai'n dangos y drws iddi. Peth cwbl ffôl ar hyn o bryd fyddai galw am yr heddlu.

Anfonodd y merched i'w gwelyau gan eu rhybuddio i fod yn dawel ac i ofalu peidio â deffro neb arall yn yr ystafell gysgu. Am unwaith cawsant ganiatâd i adrodd eu gweddïau yn dawel yn eu gwelyau. Os oedd ar unrhyw un eisiau diod o lefrith, roedd peth ar gael yn y ffreutur – a bisgedi, ond iddynt beidio â loetran yno.

'A gobeithio,' ychwanegodd yn flin, 'i chi gael diwrnod pleserus er gwaethaf popeth.'

'O, do, *Ma Mère*,' meddai pawb yn un côr a chyda pheth gwirionedd. Roedd y picnic wedi bod yn un cofiadwy – er na wyddent pa mor gofiadwy ar y pryd.

Gan nad oedd dim golwg o Bridget erbyn un ar ddeg y bore dilynol, cododd y Fam Benedicta'r ffôn yn anfoddog i gael gair â'r heddlu lleol. Mynnodd gael siarad â'r Rhingyll Thomas. Roedd ef wedi delio'n ddiweddar ag achos o fandaliaeth yn ymwneud â beiciau – roedd rhywun wedi dwyn y pympiau a'r pedalau oddi ar bedwar beic yn perthyn i rai o'r lleianod ieuengaf a mwyaf egnïol. Roedd hi wedi cymryd at ei ddull o fynd o gwmpas ei bethau. Doedd o ddim wedi gwamalu ynglŷn â'r peth. Roedd rhai o'r plismyn iau wedi gweld y pedalau coll yn destun cellwair, ond roedd y Rhingyll Thomas wedi trin yr achos yn gwbl o ddifrif. Cyrhaeddodd y cwfaint o fewn yr awr. Roedd ei ddifrifoldeb y tro hwn yn gwbl addas i'w neges.

Gwyddai na fyddai hi'n mynd i sterics. Fyddai hi ddim yn sgrechian na gweiddi. Er hynny roedd gofyn iddo fynd o gwmpas ei bethau yn eithaf tringar. Wnâi hi mo'r tro iddo daflu'r newyddion ati rywsut rywsut. Nid dyna'r ffordd i ddelio â lleianod.

Roedd y corff wedi ei ddarganfod tua hanner awr wedi saith y bore hwnnw gan wraig leol oedd yn mynd â'i chi am dro ar hyd y clogwyni. Roedd hi wedi digwydd edrych i lawr i'r gilfach ac ar y cychwyn doedd hi ddim wedi cysylltu'r fflach o liw coch gyda chorff oedd yn cael ei ddal tua dwy droedfedd o dan wyneb y dŵr gan ddryswch o wallt tywyll. Pan wawriodd arni o'r diwedd beth yn union yr oedd hi'n edrych arno, rhoddodd wybod i'w gŵr, gwylwyr y glannau a'r heddlu, yn y drefn yna. Roedd pob un wedi symud yn ganmoladwy o gyflym.

Roedd y disgrifiad o'r corff yn gweddu i'r dim â disgrifiad y Fam Benedicta o'r athrawes oedd ar goll. Ni ddylai cael rhywun i'w hadnabod greu unrhyw broblem. Oni bai iddi gael ei dal gerfydd ei gwallt – roedd ganddi wallt fel rhaff – byddai'n cael ei lluchio o gwmpas fel corcyn ym Mae Ceredigion y funud hon. Hoffai'r môr chwarae â'i ysglyfaeth, ond y tro hwn roedd wedi cael ei siomi. Doedd dim digon o gryfder ynddo i dynnu'r corff oddi ar y creigiau. Doedd dim gwynt cryf ddoe na neithiwr. Roedd y môr wedi bod fel hen wraig araf ac anystwyth ei chymalau.

'Wel, nawr, Mam,' meddai'n dyner, 'mae boddi bob amser yn bosibilrwydd.'

'Ydych chi'n dweud eich bod chi wedi dod o hyd iddi?' Er iddi gael cryn ysgytwad, roedd min ar lais y Fam Benedicta.

Ceisiodd ei lliniaru. 'Efallai – efallai ddim. Rydan ni wedi dod o hyd i gorff – mae'n swnio'n debyg i'ch athrawes chi.' Darllenodd y disgrifiad oedd ganddo ac amneidiodd y Fam Benedicta.

Roedd y ddau'n sefyll yng nghanol y parlwr ac roedd y bwrdd y tu ôl i'r Fam Benedicta. Roedd gwallt y forwyn – gwallt y forwyn oedd ar y bwrdd bob amser – yn cyffwrdd ei dwylo, oedd wedi eu cau yn dynn y tu ôl i'w chefn. Os gall rhedynen fwytho, roedd y rhedynen hon yn mwytho ar hyn o bryd. Gan bwyll, gan bwyll, meddai rhyw lais yng nghefn ei meddwl. Gan bwyll nawr. Yn enw'r Tad a'r Mab . . . Ciliodd y geiriau yn raddol o'i meddwl.

'Cwpanaid o de,' awgrymodd Thomas, 'te cryf a digon o siwgr.'

O na, fyddai hon, Mam y cwfaint, y wraig gefnstiff, ddim yn llewygu, ond gallai wneud ag ychydig o gymorth y funud hon. Gwyddai lle roedd y gloch a chymerodd yr hyfdra i'w chanu. Gadawodd hithau iddo gymryd yr awenau i'w ddwylo ei hunan am y tro.

Yn ddiweddarach, a hithau wedi llwyr adennill ei hunanhyder, adroddodd stori Murphy am y ddau ddyn a'r cwch hwylio. Roedd hynny'n dipyn o ddryswch iddo ond ni allai amau'r stori. Yn ôl ei gydweithwyr, roedd hi'n ymddangos i'r corff ddisgyn i lawr i'r gilfach ac iddo gael ei ddal yno ar ôl taro'r creigiau. Doedd neb wedi dweud gair am unrhyw drychineb yn ymwneud â chwch hwylio. Ond prin bod neb wedi cael amser i sôn am unrhyw beth. Penderfynodd gael gair neu ddau â Murphy a holodd ble y gallai gael gafael arno.

'Yn bwrw ymlaen â'i ddyletswyddau,' meddai'r Fam Benedicta'n swta, 'yn yr ardd lysiau.' Cynigiodd fynd ag ef yno, ond gwrthododd ef ei chynnig. Er na wyddai ble'n union yr oedd yr ardd lysiau, roedd arno eisiau gweld Murphy ar ei ben ei hun.

Roedd Siwsi hefyd yn awyddus i weld Murphy ar ei ben ei hun. Roedd y Chwaer Agnes, a oedd yn nyrs drwyddedig ac wedi hen alaru ar gadw llygad o bryd i'w gilydd ar blant nad oedd y nesaf peth i ddim o'i le arnynt, wedi cyfarch Siwsi yn ddigon didaro pan gyrhaeddodd hi'r clafdy. Llwgu oedd y ffordd orau i wella anhwylder y stumog. Ac er ei bod yn gwbl amlwg bod rhywbeth yn chwarae ar feddwl y ferch, penderfynodd mai anhwylder y stumog oedd wrth wraidd hynny. Aeth Siwsi i'w gwely heb swper ac ychydig iawn o gwsg gafodd hi'r noson honno. Roedd yr eglurhad rhesymol – mai rhywun arall ac nid Bridget farw, waedlyd, roedd Murphy wedi ei gweld – wedi gwawrio arni'n raddol. Ond pam oedd o wedi bod mor flin? Beth oedd y ferch oedd yn edrych yn debyg i Bridget wedi bod yn ei wneud? Pam oedd o wedi rhuthro'n ôl i'r bws yn y fath dymer? Oedd o wedi dod ar draws y Bridget arall wrthi'n caru? Pe bai wedi dod o hyd i'r Bridget iawn, pan oedd hi'n fyw, yn caru gyda rhywun arall, fyddai o wedi ei thaflu dros y clogwyn? Os felly, onid oedd yn dda o beth ei bod hi, Siwsi, wedi gwneud hynny ar ei ran?

Oni fyddai Murphy, ryw ddiwrnod, yn ddiolchgar iddi am hynny?

Dychmygodd hi'r ddau ohonynt ymhen blynyddoedd lawer, a hwythau mewn cryn oedran – hanner cant o leiaf – erbyn hynny. Eisteddent ger y môr yn Monte Carlo, neu yn Cannes efallai. Roedd ganddo ffon wen yn ei law ac roedd wedi plygu ymlaen gan bwyso ei ên arni. Roedd yn ddall. Roedd wedi colli ei olwg, fel Rochester yn *Jane Eyre*, pan oedd wedi bod yn anffyddlon iddi dros dro ac yn ei edifeirwch wedi rhoi tŷ y ferch a'i denodd ar dân. Wel, efallai nad oedd hi wedi cael y stori'n hollol gywir. Ta waeth am hynny, roedd wedi cael gwared ar ei gariad a'i olwg ar yr un pryd. 'Fy nghariad annwyl,' meddai wrthi, 'fy Siwsi annwyl, rwyt ti bob amser wedi bod yn llawer rhy dda i mi.' 'O, Murphy,' atebodd hithau (beth oedd ei enw cyntaf, tybed?), 'O, fy nghariad i, pe bait ti ond yn gwybod.' A dyna pryd y byddai'n dweud wrtho am Bridget. Byddai ei wyneb yn goleuo drwyddo wrth sylweddoli ei bod hithau hefyd wedi pechu. Nid dyna'r gair fyddai o'n ei ddefnyddio, wrth gwrs. Roedd y gair bron wedi diflannu o'i geirfa hithau hefyd. Na, byddai'n dweud rhywbeth fel: 'Rwyt ti mor fyrbwyll, fy nghariad i. Mor gynnes. Mor nwydwyllt. Mor ddidwyll.'

Ond doedd dim pwynt mewn bod yn ddidwyll ar hyn o bryd. Byddai gofyn iddi fod yn bwyllog – aros i weld sut byddai o'n ymateb i'r digwyddiad. Roedd hi'n bosibl hyd yn oed ei fod wedi bod yn hoff o Bridget – er, yn ôl Dolly, byddai dynion yn gwneud pethau fel yna gyda merched fel rhyw fath o weithred reddfol. Mae'n rhaid bod gwybodaeth Dolly o'r byd wedi dod o'r holl lyfrau roedd hi'n eu darllen – neu efallai bod ei chof yn ymestyn ymhell iawn yn ôl. I oes arall o bosibl. Yn yr ail ganrif ar bymtheg byddai Dolly wedi bod wrthi'n gwerthu swynion i bobl oedd yn dioddef o'r pla ac wedi gwneud ei ffortiwn. Byddai Dolly'n goroesi, beth bynnag fyddai'r amgylchiadau. Roedd hi wedi edrych yn rhyfedd iawn arni pan oedd hi'n cyfogi ar y bws. Roedd yn drueni bod ei rhieni wedi cael y baich yma ar eu hysgwyddau. Roeddynt wedi cario'r baich am ddeng mlynedd bron. Y degfed rhan o ganrif.

Dyna pryd yr oedd Siwsi wedi troi ar ei hochr a mynd i gysgu. Dyna'r effaith a gâi mathemateg arni bob amser. Trodd Bridget yn octopws oedd yn araf fyseddu'r gwymon hirlas yn nyfnderoedd dirgel y môr. Roedd Murphy, â'i lygaid yn pefrio, yn bwrw llinell bysgota i'r dŵr ac yn cyffwrdd yn ysgafn â blaen y bysedd aflonydd a'r rheini'n ceisio cydio ac yna'n llacio eu gafael yn raddol y naill ar ôl y llall, ac yn diflannu i'r dyfnder tywyll.

Byddai trefnu cyfle i weld Murphy ar ei phen ei hun mor anodd i Siwsi â chael cyfarfyddiad ffurfiol â'r Pab, neu ddianc o Alcatraz. Fyddai'r peth ddim yn gwbl amhosibl, wrth gwrs – roedd pob peth yn bosibl – ond byddai'n golygu cryn gynllunio.

Chafodd y Rhingyll Thomas fawr o drafferth. Roedd Murphy wrthi'n codi tatws. Roedd yn ddyn cyhyrog, sylwodd y rhingyll gyda pheth cenfigen. Ac roedd cryn bwysau ar y rhaw oedd yn ei ddwylo. Roedd maint da ar y tatws hefyd. Byddai ef ei hun yn tyfu *Edzell Blue*, a *Red Craigs Royal* ambell waith. Rhai gwynion oedd Murphy yn eu codi. '*Pentland Dell?*' holodd.

Doedd Murphy ddim wedi ei glywed yn dynesu a throdd i'w wynebu'n sydyn. Enwau tatws oedd y peth pellaf o'i feddwl ar y pryd a chymerodd rai eiliadau iddo ddeall y cwestiwn. Doedd ganddo ddim syniad pa datws oedden nhw. Byddai'n eu dodi yn y pridd, yn gadael iddynt dyfu, yn eu codi ac yn eu rhoi i'r chwiorydd lleyg i'w coginio.

'Mi fydda i'n hoff iawn o dyfu maip fy hun,' meddai'r rhingyll yn glên, 'yn enwedig rhai *Green Top Stone*. Rydw i'n deall i chi weld Bridget yng nghwmni dau ddyn oedd yn mynd i hwylio?'

Gollyngodd Murphy'r rhaw. Roedd pryder wedi bod yn cynyddu yn ei stumog yn ystod y nos fel llysieuyn a rhyw falltod arno.

Roedd y rhingyll yn ei ddillad ei hun, ond roedd rhyw arogl arbennig ar blismyn. Arogl antiseptig. Roedd gofyn gwisgo menig rwber cyn cyffwrdd ynddynt. Roedd gofyn bod yn foesgar.

'Do, syr,' meddai, gan geisio swnio'n ddigynnwrf.

'Mae hi'n farw.' Gollyngodd y rhingyll yr

wybodaeth fel un o fomiau'r Almaenwyr, ac aros i weld pa ddifrod a achoswyd, os difrod o gwbl.

Mae sioc yn tueddu i beri i ddyn aros yn ddiysgog, fel pe bai clwtyn ag ether arno wedi ei roi dros ei wyneb. Trodd croen Murphy yn welw ac yna, ar ôl rhai munudau, yn wridog. Aeth i eistedd ar y wal gerrig isel oedd yn gwahanu'r ardd lysiau oddi wrth ei fwthyn.

'Beth wnaethon nhw,' gofynnodd, 'ei boddi hi?' (Efallai eu bod wedi dymchwel y cwch wrth garu ynddo.) Gwthiodd ewin ei fawd de i gnawd ei fawd chwith i weld a oedd unrhyw deimlad yn ei gorff. Ni theimlai unrhyw beth.

Y cythraul dideimlad, meddyliodd y rhingyll, nad oedd wedi sylwi ar y gwelwedd na'r gwrid, dim ond ar y llais digynnwrf.

'Beth sy'n rhoi'r syniad i chi mai boddi wnaeth y greadures fach?' gofynnodd yn dawel.

Roedd y teimlad yn dechrau dychwelyd i gorff Murphy. Rhoddodd gic i glwstwr o greulys oedd yn tyfu ym môn y wal ac yna'i gloddio allan â blaen ei esgid. Mae'n rhaid eu bod wedi dymchwel y cwch – y diawliaid anghelfydd. Dylai fod wedi eu rhwystro rhag mynd â hi i'r cwch. Dylai fod wedi mynd draw atynt a rhwygo eu ceilliau i ffwrdd.

Syllodd y plismon o Gymro'n hir ac yn dreiddgar arno. Oerodd y cynhesrwydd arferol rhwng Cymro a Gwyddel yn y drem. Ceisiodd Murphy adennill rhywfaint ar ei gydbwysedd emosiynol drwy ddweud y peth cyntaf a ddaeth i'w feddwl.

'Creulys,' meddai, 'ar gyfer byjis Miss Sheldon-Smythe.'

'O, ie,' atebodd y rhingyll mewn syndod.

Cododd Murphy wreiddyn neu ddau o'r planhigyn, eu hysgwyd i gael gwared o'r pridd a'u rhoi ar ben y wal wrth ei ymyl. Ewinedd budr, dyna ddywedodd Bridget. Roedd trwch o bridd ar ei fysedd a'i ewinedd. Roedd ei hewinedd hi fel criafol – wedi eu lliwio'n fflamgoch. Roedd hi wedi sychu ei waed â'i bysedd gwynion meddal. Ar ôl iddynt fod yn caru. Aroglau eithin wedi llosgi. A thywel gwyn.

Eisteddodd y plismon wrth ei ochr ar y wal. 'Pam sonioch chi am foddi?' gofynnodd unwaith eto.

'Fe aethon nhw allan mewn cwch, on'd do?'

'Wn i ddim. Welsoch chi nhw'n mynd mewn cwch?'

'Mi welais i nhw'n mynd ar y cwch.'

'Ond wnaethoch chi ddim eu gwylio nhw'n mynd allan i'r môr?'

'Naddo.' Roedd wedi bod yn rhy gynddeiriog. Roedd hi'n sefyll i reswm eu bod nhw wedi mynd allan i'r môr.

'Ydych chi'n ceisio dweud wrtha i, syr,' gofynnodd yn eithriadol o foesgar gan ddal i swnio'n hynod o ddigyffro'n allanol, 'nad boddi wnaeth hi?'

Cydiodd y rhingyll mewn tamaid o'r creulys. Oedd hi'n wir bod adar yn bwyta'r stwff yma? 'O, nac ydw,' meddai, 'does dim amheuaeth nad oedd hi wedi boddi – y greadures fach. Hynny ydy roedd y dŵr wedi mynd i mewn i'w hysgyfaint hi. Ond efallai ei bod hi wedi cael ei tharo'n anymwybodol cyn hynny, os gwyddoch chi beth sydd gen i.'

'Dydych chi ddim yn dweud,' meddai Murphy mewn syndod, 'iddi hi gael ei *llofruddio*?'

'O, nac ydw,' meddai'r plismon yn bwyllog. 'O, na, na, na. Wel, nid o angenrheidrwydd beth bynnag.

Cafwyd hyd iddi o dan y dŵr mewn cilfach fechan rhwng y creigiau. Mae'r glaswellt ar ymyl y clogwyn yn llithrig iawn. Efallai ei bod hi wedi mynd yn rhy agos i'r ymyl. Roedd hi wedi disgyn ar ei hwyneb. Roedd ei gwallt hi'n sownd rhwng dwy graig. Mae 'na amryw o bosibiliadau, wrth gwrs. Sawl dyn welsoch chi'n mynd i'r cwch?'

Chlywodd Murphy mo'r cwestiwn. Roedd ei ben yn teimlo fel crochan, yn berwi, yn byrlymu, yn ffrwtian, ac yn taflu tameidiau ffiaidd o gig marw i'r wyneb. Ac yna tawelodd.

Roedd y rhingyll yn ailadrodd ei gwestiwn.

'Wn i ddim, syr – dau, tri o bosib.'

'A beth oedden nhw'n wneud?'

'Roedd braich un o'r diawliaid am ganol Bridget.'

Y tro hwn cododd y rhingyll beth o'r emosiwn oddi ar wyneb y crochan a syllu'n graff i mewn iddo. O wel, doedd dim rhyfedd. Croesodd ei feddwl mai Murphy fyddai'r person gorau i ddod i weld y corff – i gadarnhau mai Bridget oedd y corff – cyn iddynt hysbysu ei rhieni. Eu gwaith nhw, wrth gwrs, fyddai adnabod y corff yn swyddogol. Roedd y Fam Benedicta wedi cynnig cyflawni'r orchwyl. Gallai hithau ddod wrth gwrs, ac aros yn y car: os mai corff rhywun arall oedd ganddynt fe gâi hi arbed wynebu'r profiad annymunol. O hyn ymlaen byddai'r ymchwiliad yn mynd allan o'i ddwylo. Doedd gan ringyll fel fo ddim cymaint â hynny o awdurdod.

Canolbwyntiodd ei feddyliau ar Murphy. 'Os bydd fy mhenaethiaid yn cytuno – ac os bydd y Fam Benedicta yn fodlon – fyddech chi'n fodlon dod efo mi i adnabod y corff?'

Cytunodd Murphy. Byddai'n rhaid iddo newid ei

ddillad. Roedd ganddo siwt las dywyll, fyddai honno'n gwneud y tro?

Doedd dim angen gwisgo dillad parch, o dan yr amgylchiadau, meddai'r rhingyll wrtho. Dim ond rhoi pâr o esgidiau glân, efallai, a throwsus heb ôl pridd arno.

Aeth Murphy i'w fwthyn i baratoi rhag ofn. Rhedodd ddŵr o'r tap dŵr poeth i'r sinc, ond roedd y dŵr yn rhy glaear ac felly rhoddodd y tegell i ferwi ar y stof. Wedi iddo ferwi allai o ddim cofio pam roedd o eisiau dŵr poeth. Cododd y tegell yn uchel a'i wagio i lawr y sinc. Cododd cymylau o stêm o flaen ei wyneb a llosgi ei lygaid. Pan fyddai ef a Bridget yn cael bàth gyda'i gilydd roedd angen pedwar tegellaid i wneud y dŵr yn y bàth sinc yn lled dwym. Byddai hi bob amser yn cael hwyl am ben ei sebon sylffwr.

Safodd yn gwbl lonydd ar ganol llawr y gegin ac yna taflodd ei ben yn ôl a gadael i'r holl boen oedd yn cnoi ei ymysgaroedd ddianc mewn un rhuad byddarol.

Roedd y Rhingyll Thomas hanner y ffordd ar draws y lawnt pan glywodd sŵn fel anifail mewn poen, fel pe bai wedi ei ddal mewn magl. Fyddai neb yn gosod maglau mewn lle fel hwn – roedd gerddi'r cwfaint yn hynod o ddymunol, yn hynod o waraidd. Mae'n rhaid mai dychmygu yr oedd. Fyddai'r fath beth byth yn digwydd mewn lle fel hwn.

'Mae hi'n hen bryd,' meddai Norman wrth Clare, 'i'r ddau ohonon ni anghofio'r hyn y dylid bod wedi ei anghofio amser maith yn ôl.'

Roedd y ddau'n eistedd wrth y bwrdd brecwast. Doedden nhw ddim yn bwyta. Roedd y bacwn a'r wy yn ceulo ar y platiau. A'r papur newydd yn gorwedd ar y llawr.

'Mae hi'n hen bryd,' meddai unwaith eto, 'i fwrw'r holl beth o'n meddyliau.'

Ers diwedd y rhyfel roedd wedi llwyddo i fwrw sawl peth o'i feddwl. Roedd y rhan fwyaf o'r profiadau annymunol oedd wedi eu recordio ar dâp ei feddwl wedi eu dileu. Roedd ansawdd y tâp arbennig yma – tâp Siwsi – wedi dirywio, ond ni allai yn ei fyw ei ddileu'n llwyr. Roedd wedi bod o'r golwg yng nghefn ei feddwl, yn lled angof, ond y bore hwn roedd wedi dod i'r amlwg ac yn chwarae'n uwch ac yn fwy eglur nag erioed.

Paragraff yn y papur wythnosol lleol oedd yn gyfrifol.

'Marwolaeth Drychinebus Athrawes Ifanc' oedd y pennawd bras, ac yna, mewn print mân: 'Tra ar bicnic gyda'r ysgol bu farw Miss Bridget O'Hare (19 oed), athrawes yn y cwfaint lleol, o dan amgylchiadau trist. Roedd hi wedi mynd ar daith i Fae'r Cyryglau gyda merched hynaf yr ysgol. Ar ôl treulio peth amser ar y traeth, ymddengys iddi fynd am dro ar hyd y clogwyni, ychydig funudau o daith o fangre'r picnic. Y bore canlynol cafwyd hyd i'w chorff mewn ceunant wrth droed y clogwyn. Mae post-mortem yn cael ei gynnal. Cydymdeimlir â'i rhieni ac â'r Fam Benedicta, pennaeth y cwfaint.'

'Dim ond pedair ar ddeg ydy Siwsi,' meddai, gan geisio dod o hyd i ryw gysur. 'Dydy hi ddim yn un o'r merched hŷn.'

Dadrithiwyd ef yn syth. 'Mae'r ysgol hŷn yn cynnwys merched pedair ar ddeg. Roedd Siwsi yn symud i fyny boed hi'n llwyddo yn ei harholiadau neu beidio. Ac fe lwyddodd hi yn ei harholiad diwethaf. Rywsut neu'i gilydd. Wyt ti'n mynd i fwyta'r bacwn yna?'

'Nac ydw.'

'Na finnau chwaith.'

Aeth Clare â'r platiau i'r gegin a pharatoi rhagor o goffi. Roedd hi'n ei chael yn anodd i gadw ei dwylo rhag crynu. Hoffai pe bai Norman yn rhoi'r gorau i geisio ei chysuro â geiriau tra oedd ei lygaid yn dangos yn gwbl eglur ei fod yn erfyn arni hi i'w gysuro yntau. Roedd yn ddeugain oed erbyn hyn ac yn dangos hynny. Fore heddiw edrychai gryn dipyn yn hŷn.

Yn gynharach y bore hwnnw roeddynt wedi bod yn dadlau ynglŷn ag atal cenhedlu. Roedd hi'n un ar bymtheg ar hugain, meddai Norman, ac fe fyddai ei chyfle i gael rhagor o blant ar ben cyn bo hir. Byddai gadael pethau yn llawer hwy yn beryglus. Peryglus – dyna beth oedd jôc!

'Pe baen ni'n cael mab,' meddai Clare, gan ddychwelyd at achos gwreiddiol y ddadl wrth ddod â'r coffi o'r gegin, 'mae'n debyg y byddai ganddo ddau ben a chyrn ar y naill a'r llall.'

'Mae Siwsi'n ferch ifanc hyfryd, gwbl normal.' Hoffai pe bai hi'n peidio â gorliwio popeth. Hoffai pe bai yntau'n gallu credu bod Siwsi'n ferch ifanc hyfryd, gwbl normal. Gallai gredu hynny y rhan fwyaf o'r amser. Y rhan fwyaf o'r amser roedd hynny'n wir. Roedd yn falch iawn ohoni. Y rhan fwyaf o'r amser.

'Lwc ei bod hi'n ddydd Sadwrn heddiw,' meddai Clare.

'Pam?'

'Does dim rhaid i ti fynd i'r swyddfa.'

Er ei fod yn gyfrifydd digon llwyddiannus, byddai'n mwynhau pob diwrnod a gâi yn rhydd oddi wrth ei waith. Ond pam oedd hi'n gwneud gosodiad mor amlwg? Doedd sylw Clare, fodd bynnag, ddim mor ddibwys ag y swniai. 'Mi allen ni,' meddai, gan roi tabled yn ei choffi i'w felysu, 'fynd i'w gweld hi.'

'Mynd i weld Siwsi? Pam?'

'Wel, dim ond taro heibio.'

'Ar ganol tymor ysgol – allwn ni ddim taro heibio.'

'Rydw i wedi gwneud hynny o'r blaen – pan oeddet ti yn Affrica. Mi es i â hi a Dolly i'r dref i siopa.'

'Pam?'

Allai hi ddim cofio pam. Roedd hi'n cofio'r cyrch awyr, fodd bynnag, a'r siop lyfrau. 'Dim ond i wneud yn siŵr nad oeddan nhw'n hiraethu, am wn i.'

'Doedden nhw fawr mwy na babanod yr adeg honno. Maen nhw wedi tyfu i fyny erbyn hyn – wel, bron iawn. Pe baen ni'n byw ymhell i ffwrdd fe allen ni daro heibio ar ein ffordd i rywle arall. Ond allwn ni ddim gwneud hynny a ninnau'n byw ychydig filltiroedd i ffwrdd. Oni bai bod ganddon ni ryw neges bwysig.'

(Megis: Siwsi, wnest ti ladd Miss Bridget O'Hare neu beidio?) Roedd y cwestiwn ym meddwl y ddau ohonynt.

'Wel, beth am y piano?' awgrymodd Clare.

'Piano?' Gobeithiai nad oedd y pryder yn dechrau effeithio ar ei hymennydd.

Ond roedd hi'n bwrw ymlaen â'r syniad. 'Wyt ti'n cofio i mi ddweud pan werthais i'r hen un na fyddwn i'n cael un arall am ei fod yn mynd â gormod o le.

Fyddai Siwsi byth yn cymryd unrhyw sylw ohono, ond roedd hi'n flin iawn fy mod i wedi ei werthu. Mi allen ni gael un newydd.'

Doedd o ddim yn ei deall hi. Beth oedd a wnelo hyn i gyd â Siwsi heddiw?

'Mae'n esgus da i fynd i'w gweld hi,' eglurodd Clare. 'Mi awn ni i'r cwfaint a gofyn iddi a hoffai hi gael piano newydd yn anrheg ar ei phen blwydd yn bymtheg oed y mis nesaf. Mi allwn ni ddweud ein bod ni wedi cael cynnig un. Un ail-law, ond un drud. A dydyn ni ddim am ei brynu oni bai ei bod hi'n mynd i wneud defnydd ohono.'

'Piano? Allwn ni ddim sôn am ffidil neu ffliwt neu organ geg . . . uffarn dân! Piano!'

'Mae'n rhaid i ni feddwl am rywbeth sy'n ddigon costus i gyfiawnhau mynd yno i'w gweld hi. Fedri di ddim deall hynny? Os gelli di feddwl am well rheswm dros fynd i'w gweld hi, dwêd wrtha i.'

Derbyniodd y Fam Benedicta, a oedd ynghanol gofid, y Moncriefs yn gwrtais. Rhywbeth ynglŷn â phiano a bod Siwsi yn gerddorol. Pan oedd plant yn wan yn academaidd, byddai rhai rhieni yn ceisio gwneud iawn am hynny mewn cyfeiriadau eraill. Doedd hynny ddim yn ddrwg o beth. Gobeithiai y byddai Siwsi yn derbyn y cynnig. Roedd prynu piano yn golygu tipyn o gost, er mai un ail-law fyddai hwn. Oedd pethau'n dechrau mynd yn fwy cyfyng yn ariannol ar y teulu Moncrief? Gobeithiai nad oedd hynny'n wir – er mwyn Dolly. Roedd hi'n falch eu bod nhw wedi gofyn am gael gweld Dolly hefyd. Doedd hi erioed wedi deall pam nad oedden nhw wedi dangos mwy o gariad tuag at

Dolly. Roedd yr hyn roedden nhw wedi ei ddweud flynyddoedd yn ôl am eiddigedd Siwsi tuag at Dolly yn gwbl amherthnasol bellach. Mae'n wir nad oedd y ddwy'n ffrindiau mynwesol o bell ffordd, ond doedd dim arwydd o elyniaeth rhwng y ddwy. Dylai Dolly fod yn treulio ei gwyliau yng nghwmni Siwsi yn ei chartref. Byddai teuluoedd eraill yn ei derbyn yn ystod cyfnod y gwyliau yn ddigon hapus. Roedd hi'n ferch ddeallus, ddymunol. Mor ddymunol â Siwsi unrhyw ddiwrnod.

Roedd hi'n bechod na fyddai Bridget O'Hare wedi bod hanner mor ddeallus â Dolly.

'Roedd yn ddrwg iawn gennyn ni glywed am yr athrawes ifanc,' meddai Norman, gan swnio braidd yn or-deimladwy.

'Ewyllys Duw,' meddai'r Fam Benedicta, heb lwyr gredu hynny, ond roedd yn ymadrodd digon hwylus ac yn ei harbed rhag datgelu unrhyw beth. Dyna'r ffordd orau i ymdrin â marwolaeth. Doedd arni hi ddim eisiau trafod y peth.

'Damwain drychinebus,' awgrymodd Clare yn betrus.

'Mi drefna i y bydd y ddwy ferch yn cael eu hanfon yma,' meddai'r Fam Benedicta, 'ac y bydd te a theisennau ar eich cyfer am bedwar o'r gloch. Ond mae arna i ofn na alla i ddim aros yma i fwynhau rhagor ar eich cwmni – mae gen i ddyletswyddau eraill sy'n galw am sylw buan.'

Roedd yn rhaid iddi gynnig cysur i Mr a Mrs O'Hare. Roedden nhw'n aros yn ystafelloedd yr ymwelwyr ac yn ymddwyn fel y gellid disgwyl i unrhyw rieni normal ymddwyn dan amgylchiadau mor drallodus.

‘Problem fach hyfryd,’ meddai hi ar ei ffordd allan, ‘prynu piano, neu beidio â phrynu piano.’

Gwawd, meddyliodd Clare. Gwawd digamsyniol. Bygythiad o broblemau mwy i ddod, efallai.

Cafodd Siwsi, fel y Fam Benedicta, ei synnu i raddau gan reswm ei rhieni dros ddod i’w gweld. Rhoddodd gusan i’w mam a chusan ac anwes i’w thad. Ysgydwodd Dolly law yn betrus â’r ddau ac estyn ei hwyneb iddynt ei chusanu. Ni chynigiodd gusan yn ôl iddynt. Pan wasgodd Norman ei llaw gadawodd i’w llaw fynd yn gwbl lipa.

Erbyn hyn, roedd hi’n byw mewn cell fach hunan-amddiffynnol. Ar brydiau byddai’r sefyllfa yn ei tharo’n ddoniol. Dro arall byddai’n peri iddi resynu. Ar y cyfan, fodd bynnag, teimlai bod y sefyllfa dan reolaeth ganddi. Doedd ganddi ddim mymryn o amheuaeth ynglŷn â’r gwir reswm dros ymweliad rhieni Siwsi. Câi’r papurau lleol eu gadael yn neuadd yr ysgol, ac roedd hi’n ddigon hawdd cael cip sydyn arnynt cyn i’r athrawon eu casglu.

Roeddynt yn eistedd yn y parlwr, fel teulu mewn nofel henffasiwn. Roedd y sgwrs yn annaturiol o foesgar. ‘Rwyt ti’n edrych braidd yn welw, Siwsi. Wyt ti’n siŵr dy fod ti’n cymryd dy sudd oren bob bore?’ ‘O, Mam, rydw i’n iawn.’ ‘Rwyt ti’n ei gymryd, wrth gwrs, on’d wyt ti Dolly? Rwyt ti’n edrych yn hynod o iach. Rwy’n siŵr dy fod ti wedi prifio bron i fodfedd er pan welais i ti o’r blaen.’

Ac yna gwnaeth Mr Moncrief (Norman fel y meddyliai hi amdano), ryw sylwadau cellweirus, gwamal am y pleser oedd yn aros y bechgyn lleol pan fyddai’r ddwy ferch ifanc osgeiddig yn ddigon hen i adael yr ysgol.

Mewn munud neu ddau, meddyliodd Dolly, mi fyddwn ni'n yfed te. Bydd yr hambwrdd yn cael ei osod ar y bwrdd ar ôl i'r Chwaer Bernadette symud y rhedynen o'r neilltu. Byddwn yn bwyta brechdanau past cyw iâr a thameidiau o deisen gyda cheirios a chyrens ynddi.

Roedd hi yn llygaid ei lle ymhob manylyn.

A nawr, meddyliodd, gan sychu'r crystyn olaf oddi ar ei gwefus, bydd Mr a Mrs Moncrief yn dechrau trafod busnes. Allai hi ddim llai na theimlo peth tosturi tuag atynt. Roedd rhywbeth yn eithaf hoffus ynddynt. Yn arbennig Norman.

'Wel,' meddai Clare, mewn peth anobaith, 'dyna fusnes y piano wedi ei setlo. Ac rwyt ti'n berffaith sicr dy fod ti am ei chael hi?'

'Does dim llawer o wahaniaeth gen i,' meddai Siwsi. Tybed oedd Murphy yn gerddorol, meddyliodd. Roedd y Gwyddelod yn enwog am chwarae'r fiolin. Y ffidil oedd eu henw nhw arni. Byddent yn chwarae jigiau. Roedd synnwyr digrifwch gan Murphy – byddai'n anghofio ei urddas nawr ac yn y man – efallai y byddai'n chwarae jig neu ddwy, o ran hwyl, o bryd i'w gilydd. Ond gan amlaf byddai'n chwarae rhywbeth araf a thrist fel '*The Londonderry Air*'. Wrth chwarae byddai'n canu yn ei lais bariton swynol a byddai'r dagrau'n dod i'w llygaid . . . fel roedden nhw'n dechrau dod y funud hon.

Roedd golwg bryderus iawn ar Mami. 'Siwsi, wyt ti'n iawn?'

'Ydw, wrth gwrs.' (Pam oedd yn rhaid iddi dorri ar draws ei breuddwyd? Yr unig le y gallai hi ymgolli yn ei breuddwydion yn y lle yma oedd yn ei gwely – a hyd yn oed yno roedd perygl iddi hi syrthio i gysgu ar ganol y freuddwyd.)

'Doedd hi ddim yn iawn ar ôl y picnic,' meddai Dolly. 'Fe aeth hi'n sâl ar y bws.'

Sylw digon syml. Sŵn aneglur fel taran yn y pellter. Cwmwl bach o lwch yn codi wrth draed Siwsi – bwled wedi ei hanelu'n gywrain. Rhybudd yn unig. Dim gwaed. Dim hyd yma.

Edrychodd Siwsi ar Dolly ac yna ar ei rhieni. 'Dydy'r bwyd maen nhw'n roi i ni ar bicnic yma ddim cystal â'ch bwyd picnic chi, Mam. Roeddwn i'n amau bod rhywbeth o'i le ar y past cyw iâr.'

'Ai dyna pam est ti i ffwrdd ar dy ben dy hun – ychydig wedi i Miss O'Hare fynd am dro – am nad oeddet ti'n teimlo'n iawn?'

Roedd sabr Dolly allan o'r wain erbyn hyn ac yn disgleirio yn haul y prynhawn. Estynnodd y blât teisennau i Clare. Ysgydwodd honno ei phen yn fud.

Cymerodd Norman deisen, er bod ganddo un yn barod. Doedd ganddo dim syniad pa fath o jyngl yr oedd yn crwydro ynddo, ond doedd dim amheuaeth nad oedd jyngl o'i gwmpas.

Atebodd Siwsi gwestiwn Dolly, gan graffu'n fanwl arni. Doedd y cysgadur ddim yn cysgu wedi'r cyfan felly. Pa mor hir oedd hi wedi bod yn effro? Faint oedd hi wedi ei weld?

'Mi es i am dro i gasglu blodau,' meddai hi. 'Ddechreuais i ddim teimlo'n sâl nes oedden i gyd ar y bws yn barod i gychwyn yn ôl.'

'O, ie,' meddai Dolly'n siriol, 'rydw i'n cofio. Roedd Murphy wedi gwylltio'n lân am ei fod wedi methu dod o hyd i Bridget O'Hare, on'd oedd? Mi ddywedodd y câi hi gerdded yn ôl. Ac yna dyma ti'n dechrau cyfogi.'

'Mi ddywedodd ei fod o wedi ei gweld hi,' atgoffodd Siwsi hi. 'Paid ag anghofio hynny.'

Cododd Dolly ei chwpan yn fursennaidd. 'Wel, do, wrth gwrs,' meddai. 'Pam na ddylai o fod wedi ei gweld hi? Beth oedd mor rhyfedd ynglŷn â hynny? Pam wyt ti'n sôn am hynny nawr?'

Chwiliodd Siwsi yn aflwyddiannus am ateb. Roedd pawb ac eithrio Dolly wedi rhoi'r gorau i fwyta. Roedd Dolly yn ogoneddus o newynog ac mewn hwyliau ardderchog; gallai weld ei dyfodol yn gwbl eglur o'i blaen. Gallai bywyd academaidd fod yn ddiflas, ond gallai fod yn hynod o gyffrous hefyd. Gwelodd ei chyfle. Dyma'r amser i osod y sylfeini – yn ofalus, faen wrth faen.

'Roedd yn bicnic anffodus dros ben,' meddai wrth Norman a Clare. 'Cafodd Bridget O'Hare ei lladd. Roedd Murphy – y garddwr ydy o ond ei fod yn gyrru'r bws y diwrnod hwnnw – wedi gwylltio cymaint am na ddaeth hi'n ôl i'r bws nes ei fod o'n gyrru fel dyn lloerig ar y ffordd adref. Roedd Siwsi yn edrych yn ofnadwy. Wrth gwrs, chawson ni ddim gwybod bod Bridget wedi cael ei lladd hyd y diwrnod wedyn. Mi ddywedodd Murphy ei fod wedi ei gweld hi, ond mae'n rhaid mai rhywun arall welodd o. Wel, mi gawn ni wybod y gwir ryw ddiwrnod, mae'n debyg. Wyddoch chi, dydy'r deisen yma ddim yn ddrwg o gwbl, mae'r ceirios yma'n flasus dros ben.'

Dododd Norman ei blât ar y bwrdd. Os oedd stumog Clare yn teimlo rywbeth yn debyg i'w stumog o, byddai'n gallu gwneud â llymaid o chwisgi cryf. Feiddiodd o ddim edrych arni, nac ar Siwsi. Unwaith erioed roedd o wedi bod mewn llys barn – rhyw fân drosedd ynglŷn â'r car. Doedd dim bargyfreithiwr na barnwr yno, dim ond dau neu dri o ynadon heddwch lleol. Ar hyn o bryd – o dan lygaid Dolly – roedd yn dechrau amgyffred pa fath o brofiad fyddai bod mewn llys troseddau. Daliodd ei llygaid am ennyd. Pryd oedd hi wedi bwrw ymaith fantell gyfarwydd ei hunaniaeth ysmala braidd? Beth, yn enw Duw, oedd hi erbyn hyn? Beth oedd arni hi ei eisiau ganddynt?

'Mae'r Fam Benedicta,' meddai Dolly, fel pe bai hi wedi darllen y cwestiwn oedd yn ei feddwl, 'yn awyddus i mi ddysgu Groeg. Dydy o ddim yn rhan o'r maes llafur. Rydw i'n dysgu Lladin, wrth gwrs, ac maen nhw'n dweud fy mod i'n cael hwyl arni.'

'Ac mi fyddai hi'n gallu trefnu gwersi Groeg i ti, fel rhywbeth ychwanegol?' Roedd Norman yn gwneud ei orau i ddilyn trywydd ei meddwl.

Gwenodd Dolly arno. 'Mae'n gas gen i gymryd mantais ohonoch chi.'

'Dim o gwbl, wrth gwrs fe gei di wersi Groeg.'

'Rydych chi'n hynod o garedig wrtha i. Mae 'na bosibilrwydd y galla i fynd i brifysgol.'

'Wel, mi fyddai hynny'n ardderchog, Dolly . . . on'd fyddai, Clare?'

Nodiodd Clare ei phen yn fud. Felly roedd Siwsi wedi lladd unwaith eto. Pam na allai rhieni wthio'u cywion o'r nyth ac anghofio'r cyfan amdanynt? Dylent ei rhoi hi yn nwylo'r awdurdodau. Dylent roi'r gorau i dalu am addysg Dolly. (Dolly ddichellgar – pam na sylweddolon ni flynyddoedd yn ôl bod ganddi natur gyfrwys a diegwyddor?) Pam mae'n rhaid i Norman a minnau fod mor gydwybodol, mor rhinweddol, mor drymlwythog? Pam mae'n rhaid i ni ddal ati i chwarae'r rhan?

Agorodd ei bag ac estyn dwy botelaid fechan o

dabledi fitamin. Wel, roedd hi wedi dod â nhw – doedd waeth iddi eu rhoi iddynt ddim. 'Mi wnânt les i'ch dannedd chi,' meddai hi.

Allai Murphy ddim cael arogl y lle o'i ffroenau. Roedd tri diwrnod wedi mynd heibio er pan aeth i adnabod y corff ac roedd yn dal i flasu'r lle. Roedd y blas ar daflod ei enau a'r arogl yn ei ddilyn i bobman. Doedd Bridget ddim yn edrych yn debyg i Bridget, ond Bridget oedd hi er hynny. Dyma'r tro cyntaf iddo'i gweld yn gwbl lonydd. Roedd golwg hunan-foddhaol arni, fel pe bai hi'n dweud, 'Hei, alli di ddim cael gafael arna i bellach.' Fel pe bai hi'n dweud, 'Roeddwn i'n dy garu di ryw gymaint. Wyt ti'n cofio pigiadau'r eithin?' Bu bron iddo weiddi arni i agor ei llygaid ac i roi'r gorau i gellwair. I ddatgelu'r wên oedd ynghudd y tu ôl iddynt. Roedd rhywun wedi rhoi gorchudd dros yr archoll ar ei thalcen. Roedd clwyf ar ei gwegil hefyd, mae'n debyg, ond gan ei bod yn gorwedd ar ei chefn doedd hwnnw ddim i'w weld. Wedi iddo amneidio i ddweud mai Bridget oedd hi, daethai'r Fam Benedicta i mewn i gadarnhau'r adnabyddiaeth. Roedd yr hen greadures wedi sefyll yn berffaith lonydd ger yr elor – neu beth bynnag oedd enw'r peth – a thaflu un edrychiad cyn cydio yn ei phaderau. Roedd ei hwyneb yr un mor welw â wyneb Bridget – dau fwgwd rhewllyd – un yn ieuanc, brydferth a'r llall yn hagr, hen. Tra oedd hi'n mwmial ei phaderau, roedd wedi cerdded i ben arall yr ystafell. Roedd traed Bridget yn gwthio allan o dan ymyl y cynfas. Traed bach tlws. Yn lân iawn. Yn oer iawn. Roedd lliw ar ei hewinedd. Roedd wedi cydio yn ei thraed i'w cynhesu yn ei ddwylo. Fel Liwsiffer yn disgyn o'r nefoedd, dadebrodd y Fam Benedicta ac arthio arno i beidio â'i chyffwrdd. Roedd wedi rhoi un anwes fach gariadus i draed Bridget cyn camu'n ôl. Hwyl, Bridget. Dydw i ddim yn coelio'r peth, ond, er hynny, mae'n wir.

Roedd y plismon wedi mynd â'r Fam Benedicta yn ôl i'r cwfaint yn ei gar.

Roedd yntau wedi mynd ar ei sbri.

Roedd wedi bod ar ei sbri bob dydd ers hynny, ond roedd yn dal i arogli'r marwdy drwy darth y chwisgi. Felly doedd dim amdani ond dal i yfed ac yfed ac yfed.

'Alli di ddim mynd i'w weld,' meddai Dolly. 'Os ei di a chael dy ddal, mi gei dy anfon o'r ysgol.'

'A thithau hefyd,' meddai Siwsi. Doedd cael ei diarddel o'r ysgol yn poeni dim arni. Mae'n wir y byddai'n drafferth ac yn boendod. Yr unig beth trychinebus ynglŷn â chael ei thaflu allan fyddai'r ffaith na châi weld Murphy byth eto. Câi ei hanfon i ysgol arall, filltiroedd lawer i ffwrdd o bosibl. Roedd hi'n hanfodol felly ei bod hi'n galw i'w weld heb i neb wybod. Er mwyn gwneud hynny byddai'n rhaid iddi gael cymorth Dolly. Yr unig ffordd ddiogel i fynd allan o'r cwfaint oedd i lawr y ddihangfa dân oedd ar ben y grisiau y tu allan i'r ystafell gysgu ger yr ystafelloedd ymolchi. Câi drws y ddihangfa dân ei gloi dros nos. Mater bach fyddai ei ddadfolltio, ond pe bai rhywun arall yn dod heibio ac yn ei folltio ar ei hôl fyddai dim modd iddi ddod yn ei hôl i mewn. Felly byddai'n rhaid i Dolly fod o gwmpas i wneud yn siŵr na fyddai neb yn cyffwrdd y follt. Roedd y tai bach y drws nesaf i'r ystafelloedd ymolchi. Awr neu ddwy wedi iddi hi fynd byddai Dolly'n codi i fynd i'r tŷ bach, yn wir byddai'n rhaid iddi wneud hynny amryw weithiau yn ystod y nos, i wneud yn siŵr nad oedd neb wedi bolltio'r drws.

'Os na wnei di,' meddai wrthi, 'a finna'n cael fy nal, mi elli di anghofio am fynd i Gaergrawnt.'

Ar ôl pwyso a mesur cytunodd Dolly'n anfoddog â gosodiad Siwsi. Roedd gan y lleianod ffydd anghyffredin ynddi. Roedden nhw wedi bod yn ei meithrin hi am flynyddoedd. Bron na ellid dweud mai eu creadigaeth hwy oedd hi. Hi oedd eu henghraifft ddisglair o'r hyn y gellid ei wneud â merch fach gyndyn a fagwyd mewn slym os oedd ganddi ddigon o ddeallusrwydd i wneud y broses o'i chaboli yn werth y drafferth. Pe bai'n rhaid i Siwsi adael, byddai ei rhieni'n mynd â hithau o'r ysgol hefyd, a phrin y byddai unrhyw ysgol arall yn cymryd y fath ddiddordeb ynddi.

'Yn fy marn i,' meddai wrth Siwsi, 'rwyt ti'n wallgof.'

Nid tueddiadau llofruddiol Siwsi oedd ganddi mewn golwg ar y pryd. Yn ddiweddarach, ar ôl ystyried y peth, roedd hi'n dal i'w chael yn anodd i gysylltu ffordd ddigyffro Siwsi o lofruddio'r sawl oedd yn rhwystr iddi â gwallgofrwydd. Roedd hi'n gwybod i'r dim beth roedd hi'n ei wneud bob tro. Ond doedd hynny'n poeni dim arni.

'Does dim byd yn wallgof,' meddai Siwsi, 'mewn mynd i ddweud wrth Murphy bod yn ddrwg gen i am yr hyn ddigwyddodd i Bridget.'

'Felly mi rwyt ti'n mynd i ddweud wrtho fo mai ti . . .' Wnaeth Dolly ddim cwblhau'r frawddeg. Roedd marwolaeth Willie bach wedi cael ei drafod yn gwbl agored ganddynt – ac Ifans Bara hefyd – ond erbyn hyn roedd Dolly wedi dysgu bod yn fwy pwyllog. Doedd o ddim y math o beth roeddech chi'n ei weiddi dros bob man. Na hyd yn oed yn ei sibrwd yn gwbl agored. Roeddech chi'n awgrymu eich bod yn gwybod a'i bod yn bwysig i Siwsi wybod eich bod yn gwybod. Ar yr un pryd roedd yn rhaid bod yn ofalus rhag iddi hithau fynd i drwbl am beidio â datgelu'r hyn oedd yn wybyddus iddi.

Felly roedd yn rhaid chwarae'r gêm yn ofalus.

'Rydw i'n mynd i ddweud wrtho fo,' meddai Siwsi'n oeraidd ac yn bwyllog, 'bod yn ddrwg gen i bod Bridget wedi cwympo dros y clogwyn rywsut neu'i gilydd ac wedi cael ei lladd. Rydw i'n mynd i gynnig fy nghydymdeimlad.'

Swniai fel pe bai hi'n mynd i dalu'r rhent. Chlywsai Dolly erioed y fath hyfdra digywilydd. Gallai ddychmygu'r olygfa'n glir. 'Mae'n ddrwg iawn gen i fy mod i wedi cael gwared ar Bridget, Mr. Murphy. Ond dyma fi ar gael i chi yn ei lle hi.'

'Does neb yn mynd i gynnig cydymdeimlad am un ar ddeg o'r gloch y nos, neu hyd yn oed yn hwyrach na hynny. Mi fydd yn siŵr o feddwl dy fod ti wedi dod yno i gynnig un peth yn unig iddo fo.'

Tueddai Siwsi i gytuno mai dyna fyddai Murphy'n ei feddwl, ond byddai'n ymddwyn yn hollol fonheddig ynglŷn â'r mater. Dechreuodd ddychmygu'r olygfa yn ei meddwl.

'Fy merch ifanc annwyl i,' meddai wedi iddo agor y drws. 'Fy Siwsi annwyl! Dyma bleser annisgwyl, ond pam ydych chi'n galw mor hwyr?'

Yna byddai hithau'n sôn am agwedd ddrwgdybus

chwerthinllyd y lleianod a byddai yntau'n chwerthin ac yn ei gwahodd i mewn. 'Mae'r merched crefyddol yma – *les religeuses*' (byddai ei Ffrangeg yn llawer mwy llithrig na'i hun hi), 'yn unigryw, fel merched mewn asbig, fyddech chi'n cytuno? Yn gaeth i gonfensiwn. Ynghlwm mewn syrthni moesol.' (O, roedd Murphy'n alluog.)

Wedi iddi fynd i mewn byddai'n gwneud cwpanaid o goffi ardderchog iddi. Yna byddent yn eistedd bob ochr i'r lle tân bychan gan syllu'n ddwys i'r fflamau. Byddai hithau'n cyffwrdd ei law yn dyner ac yn mynegi ei chydymdeimlad.

'Ie, Bridget,' meddai yntau, 'merch wyllt oedd Bridget. Merch ryfygus, chwantus. Doedd dim digoni ar ei chwantau rhywiol.' Byddai'n bwrw golwg bryderus arni. 'Siwsi annwyl, rydw i wedi rhoi sioc i chi.'

Byddai'n ei sicrhau nad oedd hynny'n wir o gwbl.

Y peth pwysig oedd nad oedd yn poeni rhyw lawer am farwolaeth Bridget. Roedd yn ormod o ŵr bonheddig i ddweud hynny, wrth gwrs. Dim ond awgrymu hynny'n gynnil.

Ac yna . . . wel, ac yna . . .

Torrodd Dolly ar draws ei meddyliau. 'Maen nhw'n sôn am amser diogel yn ystod y mis, er na alla i ddim cofio pryd mae hwnnw – ac mae 'na rywbeth maen nhw'n alw'n *coitus interruptus*, neu rywbeth felly, sy'n golygu rhoi'r gorau iddi cyn iddo ddigwydd. Bydd yn ofalus, er mwyn popeth.'

Doedd gan Siwsi ddim syniad am beth roedd hi'n sôn.

'Wel, os byddi di'n cael babi,' meddai Dolly, gan sylweddoli bod gofyn iddi siarad yn blaen, 'mi fyddi di allan ar dy din – a finnau i dy ganlyn di.'

‘Pan wyt ti’n dechrau cynhyrfu,’ meddai Siwsi, ‘rwyt ti’n gallu bod yn ofnadwy o goman!’

Ac yna – fel y gwnaent ar brydiau – dechreuodd y ddwy chwerthin, gan deimlo rhyw agosatrwydd prin.

Erbyn un ar ddeg roedd hi wedi dechrau glawio; glaw mân, cyson yn arllwys o awyr lwyd, drymaidd. Roedd Siwsi wedi gwisgo ei chot law yr oedd hi’n wedi ei smyglo i’r ystafell gysgu ac roedd hi’n croesi’r lawntiau yn dawel a gofalus. Âi’r lleianod i’r gwely’n gynnar a chodi am chwech o’r gloch y bore. Roedd golau yn ffenestr Miss Sheldon-Smythe – mae’n siŵr ei bod hi’n sgwrsio â’i byjis – doedd dim golau arall yn unman yn yr holl adeilad. Miss Sheldon-Smythe druan, meddyliodd Siwsi, yn hen, yn benwan a’i bryd i gyd ar ei byjis. Allai hi ddim dychmygu neb yn dewis treulio diwedd ei oes yn y fath le. Miss Sheldon-Smythe druan, yn ddi-ddyn, yn grebachlyd, yn diweddu ei hoes yn datgymalu pryfed genwair. Mae fy llwybr i, meddyliodd Siwsi, wrth chwilio am fwlch rhwng y llwyni cwrens duon ar ymyl gardd bwthyn Murphy, fel y Llwybr Llaethog, yn gyforiog o sêr.

Ond roedd hi’n oer ac yn wlyb a braidd yn fwdlyd. Roedd yr ieir yn cadw sŵn yn eu cwsg, fel babanod mewn hunllef. Babanod? *Coit* . . . beth oedd Dolly wedi ei alw? Roedd ei chalon yn dechrau curo’n galetach.

Clywodd Murphy, a oedd yn ymrwyfo yn ei hunllef feddw ei hun, y curo ar y drws fel sŵn hoelion yn cael eu curo i mewn i’w benglog. Roedd wedi ei ddal fel gŵr wedi ei groeshoelio ar ddrws seler anferth. Roedd ei ddwylo a’i draed wedi eu hoelio’n barod, a nawr roedd rhywun yn trywanu ei ben.

Roedd grisiau isaf y seler yn cael eu golchi gan bwll o gwrw ac roedd uchder y cwrw'n graddol godi. Codai tarth ohono fel niwl ar un o gorsydd Iwerddon. Ni allai yn ei fyw ddeall pam oedd tarth chwisgi yn codi o bwll o gwrw. Symudodd ei ben ar y gobennydd a griddfan mewn poen. Pam na allai'r diawl roi'r gorau i forthwylio am eiliad? 'Hegla hi o 'ma, y sglyfath uffar,' ebychodd.

Y funud honno sylwodd Siwsi nad oedd y drws wedi ei gloi ac agorodd ef yn betrus a mentro i mewn. Roedd hi'n dywyll iawn yn y gegin a bu am gryn amser yn ceisio dod o hyd i'r swits.

Llifodd y golau allan o'r gegin ac i mewn i'r ystafell wely fel metel tawdd. Felly roedd y diawliaid wedi penderfynu ei losgi. Rholiodd Murphy o gwmpas ar y gwely.

Roedd Siwsi wedi gweld ei thad yn lled-feddw fwy nag unwaith. Gallai weld hynny yn ei lygaid a'i glywed i raddau yn ei leferydd. Roedd Norman, pan fyddai'n feddw, yn hynod o urddasol. Cerddai'n orbwyllog a gosgeiddig, a byddai rhyw arogl lled-felys o'i gwmpas.

Roedd Murphy, yn gorweddian yn aflonydd dan y cynfasau anniben, yn fater cwbl wahanol. Roedd ei dalcen yn welw gan chwys. Roedd yn troi a throsi'n ddi-baid. Aroglai fel pe bai galwyni o ffisig annwyd a pharaffin wedi cael eu harllwys drosto.

Roedd hi'n berffaith amlwg i Siwsi ei fod yn sâl. Ymdrechodd yn galed i beidio â chyfogi ac anadlodd yn ddwfn i mewn i'w hances. Gwelsai ffilm rywbryd lle roedd cenhades wedi bod yn gofalu am ryw druan mewn caban yn y jyngl. Roedd y dyn yn dioddef o golera neu ryw glefyd arswydus o'r fath, ond roedd y genhades wedi eistedd wrth ochr ei wely gan sychu'r chwys oddi ar ei dalcen. Yn ddiweddarach yn y ffilm roedd hi wedi tynnu ei sbectol a'r rhan fwyaf o'i dillad ac wedi gadael i'w gwallt syrthio dros ei hysgwyddau. Roedd y dyn yntau wedi ymolchi ac eillio, ac wedi rhoi'r gorau i faldorddi ac yn siarad yn hynod o ddymunol. Roedd wedi arfer bod yn llysgennad neu rywbeth. Roedd y ddau wedi gorwedd i garu ar damaid glân o draeth y tu allan i'r caban mochaidd ac roedd y lleuad uwch eu pennau mor fawr â melon.

Roedd caban Murphy yn un arbennig o fudr hefyd.

Roedd ôl lleithder yn drwch ar y papur wal. Doedd ryfedd ei fod yn dioddef o niwmonia . . . neu rywbeth.

Roedd ganddo gorff hardd iawn. Syllodd arno mewn cyfaredd.

Dyna pryd yr agorodd Murphy ei lygaid. Roedd puteinferch eurwallt angylaidd yn sefyll ynghanol y pwll cwrw. Roedd hi'n gwrido. Tynnodd yr amdo drosto mewn eiliad o wyleidd-dra.

'Iesu, Mair a Joseff,' meddai.

'Popeth yn iawn,' sicrhaodd Siwsi ef yn gwrtais, 'does dim gwahaniaeth o gwbl gen i.'

Ger y bwrdd gwisgo roedd cadair a dillad Murphy'n bentwr aflêr arni. Rhoddodd Siwsi'r dillad ar y bwrdd gwisgo ac aeth â'r gadair at y gwely. 'Mae'n ddrwg iawn gen i,' meddai, 'eich gweld chi mor wael.'

Roedd meddwl Murphy ar chwâl a chlywodd y geiriau yn dygyfor yn ei ben. Roedd purdan yn oer a gwlyb fel y tu mewn i gasgen gwrw pan oedd dyn wedi yfed mwy na llond ei fol.

'Hoffech chi,' holodd llais a allai fod wedi tarddu o'r nefoedd neu o uffern, 'gael diod o laeth twym?'

O uffern yn bendant.

Llaeth! Efallai y byddai cyfogi'n llesol iddo. Hyd yma roedd wedi brwydro yn erbyn hynny.

Dehonglodd Siwsi ei ddistawrwydd fel cytundeb ac aeth i chwilio am laeth. Daeth o hyd i damaid o fenyn mewn dysgl ar ochr y sinc. Yn y cwpwrdd ar ochr dde'r ffenestr roedd torth weddol ffres. Margarîn. Tamaid bach o gig oen. Wy neu ddau mewn dysgl. Llaeth. Doedd dim rhaid iddi ei arogli i weld ei fod wedi hen suro.

Doedd y genhades ddim wedi bwydo'r dyn yn y jyngl. Roedd hi wedi sychu ei dalcen. Efallai y byddai'n well iddi hithau wlychu cadach mewn dŵr twym a gwneud yr un peth.

O, Murphy, Murphy, y fath fendith fy mod i wedi galw i'ch gweld chi, Murphy. Mewn blynyddoedd i ddod mi fyddwn ni'n cofio'r noson hon. Ti – yn sâl, yn chwys diferol, yn ddrycsawr. A minnau – yn gofalu amdanat, yn dy gymell drwy'r creisis – oedd 'na greisis mewn niwmonia, tybed? Heb ffieiddio o gwbl. Heb ffieiddio hyd yn oed *y mymryn lleiaf.* Oedd y genhades wedi ffieiddio? Na, doedd hi ddim. Er gwell neu er gwaeth, Murphy. All pethau byth fod yn waeth na hyn, ond fydd o ddim yn parhau. A ph'un bynnag, does dim ystafell ymolchi yn y lle. Rhag cywilydd i'r lleianod am ei roi yn y fath dwll o le. Dyn mor deimladwy wedi cael ei ddarostwng i'r fath raddau. Lle roedd meddwl y Fam Benedicta?

Nid wedi meddwi'n chwil ulw roedd o, nage?

Nage, wrth gwrs. Roedd pobl feddw yn rholio o gwmpas yn sigledig. Neu yn cerdded yn or-ofalus fel Dadi. Efallai ei fod wedi cymryd rhywbeth at ei salwch, ac wedi cymryd gormod. Mae'n debyg bod angen gorffwys ar ei stumog, fel ei stumog hithau ar ôl y picnic. Roedd o wedi ei gweld hi'n cyfogi. Roedd hi wedi teimlo cymaint o gywilydd am ei fod yno'n ei gwylio. Roedd y ffaith ei bod hi'n ei weld yntau yn y cyflwr yma'n unioni peth ar y sefyllfa. Beth gâi hi i'w ddefnyddio ar gyfer sychu ei dalcen? Roedd lliain sychu llestri glân ger y sinc, wel, cymharol lân. Gwlychodd y lliain o dan y tap.

Mae'r gwaed yn llifo i'm llygaid, dychrynodd Murphy drwyddo wrth deimlo rhywbeth gwlyb ar ei dalcen. Cododd ar ei eistedd yn ei wely yn sydyn gan chwifio ei freichiau'n wyllt. Trawyd Siwsi yn ei brest a chamodd yn ei hôl yn frysiog gydag ebwch o boen.

Edrychodd Murphy arni â'i lygaid yn agored led y pen a'i hysbysu'n dawel mai o'i fraich y cymerwyd gwaed y tro diwethaf. Allai o ddim cofio pam.

Yn dilyn y datganiad hwn, syrthiodd yn ôl ar ei gefn unwaith eto a disgyn drwy awyr y nos oedd yn llawn o gymylau porffor a mellt yn fflachio drwyddynt.

Penderfynodd Siwsi bod defnyddio'r lliain yn rhy beryglus a symudodd y gadair ychydig ymhellach oddi wrth y gwely ac eistedd yno gan gadw llygad gwyliadwrus arno. Roedd pobl oedd yn ffwndro mewn twymyn yn gallu gwneud pethau rhyfedd. Am beth roedd o wedi bod yn sôn? Beth, yn enw popeth, ddylai hi ei wneud?

Pe bai'r penderfyniad wedi ei adael i'r Rhingyll Thomas ni fyddai Murphy wedi cael ei restio am ugain munud i hanner nos. Yn ei farn ef, noson dda o gwsg a llond bol o frecwast oedd y ffordd orau i leddfu sioc. Ac roedd hyn yn gythraul o sioc hyd yn oed i'r rhai caletaf. Fodd bynnag, roedd haen Seisnig o galedwch, fel dur mewn staes henffasiwn, yn rhan o gymeriad y Ditectif Arolygydd Warrilow. Ers ei ddyfodiad ychydig fisoedd yn ôl roedd esgyrn cefn wedi ymsythu'n ochelgar. Châi'r dynion ddim hyd yn oed y pleser o daflu rhegfeydd Cymraeg ato. Roedd wedi meistroli'r iaith, ac wedi bod yn ddigon llechwraidd i gelu'r ffaith honno am gryn amser. Roedd Thomas a oedd bob amser yn barod i fod yn hael, wedi awgrymu efallai mai arbed y lleianod rhag gweld Murphy'n cael ei restio oedd ei reswm dros fynd ar ei warthaf liw nos. Na, doedd o'n malio'r un botwm corn am deimladau'r lleianod, oedd ateb Warrilow. Pan gâi rhywun ei lusgo'n ddirybudd o ganol ei drymgwsg, doedd yr ymennydd ddim ar ei fwyaf effro. Gallai cyfaddefiadau, y byddid yn gochel rhagddynt yn ystod y dydd, gael eu harllwys i awyr y nos. Tri o'r gloch y bore fyddai'r amser delfrydol, ond roedd yn rhaid iddo ystyried buddiannau ei ddynion.

Ond beth am fuddiannau Murphy? Mae'n rhaid mai cellwair roedd Thomas. Doedd Murphy ddim wedi ystyried buddiannau Bridget O'Hare cyn iddo'i tharo ar ei phen a'i lluchio dros y clogwyn. Roedd y prawf gwaed wedi dangos nad ei blentyn ef roedd hi'n ei gario. Pe bai'n blentyn iddo ef, ac yntau'n Babydd, mae'n debyg y byddai wedi arbed bywyd y ddau ohonynt. Roedd tystion wedi eu clywed yn cweryla cyn iddynt fynd i gyfeiriad y clogwyn. Roedd y gair bastard wedi cael ei ddefnyddio. Roedd wedi dychwelyd o'r clogwyn ar ei ben ei hun. Roedd wedi cymryd arno iddo'i gweld. Faint yn rhagor o brawf oedd ei angen? Cyfaddefiad? Wel – ewch i nôl y cnaf. Dyrnwch y drws yn ddarnau. Rhowch lond twll o ofn iddo fo. Chwarae'n fudr piau hi, bois.

Doedd chwarae'n fudr ddim yn rhan o natur Thomas, ond roedd yn rhaid iddo ufuddhau, o fewn rheswm, i orchmynion. Aeth â'r Cwnstabl Stevie Williams i'w ganlyn. Williams oedd capten y tîm rygbi lleol ac edrychai braidd yn debyg i epa. Roedd cipolwg ar Williams yn lladd awydd pobl i ddadlau.

Deffrowyd Siwsi o hanner cwsg gan y curo chwyrn ar y drws a theimlodd ei stumog yn neidio i'w llwnc. Roedd rhywun wedi achwyn arni! Roedd Dolly wedi dweud wrth y Fam Benedicta. Na, nid Dolly. Rhywun arall. Dduw mawr! Pwy? Roedd ei bysedd rywfodd wedi ymblethu ym mysedd Murphy. Tynnodd ei llaw yn rhydd yn ei braw.

Roedd y Fam Benedicta yn malu'r drws. Roedd yn ei gicio a'i ddyrnu. Cysgai Murphy drwy'r cyfan. Roedd arni eisiau iddo neidio rhyngddi a'r drws. Ei hamddiffyn. Roedd yn chwyrnu'n braf. Roedd y Fam Benedicta wedi colli ei phwyll. Roedd hi'n hyrddio ei hun yn erbyn y drws fel gwraig loerig. Roedd yn rhaid iddi guddio o dan y gwely, Dduw mawr – a hynny ar unwaith!

Diflannodd Siwsi yr un pryd ag y sylweddolodd Thomas a Williams mai'r cwbl oedd yn rhaid iddynt ei wneud oedd codi'r glicied. Wel, roeddynt wedi cael gorchymyn i gadw sŵn. Roeddynt wedi bod yn ufudd.

Roedd Siwsi'n ymwybodol o ddau bâr o esgidiau trymion. Ysbeilwyr a'u bryd ar ladd oedd yno. Nid y Fam Benedicta. Byddai'n well ganddi fod wedi gorfod wynebu honno. Ac yna siaradodd un ohonynt mewn llais digon mwyn.

'Bôi bach,' meddai, 'bôi bach, rwyt ti wedi cael llond bol. Taswn i'n tanio matshien mi fyddai'r lle 'ma'n ffrwydro.'

‘Beth am roi diferyn bach arall iddo fo,’ meddai’r llall, ‘i ddod â fo ato’i hun?’

‘Mae o wedi cael gormod yn barod,’ atebodd y llais cyntaf. ‘Mi fyddai diferyn arall yn dod allan o’i glustiau o.’

Yna bu’r ddau’n trafod sut i fynd ati i’w ddeffro’n ddigon i’w gael i sefyll ar ei draed. Teimlodd Siwsi’r fatras blu yn rhoi yn y canol wrth i’r plismyn siglo Murphy yn ôl ac ymlaen ar y gwely. Roedd sbringiau’r gwely wedi hen weld eu dyddiau gorau. Roedd un ohonynt yn crafu ei phen. Roedd y llwch yn drwch o dan y gwely ac roedd gwe pryf copyn yn y gornel. Caeodd ei llygaid a gweddïo. ‘Henffych, Fair, lawn gras . . . Mair Fendigaid, Mam Duw.’

Roedd y gwely’n siglo fel llong ar fôr.

Gwelodd ddwy droed noeth rhwng y ddau bâr o esgidiau trymion ger erchwyn y gwely. Yna llais Murphy: ‘Allwch chi ddim dal y stafell ’ma’n llonydd am eiliad! Rhowch eich troed ar y brêc diawl ’na! Gadwch lonydd i mi’r diawliad!’

Ceisiodd Thomas ei dawelu. ‘Mae’n rhaid i ni roi rhywbeth amdanat ti, bôi bach. Rwyt ti’n cael dod am dro bach, ti’n gweld?’

Doedd y syniad o fynd am drip yn apelio dim at Murphy a cheisiodd grafangu’n ôl i’r gwely. Cydiodd Williams ynddo. Doedd dim modd i neb symud o grafangau Williams. Gwisgodd Thomas amdano orau y gallai.

‘Well i ti ddweud wrtho fo,’ meddai Williams, ‘tra bydda i’n cydio ynddo fo.’

‘Gwastraff amser yn ôl pob golwg,’ atebodd Thomas, ond er hynny adroddodd y geiriau angenrheidiol. Baglodd yn frysiog drwy’r geiriau a phrin y gallai Siwsi ei ddeall. Ond deallodd ddigon i sylweddoli am y tro cyntaf mai plismyn oedd y ddau ddyn a'u bod wedi dod yno i restio Murphy ar amheuaeth o lofruddio Bridget O'Hare.

Clywodd Murphy'r cyhuddiad yn gwbl ddigyffro. Roedd yn pwyso yn erbyn drws yr ystafell wely gyda chymorth braich Williams. Teimlai fymryn yn well wrth iddo sefyll, fel pe bai'r hylif yn cylchredeg drwy ei gorff i gyd yn lle crynhoi yn ei stumog a'i ben. Dechreuodd ganu'n dawel bach am fynyddoedd Iwerddon.

Tywysodd y ddau blismon ef yn dyner i gyfeiriad drws y bwthyn.

Y geiriau olaf a glywodd Siwsi oedd llais bas dwfn Thomas yn ymuno yng nghân Murphy, '*The Mountains of Mourne sweep down to the sea.* Ia, cana di bôi bach, cana di tra cei di gyfle, bôi bach.'

Pennod 4

Pan ddychwelodd Siwsi i'r cwfaint, yn aflêr, yn fudr ac yn hynod drallodus, meddyliodd Dolly ei bod wedi cael ei threisio. Byddai hynny wedi bod yn eithaf gwaith iddi. Roedd aelodau'r dosbarth canol yn anghyffredin o ddwl. Er iddi hi gael ei thaflu i'w canol ac iddi ymgartrefu'n eithaf rhwydd yn eu plith, roedd Dolly wedi dal ei gafael yn dynn ar realaeth bywyd. Roedd hi'n adnabod y natur ddynol i'r dim. Creadur gwrywaidd oedd Murphy ac roedd tamaid blasus wedi cael ei roi o'i flaen. Roedd wedi ei lyncu'n ddiseremoni – ar y llawr yn ôl pob golwg. Gwthiodd Siwsi i mewn i'r ystafell ymolchi agosaf a chau'r drws yn dawel ar eu holau.

'Wel,' hisiodd, 'beth ddigwyddodd?'

Dechreuodd Siwsi grio. Dagrau dilys, tawel, griddfannus. Doedd crio'n dawel ddim yn hawdd. Hoffai fod wedi eistedd ar ochr y bàth ac udo'i galar.

Murphy . . . Murphy . . . Murphy . . . O, Murphy . . . Murphy . . . Murphy . . . Maen nhw wedi mynd â ti yn fy lle i . . . Beth alla i ei wneud?

'Tynn y got law fochaidd 'na,' meddai Dolly, gan ei helpu i wneud hynny. 'Ac os na fedri di stopio'r sŵn 'na, rho hi dros dy ben.' Doedd y Chwaer Clemence ddim ar ddyletswydd y noson honno wrth lwc. Roedd ei chlyw hi mor finiog â'i thafod.

Cymerodd gryn amser i Siwsi adrodd ei stori wrth Dolly. Gwrandawodd Dolly'n dawel. Cafodd ysgytwad wrth glywed yr hanes, ond doedd hi ddim yn synnu'n ormodol chwaith. Roedd un o frodyr ei thad wedi cael ei roi yng ngharchar flynyddoedd yn ôl am ladrad nad oedd a wnelo ddim ag ef. Doedd o ddim wedi dwyn unrhyw beth yn ei fywyd, oedd ei sylw chwerw, dim ond bod yr ysbail wedi ei adael yn ei feddiant. Wedi cael ei adael yn ddiarwybod iddo. Gwrthododd y plismyn ei gredu.

Cyn belled ag y gallai Dolly weld, problem ymarferol yn hytrach nag un foesol oedd problem Siwsi. Efallai y byddai Murphy'n gallu profi nad oedd yn euog ac y byddai'n rhaid i'r plismyn ei ryddhau. A hyd yn oed os na allai brofi ei ddiniweidrwydd, efallai y gallai berswadio'r plismyn ei fod yn ddieuog. Y cyfan oedd yn rhaid iddo'i wneud oedd ymresymu'n bwyllog â'r plismyn a'u darbwyllo. Roedd gan Wyddelod dalent arbennig yn y cyfeiriad hwnnw yn ôl pob sôn. Rhywbeth i'w wneud â chusanu Carreg Blarney. Roedd yr ewythr yr oedd ganddi frith gof ohono mor drwsgl ei ymadrodd fel nad oedd ganddo unrhyw siawns i gael ei draed yn rhydd. Roedd gan Murphy fwy o siawns na hwnnw, o ryw ychydig. Nawr pe bai tad Siwsi wedi ei gyhuddo o wthio mam Siwsi oddi ar glogwyn, byddai wedi codi ei aeliau mewn syndod cwrtais. 'Wel, ar fy ngwir, Arolygwr,' fyddai ei ymateb pwyllog, 'mae hyn yn rhy ffôl i haeddu unrhyw ateb. Gyfaill annwyl, allwch chi ddim bod o ddifri.' Byddai'r heddlu wedi ymddiheuro mewn sach liain a lludw.

Deffrodd Dolly o'i synfyfyrio a chlywed cwestiwn dagreuol Siwsi. 'Beth alla i ei wneud?'

'Dim byd,' atebodd. 'Aros. Cau dy geg. Paid â gwneud dim.'

Doedd Siwsi ddim yn rhy drallodus i weld drwy ymresymiad hunanol Dolly a gwibiodd tyrau ifori prifysgolion o flaen ei llygaid. 'Mae 'na'r fath beth ag anrhydedd a chydwybod,' meddai'n chwerw, 'a pheidio â gadael i bobl ddiniwed ddioddef. Ond fyddet ti ddim yn gwybod dim am bethau felly.'

'Mae anrhydedd a chydwybod yn iawn i'r sawl all eu fforddio,' meddai Dolly'n fwyn. 'A chyn belled ag y mae dioddef dan sylw, wyt ti'n meddwl mai ar wely plu y syrthiodd Bridget O'Hare?'

Wyddai'r naill na'r llall sut i dorri'r distawrwydd a ddilynodd.

Roedd yn rhaid iddynt fynd i'r gwely.

Ac i'r gwely yr aethant.

O holl athrawon y cwfaint, Miss Sheldon-Smythe a gythruddwyd fwyaf pan glywyd beth oedd wedi digwydd i Murphy. Rhuthrodd yn llawn cynddaredd i stydi'r Fam Benedicta a churo'n ddiamynedd ar y drws. 'Mae hyn,' meddai, gan gerdded i mewn heb aros am wahoddiad, a chwifio'r papur newydd, 'yn gwbl chwerthinllyd. Ignatius Murphy yw un o'r dynion mwyaf caredig a disgybledig i mi ei gyfarfod erioed.'

Roedd disgyblaeth i Miss Sheldon-Smythe, a oedd yn hen gyfarwydd â phobl yn chwerthin am ei phen – yn gwrtais ac yn y dirgel, wrth gwrs – yn gyfystyr â'i chymryd hi o ddifrif. Nid oedd Murphy wedi dangos unrhyw arwydd ei fod yn ei chymryd yn ysgafn. Soniodd wrthi ei fod yntau ar un adeg wedi bod yn berchen ffured yr oedd ganddo gymaint o feddwl ohoni ag oedd ganddi hithau o'i bwjis. Ac wrth gwrs, fyddai codi tipyn o greulys ar eu cyfer yn ddim trafferth – ac roedd digon o afalau dros ben ar goed y cwfaint, doedd dim gofyn iddi brynu rhai. Tamaid o afal, ychydig o greulys, a thipyn o ddeunydd caled iddynt hogi eu pigau arno, a byddai ganddi ddau o'r adar gorau yng Nghymru gyfan, heb unrhyw amheuaeth. A chyn belled ag roedd ffordd Miss Sheldon-Smythe o wisgo ar achlysuron Brenhinol yn y cwestiwn, wel ei busnes hi oedd hynny. Doedd o erioed wedi dangos unrhyw syndod pan wisgai hi ei gwasgod goch, gwyn a glas, a hyd yn oed pan oedd hi ei hun wedi cyfeirio'n betrus at ei gwisg er mwyn clywed ei farn, roedd wedi sôn rhywbeth am y Gwyddelod yn gwisgo gwyrdd. Cyfeiriad at gân Wyddelig yn ôl ei eglurhad caredig.

Nawr, wrth iddi wynebu'r Fam Benedicta, roedd Miss Sheldon-Smythe wedi ei gwisgo mewn du o'i phen i'w thraed. Roedd yn brotest deilwraidd huawdl. Cynyddodd prudd-der y Fam Benedicta. Doedd ganddi hi ddim barn bendant ynglŷn ag euogrwydd neu ddiniweidrwydd Murphy. Roedd yn cael ei gadw yng ngharchar i aros ei brawf. Mae'n amlwg bod yr heddlu yn credu bod ganddynt achos yn ei erbyn. Roeddynt wedi gadael iddi ymweld ag ef.

Roedd y naill yn teimlo yr un mor chwithig â'r llall. Daeth y Rhingyll Thomas â Murphy, a oedd yn gwbl sobr erbyn hyn, i'r ystafell gyf-weld. Er na wyddai'r Fam Benedicta hynny, roedd yr Arolygwr Warrilow wedi siarsio Thomas i gael gwared â'r lleian, Pennaeth y Cwfaint neu beth bynnag oedd hi'n ei galw ei hun, mor fuan ag oedd modd heb godi ei gwrychyn. Doedd 'na'r un rheswm dros wrthod iddi gael gweld y carcharor. 'Dim ond i ti wneud yn siŵr ei bod hi'n hel ei thraed oddi yma'n reit sydyn.'

Roedd Murphy yn dal wedi ei fferru gan sioc, a'i ddicter heb ddechrau ymfflamychu. Roedd y Fam

Benedicta hithau yr un mor syfrdan, ac yn ei chael yn arbennig o anodd i dorri gair ag ef. Doedd y Rhingyll Thomas ddim yn dioddef effeithiau unrhyw fath o sioc, ond byddai wedi bod yn falch iawn pe bai'r gwaith wedi cael ei roi i rywun arall. Fe oedd yr unig un oedd yn digwydd adnabod y Fam Benedicta, ond yn y cyswllt hwn doedd ei hadnabod ddim o unrhyw fantais. Câi hi'n anodd iawn i wrthsefyll y teimlad y dylai gynnig cwpanaid o de i bawb.

O'r diwedd llwyddodd y Fam Benedicta i ofyn i'r cyhuddiedig a oedd arno angen rhywbeth o'r bwthyn. Ei byjamas, efallai?

Anesmwythwyd Murphy gan y syniad o drafod pyjamas gyda'r Fam Benedicta ac ysgydwodd ei ben. Tybed a ddylai egluro na fyddai'n gwiso rhai. Penderfynodd y byddai gosodiad o'r fath yn ymylu ar fod yn anweddus. Byddai wedi bod yn llawer haws dweud nad oedd wedi gwthio Bridget oddi ar y clogwyn na dweud ei fod yn mynd i'w wely'n noethlymun. Dyna pam yr oedd wedi ceisio ei pherswadio ei fod yn ddieuog.

Dywedodd y Fam Benedicta y byddai hi'n gweddïo drosto. Ateb penagored, fel y bwriadai iddo fod, a dyna ddiwedd y sgwrs.

Roedd Miss Sheldon-Smythe ar y llaw arall yn angerddol ei rhagfarn. 'Dyn arbennig o addfwyn,' meddai drachefn gan eistedd i lawr. 'Ond dyn fu'n ddigon anffodus i gael ei ddenu gan ferch ddrwg. Roeddech chi'n gwybod, wrth gwrs, ei bod hi'n feichiog?'

Doedd y Fam Benedicta ddim yn gwybod unrhyw beth o'r fath. Yn ôl y patholegydd roedd y ffoetws yn dri mis oed, ond hyd yma doedd ei fodolaeth, ei fodolaeth fyrhoedlog, ddim yn wybyddus i lawer o bobl. Dim ond Murphy a'r heddlu oedd yn ymwybodol o'r ffaith bod profion gwaed yn dangos nad Murphy oedd y tad. Byddai'r papurau newydd yn cael modd i fyw pan gyflwynid y dystiolaeth yn ystod yr achos; yn y cyfamser doedd neb ond y rhai oedd yn ymwneud yn uniongyrchol â'r achos yn gwybod y ffeithiau ac eithrio, yn ôl pob tebyg, Miss Sheldon-Smythe.

Ceisiodd y Fam Benedicta dreulio'r wybodaeth cyn ymateb, er na allai dim byd ei synnu bellach. 'Mae'n rhaid wrth ddau,' meddai'n gwta. 'Mae cymaint o fai ar y naill a'r llall.' Yna aeth ei chwilfrydedd yn drech na'i amharodrwydd i drafod y pwnc. 'Sut gwyddech chi?'

'Hi ddwedodd wrtha i.'

Os oedd pobl ifanc bechadurus ac anfoesol yn penderfynu cael plentyn y tu allan i'r stad briodasol, meddyliodd y Fam Benedicta, go brin y byddent yn rhannu eu cyfrinach â hen ferch oedrannus a oedd yn amlwg ddiffygiol o ran synnwyr cyffredin. Byddent yn sicr o droi i ryw gyfeiriad amgenach i chwilio am gysur a chyngor.

'Pam dwedodd hi wrthoch chi?'

Daeth awgrym o wrid i wyneb melynaidd Miss Sheldon-Smythe. 'Roedd hi am gael erthyliad.'

Teimlodd y Fam Benedicta frath sydyn o boen yn ei mynwes wrth iddi geisio amgyffred rhywbeth cwbl frawychus. O'r diwedd roedd hi wedi dod wyneb yn wyneb â rhywbeth na allai ymdopi ag ef. Roedd hi'n fud am unwaith ac eisteddodd yno'n syllu ar y wraig o'i blaen mewn arswyd.

'Hynny ydy,' meddai Miss Sheldon-Smythe yn frysiog, wrth sylweddoli y gallai hi fod wedi creu camargraff, 'roedd arni angen arian i dalu am erthyliad. Ac roedd hi'n digwydd gwybod fy mod i newydd dderbyn hanner canpunt o bolisi yswiriant.'

Dechreuodd y Fam Benedicta anadlu'n rhwyddach, ond roedd hi'n dal yn fud.

'Wrth gwrs, fe wrthodais i,' meddai Miss Sheldon-Smythe. 'Ddylai gweithred ddrwg ddim cael ei dilyn gan weithred waeth. Ac ar wahân i hynny,' ychwanegodd, 'dydy rhywun yn fy oed i ddim yn lluchio'i arian i ffwrdd.'

'Yn hollol,' cytunodd y Fam Benedicta'n floesg.

Tybed a oedd yr heddlu'n gwybod am feichiogrwydd Bridget, meddyliodd. Mae'n debyg eu bod nhw. Tybed a oedd Bridget wedi cyffesu ei phechod i'r Tad Donovan. Go brin ei bod hi. P'un bynnag, fyddai dim modd ceisio cael unrhyw wybodaeth gan y Tad Donovan. Roedd hi'n anodd dychmygu y byddai Murphy wedi llofruddio mam ei blentyn – os oedd o wedi gwneud hynny. Dduw Mawr, gweddïodd yn dawel, maddau i mi am gyflogi Murphy yn y lle cyntaf, ac am gyflogi Bridget yn yr ail le.

Roedd Miss Sheldon-Smythe wedi ei magu'n unig ferch yng nghwmni pump o frodyr, ac roedd hi wedi gweini arnynt gydag ymroddiad. Os byddent yn yfed neu'n mercheta'n ormodol byddai'n eu ceryddu'n garedig am eu mân gamweddau, ond fyddai hi byth yn eu condemnio. Wrth i'r naill ar ôl y llall ohonynt dyfu i fyny a gadael cartref, teimlai bod ei byd yn crebachu. Byddai wedi hoffi priodi a magu meibion ei hun. Byddai wedi eu difetha'n lân. Iddi hi, brawd neu fab oedd Murphy. Yn anialdir diffaith y cwfaint roedd Murphy wedi bod yn atgof o ddyddiau a fu ac o ddyhead nad oedd wedi ei wireddu.

Murphy oedd o. Allai o wneud dim byd o'i le. Roedd o'n hoffi ei bwjis hi. Roedd o'n garedig.

'Wnaeth o mo'r fath beth,' meddai hi, 'wnaeth Murphy ddim byd o'r fath. Beth sy'n bod ar y drefn gyfreithiol yn y wlad 'ma? Ydy'r plismyn 'ma'n wallgof?'

Bu'n brygowthan yn yr un modd am beth amser a gwrandawodd y Fam Benedicta arni'n amyneddgar.

'Mae'n siŵr bod y plismyn,' torrodd ar ei thraws o'r diwedd, 'yn gwybod beth maen nhw'n ei wneud. Mae'r Rhingyll Thomas bob amser wedi fy nharo fi fel dyn hynod ddoeth. Os yw Murphy'n ddieuog does ganddo fo ddim byd i'w ofni.'

'Ond ddylai'r dyn ddim bod o dan amheuaeth yn y lle cyntaf. Ddylai neb amau ei ddiniweidrwydd. Ydych chi ddim wedi teimlo ei *aura*?'

'Teimlo ei *beth*?'

'Ei hanfod, ei naws, ei ddaioni cynhenid.' Byseddai Miss Sheldon-Smythe fotymau ei chardigan ddu fel pe bai am eu tynnu i ffwrdd fesul un.

Roedd y Fam Benedicta wedi cael llond bol. Byddai'r cwfaint yn berwi o histeria gwyllt oni allai'r hen ferch hurt yma gadw gwell rheolaeth ar ei theimladau. 'Rydw i'n eich gwahardd chi,' meddai, 'rhag sôn gair am Murphy wrth y merched. Os byddan nhw am ei drafod gyda chi, rhowch daw arnynt. Os na allwch chi wneud eich gwaith yn y dosbarth heb gyfeirio at yr ardd, yna peidiwch â mynd ar gyfyl unrhyw ddosbarth. Mae gennym ni ferched ifanc diniwed yn ein gofal yma. Rydw i'n dibynnu arnoch chi i ofalu nad ydynt yn cael eu tarfu mewn unrhyw fodd gan y sefyllfa annymunol yma. Faint ydy'ch oed chi, Miss Sheldon-Smythe?'

Roedd bygythiad ymhlyg yn y cwestiwn.

'Pum deg wyth,' meddai Miss Sheldon-Smythe, a oedd mewn gwirionedd yn chwe deg dau.

'Felly mae gennych chi ddwy flynedd o waith buddiol o'ch blaen, dwy flynedd o fod yn ddylanwad er daioni ar eich disgyblion. Does ond gobeithio y gallaf ddibynnu arnoch chi yn yr argyfwng presennol.'

Sicrhaodd Miss Sheldon-Smythe hi y gallai ddibynnu'n llwyr arni. Ond roedd ei hangerdd yn dal i losgi, er bod y fflamau wedi eu dyhuddo am y tro.

'Er gwaethaf hynny . . .' dechreuodd a'i llygaid yn mudlosgi.

'Gweddïwch drosto,' meddai'r Fam Benedicta'n gwta, 'a gadewch y mater yn nwylo Duw.'

Cymerodd y merched eu tro i ddwyn un papur newydd bob dydd o'r swp a adewid yn y cyntedd, ond pan sylweddolodd y staff beth oedd yn digwydd gwaharddwyd papurau newydd yn gyfan gwbl. Roedd y ffaith fod yr unig ddyn, yr unig greadur gwryw yn eu hamgylchfyd beunyddiol, wedi ei gyhuddo o lofruddiaeth yn cythruddo'r merched i'r eithaf. Mae'n wir i'r ffaith mai Ignatius, neu Iggy fel y mynnai rhai o'r papurau mwyaf poblogaidd, oedd ei enw beri peth difyrrwch i rai, ond prin oedd eu nifer. Dyma beth oedd bywyd go iawn. Dyma eu dyfodol hwythau. Serch. Angerdd nwydwyllt. Roedd rhai yn galaru ar ôl Bridget, ond Murphy oedd gwrthrych cydymdeimlad y mwyafrif helaeth. Os oedd o wedi ei gwthio oddi ar y clogwyn, doedd hynny yn ddim mwy na'i haeddiant. Ar y cyfan roeddynt yn tueddu i fwynhau drama'r sefyllfa. Roedd rhai o'r merched iau, oedd yn ddigon craff i synhwyro bod pynciau yn ymwneud â gerddi wedi eu gwahardd ac i ddeall y reswm pam, yn poenydio Miss Sheldon-Smythe drwy fynnu sôn am bryfed genwair a chylchdro cnydau. Pan geisiai hi drafod bywydeg dynol, yn y galon yr oedd eu diddordeb, ac roedd crybwyll y sgerbwd yn arwain yn anochel at gyfeiriadau at dorri asgwrn y benglog. Byddai wedi rhoi'r ffidil yn y to oni bai eu bod yn dangos eu teyrngarwch amlwg i Murphy.

Doedd Siwsi ddim yn canfod difyrrwch o unrhyw fath yn y sefyllfa.

Hoffai allu mynd adref i drafod pethau gyda'i rhieni. (Er na fyddai hynny'n syniad arbennig o ddoeth, mae'n siŵr.) Tybed oedden nhw wedi gweld y stori yn y papur newydd am Murphy yn cael ei draddodi i ymddangos o flaen ei well. Iggy? Roedd hynny'n chwerthinllyd. Ignatius – wel, doedd hynny'n fawr gwell. Beth oedd wedi dod dros ben ei rieni? Roedd hi wedi edrych yn y geiriadur a gweld mai gair Lladin am danllyd oedd yr enw. Roedd hynny'n gwneud pethau ychydig yn well. Roedd hi'n amlwg eu bod yn bobl ddysgedig. Ac roedd o'n gymeriad tanllyd – mewn ffordd hynod o apelgar. Dychmygodd ei rhieni hi yn cyfarfod ei rieni yntau. Mewn gwesty yn Llundain. Byddai ei rieni ef yn bur oedrannus. Er gwaethaf y cyhuddiad anghyfiawn byddent wedi ffrwyno eu dicter. Wrth gwrs, byddai'r achos yn ei erbyn yn cael ei ollwng. Byddai pawb yn gofalu peidio â sôn gormod am y peth. Yfent lwncdestun i'r dyfodol. Ei dyfodol hi a Murphy. Byddai pawb yn gytûn ar hynny. Yna, ar ôl peth amser, byddai Murphy a hithau yn cilio o'r cwmni. Carped coch trwchus fyddai ar risiau'r gwesty a'r ddau yn eu dringo'n araf law yn llaw. Cyn diflannu o'r golwg byddent yn troi i edrych i lawr ar eu rhieni. A chodai Dadi ei wydr gwin gyda gwên ddireidus ar ei wyneb. Byddai popeth yn dda.

Ar yr union amser roedd Siwsi yn meddwl amdano cymerodd Norman ddracht ddofn o'r gwydryn chwisgi oedd yn ei law. Roedd ei law yn crynu. 'Iesu Grist!' meddai.

Plygodd Clare y papur newydd drosodd a throsodd fel pe bai'n ceisio lleihau effaith ei gynnwys. Doedd hi ddim yn arfer gweddïo, ond teimlai fel offrymu gweddi y funud hon. Gadewch i blant bychain ddyfod ataf Fi, meddyliodd. Trueni na fyddai Siwsi yn farw. Roedd yn beth ofnadwy i'w ddymuno ac roedd yn rhaid iddi ei sgwrio'n lân oddi ar lech ei chalon. Onid oedd pobl yn caru eu plant er gwaethaf popeth? Wel, o leiaf roedd pobl yn eu goddef er gwaethaf popeth. Roedd pobl yn dygymod â nhw. Roedden nhw'n eu dioddef. Roedden nhw'n gofidio drostynt.

Beth gythraul oedden nhw'n mynd i'w wneud ynglŷn â Murphy?

Wedi iddynt weld llun Murphy yn y papur doedd ganddynt ddim amheuaeth beth oedd wedi cymell Siwsi i droi'n llofrudd unwaith yn rhagor. Roedd o'n wryw i'w chwennych. Yn ŵr hynod ddeniadol. Ac roedd hi wedi ei chwennych. Yn yr un modd ag roedd hi wedi chwennych Mwnci flynyddoedd yn ôl – ond mewn ffordd wahanol. Ac roedd hi wedi cael gwared â'i gwrthwynebydd.

'Fe allen ni,' awgrymodd Norman, 'wneud yn sicr ei fod yn cael bargyfreithiwr gweddol dda i'w amddiffyn.'

Edrychodd Clare yn dosturiol arno. Roedd o'n gallu bod yn anhygoel o ddiniwed ar brydiau. Eglurodd yn bwyllog pam na allent wneud dim o'r fath, a hynny am ddau reswm. Yn gyntaf, allen nhw ddim fforddio gwneud hynny. Yn ail, byddai hynny'n dod â Siwsi i mewn i'r busnes.

'Pam dylen ni dalu i amddiffyn dyn nad ydym yn ei nabod?' gofynnodd.

'Oherwydd ei bod hi'n ddyletswydd foesol arnon ni i wneud hynny.'

'Dyletswydd i fradychu ein merch? Achos dyna fyddai gwneud hynny'n ei olygu.'

Bradychu neu beidio bradychu oedd y cwestiwn. Roedd y naill a'r llall yn gwybod yr ateb.

'Does ond gobeithio na wnaiff hi ddim dweud wrthon ni,' meddai Clare. 'Hyd yma dydyn ni'n gwybod dim am y peth, yn swyddogol.'

'Ond fe ddywedodd Dolly wrthon ni.'

'Damia Dolly!'

Cytunodd Norman. 'Cyn belled ag y gwela i,' meddai'n gymharol ffyddiog, 'fydd gan yr erlyniad ddim llawer o dystiolaeth yn ei erbyn. Pe bai o wedi cael ei gyhuddo o'i thagu neu'i saethu hi, mi fyddai'r achos yn ei erbyn yn llawer cryfach. Ond nid mater bach fydd profi iddo'i gwthio oddi ar y clogwyn.'

Roedd Murphy i fod i sefyll ei brawf yn y Brawdlys ddechrau'r hydref. Penderfynodd Norman a Clare adael i Siwsi fynd i dreulio gwyliau'r haf yn Caen yn Normandi gyda merch y bu'n ysgrifennu ati ers rhai blynyddoedd. Gorau po leiaf y gwelent arni yn ystod y cyfnod anodd yma. Byddai tafod Siwsi wedi ei glymu gan yr iaith anghyfarwydd ac felly go brin y gallai wneud llawer o niwed.

Wrth gwrs, byddent yn mynd i wrando ar yr achos. Byddai hynny'n brofiad digon tebyg i gael eu rhoi i orwedd ar wely o hoelion. Merthyrdod o'u dewis eu hunain. Doedd bywyd ddim yn gysurus y dyddiau hyn.

Ond doedd hynny'n ddim o'i gymharu â merthyrdod Murphy. Roedd cael ei gadw yn y ddalfa i aros ei brawf yn sioc. Doedd o erioed wedi gweld y tu mewn i garchar o'r blaen. Pan fyddai'n mynd allan i botsio flynyddoedd yn ôl, roedd yn ddigon craff i gadw ei draed yn rhydd. Nid y byddai'r ffermwyr lleol yn Kerry wedi mynd ag ef i'r llys; ergyd neu ddwy o haels yn ei din fyddai eu ffordd nhw o setlo'r broblem.

Yn ystod yr wythnosau araf, meithion wrth aros am yr achos roedd wedi ymdopi orau y gallai. Roedd clywed bod Bridget dri mis yn feichiog wedi ei ryfeddu. Ar y cychwyn pan ddywedodd ei gyfreithiwr wrtho, roedd wedi gwrthod ei gredu. Yn nes ymlaen, yn unigrwydd ei gell, roedd ei gynddaredd wedi mynd yn drech nag ef ac roedd wedi dyrnu'r muriau. Pwy oedd y sglyfath oedd wedi bod ar ôl Bridget cyn iddo ef gael gafael arni? Uffern dân, mi allai fod wedi ei phriodi hi. Fyddai hi wedi dweud wrtho? Neu fyddai hi wedi dweud celwydd ynglŷn â'r dyddiad? Roedd merched yn ddiawliaid ystrywgar. Clywodd y cwnstabl oedd ar ddyletswydd ei sŵn yn bwrw ei gynddaredd ar furiau'r gell a daeth i mewn i geisio ei dawelu. Rhannodd Murphy ei ofidiau gyda'r cwnstabl. 'Mae merched, bôi bach, wedi gyrru aml i ddyn da i'w fedd,' meddai hwnnw. Roedd yn sylw dwys a charedig, ond er bod y bwriad yn un di-fai, nid oedd yn un o'r sylwadau doethaf o dan yr amgylchiadau.

Bellach roedd yr aros ar ben ac roedd yn eistedd mewn ystafell fawr a edrychai fel un o gapeli'r ymneilltuwyr. I fyny yn y pulpud roedd barnwr yr oedd wedi cael ei rybuddio i'w alw'n *M'Lord.* Edrychai ei wìg fel pe bai wedi cael ei chneifio oddi ar gefn hen ddafad o Kerry, ac roedd yr wyneb main hir odani mor brudd â Sabath Protestannaidd. 'Mae o'n hen fachgen go lew,' meddai Prester, ei fargyfreithiwr, wrtho, 'dim ond i chi ei drin o'n iawn . . . neu'n hytrach dim ond i *mi* ei drin o'n iawn, ac mi fydda i'n sicr o wneud hynny. Mae Catesby, sy'n ymddangos ar ran yr erlyniad, yn dipyn o boen. Gofala nad wyt ti'n colli dy limpyn efo fo. Cofia fod yn gwrtais.' 'Iawn, syr,' meddai Murphy. Roedd o dan yr argraff ei fod wedi bod yn eithriadol o gwrtais wrth lawer o bobl nad oeddynt yn haeddu hynny ers cryn amser. Heddiw, fodd bynnag, byddai'r cwbl drosodd. Roeddynt wedi dod â'i siwt orau iddo'i gwisgo. Byddai'n edrych yn barchus a thrwsiadus ar gyfer ei siwrnai adref.

Roedd y cyhoedd wedi tyrru yno ac roedd y llys dan ei sang. Dychmygai eu gweld yn y seddi swllt a naw yn eu sinema leol. '*Murphy the Murderer*' gan Metro Goldwyn Mayer. Gallai glywed y llew yn rhuo ar ddechrau'r ffilm. Roedd y cyfan mor hurt fel mai prin y gallai gredu beth oedd yn digwydd.

Sylwodd ar ben moel y Tad Donovan ac roedd yn falch ei fod yno. Roedd yr hen ŵr wedi galw i'w weld yn gyson pan oedd yn y carchar lleol ac roedd y ddau wedi sgwrsio llawer. Roedd wedi sôn wrth yr offeiriad amdano'n cwrdd â Bridget ger y clogwyn ac wedi bod yn gwbl onest ynglŷn â phopeth oedd wedi digwydd yno – wel, nid yn hollol onest chwaith. Os oedd yr hen fachgen yn ddigon diniwed i feddwl mai mater o gael cusan neu ddwy oedd caru, ei fusnes ef oedd hynny. Doedd o ddim yn sicr a oedd y Tad Donovan wedi camddehongli ei amharodrwydd i gyfeirio at fanylion corfforol personol ond pan ofynnodd hwnnw'n blwmp ac yn blaen, 'Wnest ti ei lladd hi?' roedd fel pe bai wedi derbyn ei 'Naddo!' pendant yn ddigwestiwn. Er hynny, yn ystod ei gyffes ddiweddaraf roedd yr hen ŵr wedi bod fel saer coed yn ceisio rhyddhau hoelen rydlyd â thyrnsgriw. 'Mae'r Arglwydd yn drugarog,' meddai, 'does dim rhaid i ti ofni dweud y gwir.'

Doedd ar Murphy ddim ofn dweud y gwir. Ond, fel y dechreuodd sylweddoli yn ystod dau ddiwrnod yr achos, peth hynod o ryfedd oedd y gwirionedd. Roedd yn rhywbeth hyblyg y gellid ei ystumio'n rhwydd. Câi manion bethau eu hymestyn tra câi gwirioneddau pwysig eu hanwybyddu. Roedd arbenigwyr fforensig wedi mynd i gryn drafferth i brofi ei fod ef a Bridget wedi bod yn caru ar yr union fan ger y clogwyn. Roedd eu tystiolaeth yn ymwneud â phridd a hadau a ffibrau o'u dillad. Y cwbl fyddai wedi bod yn rhaid iddynt ei wneud, meddyliodd Murphy, oedd gofyn. Doedd o erioed wedi gwadu bod yn y fan a'r lle. A fyddai o ddim yn gwadu iddynt fod yn caru yn y llecyn dan sylw, felly pam roedd rhaid cyflogi gwyddonydd i brofi hynny? A doedd dull y gwyddonydd o ddisgrifio'r peth ddim yn swnio fel caru, roedd yn swnio'n debycach i weithred glinigol. Roedd gan Catesby, yr erlynydd, ddigon o wyneb i awgrymu bod y ferch 'wedi ei threisio gan ddyn dicllon yn dilyn cweryl ffyrnig'. Ac 'ymdrech merch oedd wedi ei brawychu i ddianc o'i grafangau' oedd ei ddehongliad o gripiadau nwydus Bridget. Wrth iddo wrando ar yr holl sothach yma y sylweddolodd Murphy pam oedd doctor y carchar wedi cymryd y fath ddiddordeb yn yr olion ewinedd ar ei ysgwydd. Roedd y gwir reswm yn ddigon syml. Mae'n wir y byddai'n gwneud iddo deimlo'n chwithig, ond doedd dim modd osgoi hynny.

Pan alwyd ef i'r bocs ar yr ail ddiwrnod gwnaeth yn siŵr ei fod yn tyngu llw ar fersiwn Douai o'r Testament Newydd. Roedd yn rhaid cymryd pob gofal. Roedd hwn yn fater pwysig.

Dechreuodd ar ei stori'n ddiymdroi. Roedd Bridget ac yntau wedi bod yn caru ger y clogwyn. Canlyniad y caru oedd y cripiadau. 'Dim trais o unrhyw fath, syr.'

Rhoddodd Catesby daw sydyn arno. Roedd wedi cael ei alw i ateb cwestiynau, meddai wrtho, a dylai ddal ei dafod hyd nes byddai'n amser iddo ateb. Yna, ar ôl rhoi crynodeb byr o'r digwyddiadau, dechreuodd ar ei ymosodiad. 'Rydych chi wedi clywed tystiolaeth y ddau dyst a oedd yn eistedd ar y traeth pan oeddech chi a Bridget O'Hare yn mynd heibio ar eich ffordd tua'r clogwyni. Fe ddywedon nhw eich bod chi'ch dau yn cweryla'n bur danllyd. Roedd y gair bastard yn cael ei ddefnyddio gyda chryn chwerwedd. Rwy'n awgrymu i chi eich bod wedi dod i wybod am ei hanffyddlondeb a'i bod hi wedi rhoi gwybod i chi ei bod yn disgwyl plentyn.'

'Na,' meddai Murphy.

'Doeddech chi ddim yn gwybod am y plentyn?'

'Nac oeddwn.'

'O, dewch nawr, dydych chi ddim am ddweud wrtha i nad oeddech chi'n cweryla?'

'Roedden ni'n cweryla, syr,' meddai Murphy, 'ynglŷn â bastard.'

'Hynny ydy, y plentyn roedd y ferch ifanc yn ei ddisgwyl?'

'Does yr un plentyn yn fastard,' meddai Murphy, gan ddyfynnu geiriau'r Tad Donovan. 'Mae pob plentyn bach yn un o blant Duw.'

Er mor glodwiw'r geiriau, prin eu bod wedi taflu rhagor o oleuni ar y mater, ac fe'u dilynwyd gan ennyd o ddistawrwydd.

'Efallai,' awgrymodd Catesby'n llyfn, 'yr hoffech chi egluro ymhellach.'

'Roedden ni'n cweryla ynglŷn â Charlie Parnell.'

'Ac mae'n debyg y byddwn i'n iawn yn tybio mai Charlie Parnell,' mentrodd Catesby, 'yw'r bastard fu'n ymhél â'ch cariad chi, Bridget O'Hare? Ac mai fo, felly, yw tad y plentyn roedd hi'n ei gario?'

'Dyna beth fyddai gwyrth,' meddai Murphy, gan ryfeddu at y fath awgrym. 'Beichiogi dihalog, os bu yna erioed.'

Neidiodd Prester ar ei draed. 'Os gwelwch chi'n dda, f'Arglwydd . . .' Roedd o wedi rhybuddio Murphy i gadw'n glir oddi wrth y math yma o beth. Fyddai trafod ei wleidyddiaeth yn helpu dim ar achos y Gwyddel. Dim ond Gwyddel arall fyddai'n gallu dechrau amgyffred y cymhlethdod. 'Mae'r diffynnydd,' eglurodd, 'yn cyfeirio at Charles Stewart Parnell, y Cenedlaetholwr Gwyddelig blaenllaw a fu farw ym 1891.'

Aeth chwerthiniad isel drwy'r llys.

Cuchiodd y barnwr. Roedd ei swydd yn un hynafol ac uchel ei pharch, a doedd ganddo'r un bwriad o gael ei drin fel arweinydd noson lawen. Dylai Catesby drin yr achos yn fwy deheuig, yn lle caniatáu'r math yma o amherthnasedd affwysol. 'Byddai ymddwyn gyda rhagor o urddas yn gweddu'n well i ddyn yn eich cyflwr chi,' rhybuddiodd. 'Rydych chi'n wynebu cyhuddiad difrifol iawn.'

Nodiodd ar Catesby i fwrw ymlaen.

'Ydych chi'n dweud wrtha i, mewn difrif,' gofynnodd Catesby, yn flin am iddo gael ei wneud i edrych yn ffŵl, 'eich bod chi a Bridget O'Hare yn cweryla ynglŷn â gwleidyddiaeth Iwerddon?'

'Ydw, syr.'

'Roedd y ddau ohonoch chi allan ar ddiwrnod heulog braf, yn mwynhau picnic – chi a'ch cariad – er ei bod hi'n cario plentyn dyn arall – ac roeddech chi'n cweryla ynglŷn â dyn oedd yn byw yn y ganrif o'r blaen?'

'Oedden, syr.'

'Mae'r peth yn gwbl anhygoel,' meddai Catesby.

Aeth ymlaen i ddatgan ei anghrediniaeth ac i awgrymu amryfal resymau llawer mwy credadwy i egluro'r llofruddiaeth. Yna, eisteddodd.

Cododd Prester, bargyfreithiwr Murphy ar ei draed. Nid gwaith hawdd oedd perswadio neb i gredu'r anghredadwy, ond rhoddodd gynnig arni. 'Ar ôl sgwrsio llawer â'r diffynnydd,' meddai, 'rydw i, erbyn hyn, yn deall tipyn yn rhagor ar y trafferthion yn Iwerddon – ac ar natur y Gwyddel – nag yr oeddwn i o'r blaen. Mae'n debyg ei fod yn beth cwbl naturiol i Wyddelod ymbleidio – yn arbennig yn achos eu harwyr cenedlaethol. Arwr yn ôl Bridget. Bastard yn ôl Murphy. Roedd hi'n ddadl hynod o danbaid tra parodd hi – ond doedd hynny ddim yn hir. Chafodd Bridget mo'i gwthio dros y clogwyn gan Murphy achos ei bod hi mor frwd yn pledio achos Charles Stewart Parnell. Yn wir, chafodd hi mo'i gwthio dros y clogwyn o gwbl.'

Yna, aeth ati i geisio profi hynny. Roedd y sefyllfa mor negyddol mewn llawer ffordd fel ei bod yn anodd iawn profi dim y naill ffordd na'r llall. Doedd adroddiad y patholegydd am ergyd ar gefn y pen o fawr gymorth. Roedd hi wedi cael ei darganfod yn gorwedd ar ei hwyneb yn y gilfach. Gallai'r môr fod wedi treiglo cerrig ar draws cefn ei phen a'u treiglo i ffwrdd ar ôl hynny, ond roedd natur y clwyf yn awgrymu iddo gael ei achosi gan un ergyd galed. Pe bai llofrudd wedi defnyddio hen dun yn llawn cerrig mân neu rywbeth tebyg, byddai'r archollion ar y croen wedi datgan yn groyw nad damwain oedd ei marwolaeth. Fel roedd pethau'n sefyll, roedd yn amlwg iddi gael ei tharo'n bur galed gan garreg – a gwnaeth Prester ei orau wrth sôn am gerrig yn cael eu rhyddhau wrth iddi syrthio ac yna'n cwympo arni. Ond prin bod ei stori'n argyhoeddi, ac roedd yntau'n gwybod hynny.

Pe bai Murphy wedi dweud iddo ei gadael yno yn fyw ac yn iach, fel y gwnaeth drosodd a throsodd, a'i gadael ar hynny, efallai y byddai pobl wedi ei gredu. Ond roedd y ffaith iddo fynnu iddo ei gweld yn ddiweddarach yn ddamniol i'w achos. Gallai fod wedi cwympo dros y clogwyn – llithro ar y glaswellt wrth hel blodau efallai. Gallai fod wedi taro cefn ei phen wrth iddi syrthio. Byddai wedi bod yn gwbl naturiol i Murphy fynd yn ôl i chwilio amdani – ac roedd wedi gwneud hynny. Byddai wedi bod yn ddigon naturiol iddo beidio ag edrych i lawr dros ymyl y clogwyn. Ac fe ddywedodd nad oedd o wedi meddwl am wneud hynny. Ond doedd hi ddim yn naturiol – nac yn gredadwy – ei fod wedi mynd yn ôl i ben y clogwyn ac yna yn ôl at y lleianod mewn tymer wyllt gan ddweud iddo ei gweld yn mynd ar gwch dychmygol yng nghwmni llongwyr dychmygol. Pam sôn am gwch, oni bai ei fod yn gwybod ei bod hi'n farw yn y môr? Pam ddim sôn am gar? Neu fws?

Gwnaeth Catesby yn fawr o hynny yn ei araith glo. 'Dyn wedi dychryn – nid dyn wedi ei gynddeiriogi – oedd Murphy erbyn hyn – dyn wedi cael ei frawychu gan ganlyniadau yr hyn yr oedd wedi ei wneud – canlyniadau ei drosedd ffiaidd. Felly, mae'n cymryd arno iddo weld Bridget yn hwylio allan i'r môr. Byddai'r môr yn golchi ei chorff i mewn i'r gilfach. Os byddai'n lwcus byddai'n ei gario allan drachefn a byddai Bridget yn diflannu am byth, neu yn cael ei golchi i'r lan fisoedd yn ddiweddarach pan na fyddai'r corff mewn cyflwr i neb ei adnabod. Ond olchodd y môr mo'i chorff hi allan. Ac oherwydd y ffordd y disgynnodd hi, allai'r môr ddim bod wedi ei chario i mewn. A dyna chi, foneddigion a boneddigesau'r rheithgor. Corff yn gwrthod symud o'r fan lle disgynnodd. Corff merch ifanc, hardd – merch ifanc feichiog, hardd. A dyna i chi Murphy – dyn nwydus, dyn cenfigennus – ac ar ben hynny, dyn dichellgar. Mae'n siŵr y cytunwch chi bod yn rhaid iddo fod yn dipyn o actor er mwyn dangos i'r lleianod ei fod yn pryderu am nad oedd Bridget wedi troi i fyny. Roedd rhaid iddo actio i gymryd arno ei fod yn ddig pan ddaeth yn ôl ar ôl chwilio amdani – roedd rhaid wrth gyfrwystra i hawlio iddo ei gweld yn fyw. Gallai cyfaddefiad syml – 'Fe'i gwthiais i hi, Duw a'm helpo,' torcalonnus – gallai newid ei ble a phledio'n euog, fod wedi ennyn eich tosturi – a'm tosturi innau o ran hynny. Rydyn ni i gyd yn ffaeledig, yn feidrol. Mae pawb yn mynd ar gyfeiliorn ac yn pechu. Rydyn ni i gyd yn tramgwyddo. Ond dydyn ni i gyd ddim yn lladd ac yn ceisio cuddio'r drosedd. Welwch chi ddyn edifeiriol yn sefyll yn y doc? Go brin. Ychydig amser yn ôl, roedd ganddo'r haerllugrwydd i gellwair. Ydy marwolaeth merch bedair ar bymtheg oed yn destun cellwair? Nac ydy, foneddigion a boneddigesau, mae'n beth echrydus. Mae'n drychineb. Mae'n anfaddeuol!'

Ac ymlaen ac ymlaen, am ddeng munud arall.

Pan ddaeth hi'n dro i Prester gyflwyno'i araith derfynol, prin y gallai gystadlu. Roedd Catesby, ar ôl dechrau sigledig, wedi taro'r nodyn cywir ac wedi rhygnu ymlaen ar y nodyn hwnnw nes cyrraedd uchafbwynt boddhaol. Fodd bynnag, roedd y cyfan yn nwylo'r rheithgor. Cyfarwyddodd y barnwr hwy heb ragfarn amlwg, ond roedd rhagfarn bwerus o argyhoeddiadol i'w theimlo er hynny.

Tra oedd y rheithgor yn ystyried eu dedfryd, roedd Murphy yn chwarae draffts gydag un o swyddogion y carchar tra oedd swyddog arall yn chwilio am gwpanaid o de iddo. Chwarae draffts ac yfed te oedd ei ffordd o ddangos ei fod yn barod i gydweithio. Roedd yn rhan o siarâd – siarâd fer, hynod ddisynnwyr, lle roedd pawb yn ymddwyn yn hollol loerig. Y peth cwrtais i'w wneud oedd eistedd yno yn cipio darnau ei wrthwynebydd oddi ar y bwrdd draffts. Roedd hi'n amlwg bod ar hwnnw eisiau iddo ennill. Roedd yn byrlymu o gydymdeimlad. Pan ddôi'r ynfydrwydd yma i ben, meddai Murphy wrtho, roedd am ddychwelyd i Iwerddon. Roedd ei dad, yr hen dlawd, yn tynnu ymlaen, a gallai wneud â thipyn o help ar y fferm.

Bu'r rheithgor yn pendroni am deirawr.

Pan ddaethant yn ôl i'r llys, doedd yr un ohonynt am edrych ar Murphy.

Ni allai Murphy gredu iddo glywed blaenwr y rheithgor yn iawn pan gyhoeddodd y ddedfryd. Dim ond pan welodd y barnwr yn gwisgo clwtyn du ar ei ben y sylweddolodd beth oedd yn digwydd.

Roedd y bastardiaid yn mynd i'w grogi!

Roedd y bastardiaid diawl am roi diwedd ar ei einioes!

Am eiliad teimlai awydd i gydio yn y ddau swyddog carchar oedd yn sefyll o boptu iddo a'u hyrddio dros ochr y doc. Dychmygai ei hun yn llindagu'r barnwr â'r mymryn o ddeunydd du oedd wedi ei osod ar ei wìg wirion. Roedd dicter fel môr cynddeiriog yn rhuo drwy'i ben.

Ond safodd yno'n gwbl dawel.

Gofynnodd y barnwr a oedd ganddo rywbeth i'w ddweud.

Allai o ddim yngan gair. Allai o ddim symud gewyn. Ar ôl ychydig funudau arweiniwyd ef o'r doc gan y swyddogion carchar.

'Mae arna i ofn,' meddai Clare, 'na alla i ddim bwyta'r sgon yma.' On'd doedd o'n beth hynod, meddyliodd, sut roedd rhywun yn gwneud pethau cwbl gyffredin pan oedd trychineb newydd ddigwydd – fel roedd hi wedi ei wneud wrth adael y llys a mynd i gael te mewn caffi bach y drws nesaf. Roedd hyd yn oed yr hen offeiriad, y Tad Donovan, yn gwneud yr un peth. Ac roedd o'n llwyddo i fwyta ei sgon – a hyd yn oed i roi rhagor o fenyn arni. Oni ddylai hi fod i lawr yn y celloedd yn cydio yn llaw Murphy – yn gweddïo drosto – yn gwneud rhywbeth o leiaf? Oni ddylai hi a Norman fod wedi codi ar eu traed yn y llys a gweiddi

'Stopiwch!' Tybed na allent, hyd yn oed yn awr, fynd i chwilio am y barnwr a dweud wrtho pa mor gythreulig o anghywir oedd dyfarniad y rheithgor?

Wel, wrth gwrs, fe allent.

Ond wnaen nhw ddim.

Fe aent i eistedd yn ffenestr y caffi wrth fwrdd â lliain siec coch a gwyn arno a gofyn am de a sgons. Byddai Norman hyd yn oed yn eu bwyta. Edrychodd arno gan ffieiddio.

'Os nad wyt ti am fwyta'r sgon yna,' meddai ef gan estyn amdani, 'mi fwyta i hi.'

Er gwaetha'r dynged oedd yn wynebu Murphy, teimlai Norman fymryn yn llai pryderus ynglŷn â Siwsi erbyn hyn. Roedd yr achos yn erbyn Murphy wedi bod yn un cryf. Tystiolaeth amgylchiadol mae'n wir, ond tystiolaeth ddigon credadwy. Roedd hi hyd yn oed yn bosibl ei fod yn euog; roedd dwsin o reithwyr deallus yn credu hynny.

Awgrymodd hynny wrth Clare. 'Mae'n bosib ein bod ni wedi camddehongli ensyniadau Dolly. Neu efallai mai gwenwyn oedd y tu ôl i'r cwbl ddywedodd hi. Roedden ni'n ffyliaid yn gwrando arni.'

Atebodd Clare mohono. Roedd Norman wedi cael clywed am yr holl ddigwyddiadau angheuol yn ymwneud â Siwsi yn y gorffennol, ond doedd o ddim wedi bod yn dyst i'r un ohonynt. Doedd o ddim yno pan gododd Peter gorff Willie bach o'r pwll pysgod a cheisio ei adfywio . . . tra safai Siwsi gerllaw iddo. Hi, ac nid Norman, oedd yr un a gerddai i lawr y ffordd wledig pan ddaeth fen Ifans Bara i'r golwg yn ddirybudd. Doedd o ddim yno i deimlo'r sioc erchyll wrth weld Siwsi yn ceisio gwthio Dolly i lwybr y fen. Roedd yr holl fanylion roedd o wedi eu clywed wedi eu lliniaru i ryw raddau wrth iddynt gael eu hadrodd. Iddi hi, doedd erchyllter heddiw ddim wedi ei liniaru o gwbl gan ddim byd a adroddwyd. Roedd Murphy ar fin dioddef am rywbeth roedd Siwsi wedi ei wneud. Roedd hi'n hollol sicr o hynny. Roedd o wedi sefyll yn ffwndrus yn y doc heb wybod sut i ymateb. Byddai Clare wedi gallu wylo drosto.

'Damio'r ferch Siwsi 'na!' ebychodd yn ffyrnig.

Syllodd Norman yn syn arni.

Clywodd y Tad Donovan eiriau'r wraig ifanc a eisteddai wrth y bwrdd ger y ffenestr, a gresynodd fod pobl yn siarad mor anystyriol. 'A boed i'r Arglwydd drugarhau wrth eich enaid,' oedd geiriau cwbl ddifrifol y barnwr ychydig yn gynharach. A boed iddo drugarhau wrth dy enaid dithau, f'Arglwydd, meddyliodd y Tad Donovan gan gynddeiriogi ynddo'i hun. Doedd hi ddim yn iawn i unrhyw un ladd person arall, ond doedd dim y gallai hen offeiriad fel ef ei wneud i rwystro hynny. Ddylai Murphy ddim bod wedi lladd Bridget – a chymryd iddo wneud hynny. Ond doedd ei ladd yntau yn gwella dim ar y sefyllfa. Roedd cyfiawnder yr Hen Destament yn perthyn i oes yr Hen Destament. Go brin y byddai gweld Murphy euog yn crogi ar raff yn destun gorfoledd yn y nefoedd. Ac mae'n sicr y byddai Murphy ddieuog yn crogi ar raff yn ennyn cynddaredd dwyfol. Trueni na fyddai'r Duw mawr yn amlygu ei farn ar achlysuron o'r fath. Yn y cyfamser, byddai'n rhaid iddo ef helpu Murphy gymaint ag y gallai – ai tair wythnos rhwng dedfryd a dienyddio oedd y drefn?

Y funud hon byddai'n rhaid iddo ddychwelyd i'r cwfaint i ddweud wrth y Fam Benedicta am godi oddi ar ei gliniau a rhoi'r gorau i weddïo am i Murphy gael ei ddyfarnu'n ddieuog. Bellach roedd hi'n bryd i glustiau'r Hollalluog gael eu byddaru gan erfyniadau am wyrth. Ond wir Dduw, roedd o wedi bod angen y baned gref a'r sgons bendigedig yma. Roedd o'n teimlo mor wan â chath ar ôl yr holl amser yn y llys.

Roedd y Fam Benedicta wedi derbyn y newydd am y ddedfryd yn achos Murphy yn gwbl dawel. Doedd ganddi ddim amheuaeth na fyddai penawdau bras papurau'r hwyr yn sgrechian y newyddion. Ei dyletswydd, fel y gwelai hi bethau, oedd gwarchod y merched cyn belled ag y gallai rhag y sioc. Wrth gwrs, byddai'n rhaid iddynt gael gwybod, ond nid lle gwasg y gwter oedd torri'r newydd iddynt. Nid oedd unrhyw bapur newydd i'w ganiatáu ar gyfyl y lle, tra byddai'r stori'n dal i gael sylw.

Penderfynodd roi gwybod iddynt ar ôl y Fendith y noson honno. Dichon y byddai'r bore wedi bod yn well amser, ond roedd amryw o setiau radio yn y cwfaint a phrin y gallai hi roi taw ar bob un ohonynt.

Roedd yr achlysur yn un trist ac anffodus, meddai'n groyw, ond doedd hi ddim am iddynt bendroni ynglŷn â'r peth. Pan fyddent yn adrodd eu paderau, gallent feddwl am Bridget – ac am Murphy, hefyd – ac am yr holl bobl ddirifedi oedd wedi marw'n ifanc – ar ôl cael eu clwyfo mewn rhyfel, mewn damweiniau, ac o liaws o achosion eraill rhy niferus i'w henwi. Llwyddodd ei geiriau i wanhau angau a'i droi'n ddefnynnau mân o boen mewn môr o farwoldeb. Fel ymdrech i leddfu arswyd roedd ei geiriau yn eithaf llwyddiannus. Gwelwodd rhai o'r merched a theimlodd rhai ohonynt yn sâl. Ond aeth dim un ohonynt yn sâl, a chlywyd yr un ohonynt yn crio. Parodd effaith lesol ei geiriau am rai oriau.

Yn achos Siwsi roedd yr effaith wedi cilio erbyn hanner nos.

Roedd hi wedi gweld Bridget yn farw a doedd hi ddim wedi cynhyrfu o gwbl. Ond allai hi ddim goddef dychmygu Murphy yn wynebu marwolaeth. Yn rhynllyd a chrynedig sleifiodd i mewn i wely Dolly. Gorweddodd Dolly yno'n ddiysgog a digroeso.

'Beth wna i?' cwynodd Siwsi, â'i phen o dan y dillad rhag iddi gael ei chyhuddo o fod yn lesbiad unwaith eto. 'Beth alla i wneud?'

'Os oes gen ti ryw fath o gydwybod – ac mae'n anodd gen i gredu hynny -' meddai Dolly, 'does 'na ddim ond un peth y gelli di ei wneud, felly gorau po gyntaf i ti ei wneud o.'

Roedd ei chydwybod hi, er mai cael a chael fu hi, wedi penderfynu o blaid Murphy. Os na fyddai'r Moncriefs yn talu iddi hi fynd i'r brifysgol oherwydd bod Siwsi yn dihoeni yng ngharchar, mae'n debyg y byddai'r lleianod yn gwneud hynny – neu fe fyddai'n cael ysgoloriaeth, neu rywbeth. Ni ddylai ei llwyddiant academaidd ddibynnu ar roi rhaff am wddw Murphy. Ond hyd yn oed os hynny oedd y gwir, roedd rhaid iddi wneud yr hyn a allai i achub bywyd Murphy. Penderfynodd y byddai hi'n dweud wrth y Fam Benedicta os nad oedd Siwsi am wneud hynny. Polisi annoeth, fodd bynnag, fyddai dweud hynny wrth Siwsi. Does neb yn dweud wrth lond casgen o bowdwr gwn bod ganddo fatsien yn barod i'w thanio yn ei law – yn arbennig os oedd y gasgen bowdwr yn yr un gwely â chi.

Roedd Siwsi yn crio ac yn snwffian dan ddillad y

gwely ac yn sychu ei thrwyn yn fochaidd ar gynfas Dolly. Doedd Dolly ddim yn sylweddoli hynny a rhoddodd ddeng munud iddi ddod ati ei hun. Mae'n rhaid nad oedd rhyw lawer ym mhen Murphy, meddyliodd. Byddai unrhyw un â'r mymryn lleiaf o synnwyr cyffredin wedi gallu dadlau ei ffordd yn rhydd. Mae'n rhaid bod ganddo fargyfreithiwr truenus neu bod y barnwr yn arbennig o ragfarnllyd. Pe bawn i'n ei amddiffyn, meddyliodd, byddai gartref yn ei fwthyn erbyn hyn yn arllwys chwisgi i lawr ei gorn gwddw, yn hytrach na bod mewn cell gyfyng yn poeni am yr hyn oedd ar fin digwydd iddo ef a'i gorn gwddw. Dechreuodd ei dyfodol, a oedd wedi bod yn annelwig hyd yma, ymffurfio yn ei meddwl. Ychydig iawn o ferched oedd yn fargyfreithwyr, ond erbyn heddiw, a hithau'n ganol yr ugeinfed ganrif, roedd hi'n hen bryd i hynny newid. A beth am ferched yn farnwyr? Gallai ei dychmygu ei hun yn ei gŵn laes a'i wìg yn traethu yn yr *Old Bailey*. Byddai rhyw greadur truenus fel Murphy yn y doc. Cwlffyn cyhyrog, penwan, dieuog. Byddai bargyfreithiwr yr erlyniad yn ei drywanu dro ar ôl tro â'i dafod miniog, didostur nes ei adael yn gwbl fud. Byddai'r barnwr na faliai fotwm am ei dynged, yn eistedd yno â'i feddwl ymhell. Ac yna byddai hi, Dolly, yn camu i ganol y llwyfan. Yn bwyllog, ofalus byddai'n tanseilio achos y goron gymal wrth gymal. Byddai Murphy'n adennill peth o'i urddas gan ymsythu yn y doc, a'r barnwr yn ymysgwyd ei hun o'i bensynnu ac yn syllu arni gyda pharch ac edmygedd. Er ei holl refru a brygowthan ofer byddai'n rhaid i'r erlynydd gydnabod iddo gael ei lorio'n llwyr. A byddai cenedlaethau fyrdd o'i chyndadau – llinach faith o Fortoniaid nad oeddynt wedi profi blas buddugoliaeth erioed – yn bonllefain eu cymeradwyaeth o'r tu hwnt i'r llen.

Dolly Morton, Cwnsler y Brenin.

Ac fe fyddai hynny'n digwydd. Doedd Dolly ddim yn un am freuddwydio – cynllunio y byddai hi. Yn awr roedd hi'n gwybod beth fyddai ei dyfodol. Roedd y peth yn bosibl ac fe wnâi hi'n siŵr y byddai ei huchelgais yn cael ei gwireddu. Mae'n wir na fyddai hi'n gallu achub Murphy, ond fe fyddai llawer i Furphy arall yn elwa ar ei phenderfyniad.

Pe bai Siwsi yn y doc a hithau'n dadlau achos yr erlyniad . . . na, doedd hynny ddim mor rhwydd. Teimlodd goesau noeth Siwsi yn cyffwrdd ei choesau hithau. Gwrandawodd arni'n anadlu. Roedd wedi ei hadnabod ers blynyddoedd. Ond mae'n debyg bod llawer o bobl wedi adnabod Caligula am flynyddoedd hefyd . . . a Salome. Ar y llaw arall, go brin y byddai'r brenin Albanaidd hwnnw wedi gallu goddef y pryf copyn, heb sôn am ei edmygu, oni bai iddo orfod treulio cryn amser yn ei gwmni.

Iawn – felly fe gâi rhyw fargyfreithiwr arall erlyn Siwsi.

Ac fe gâi rhyw farnwr arall ei dedfrydu.

O leiaf, doedd dim perygl iddi gael ei chrogi, ar hyn o bryd – roedd hi'n rhy ifanc.

Roedd y deng munud ar ben. Dywedodd wrth Siwsi am ei bachu hi'n ôl i'w gwely ei hun. 'Mae arna i eisiau cysgu.'

'Dydw i ddim yn credu y galla i gysgu byth eto,' sibrydodd Siwsi yn drallodus.

PENNOD 5

Y noson honno cafodd Miss Sheldon-Smythe hyd yn oed lai o gwsg na Siwsi. Doedd y dyfarniad ddim wedi bod yn syndod o gwbl iddi. Roedd hi wedi wynebu'r posibilrwydd o'r funud yr aed â Murphy i'r ddalfa. Roedd hi hefyd wedi gorfod byw gyda rhyw lwmp anghyfarwydd oedd wedi ymddangos yn ei bron. Wrth gwrs, fe allai fod yn gwbl ddiniwed. Ond roedd hi'n fwy tebygol nad oedd. Doedd arni ddim eisiau gwybod. Os oedd rhywbeth yn mynd i ddigwydd, yna fe ddigwyddai. Pan oeddech chi dros eich trigain oed, roeddech chi'n dechrau dod i delerau â marwolaeth. Roeddech chi'n byw gydag ef fel y byddech chi'n byw gyda hen fodryb. Byddai hi yno yr ochr arall i ddrws caeëdig, yn hawlio dim nac yn ddychryn i neb. Ryw ddiwrnod byddech yn agor y drws ac yn mynd i mewn ati – i aros am byth. Ar hyn o bryd, roeddech chi a hithau yn cael sgwrs o bryd i'w gilydd. Roedd pethau'n wahanol i rywun yn sefyllfa Murphy. I rywun o'i oed ef roedd marwolaeth yn elyn didostur, digyfaddawd – yn elyn i'w herio ac i ymladd yn ei erbyn â'ch holl nerth – yn elyn na fyddech chi'n breuddwydio ildio iddo ar unrhyw gyfrif. Os câi ef y gorau arnoch yn y frwydr, byddai rhywun arall yn siŵr o godi ei gleddyf o'ch plaid. Y bore canlynol, ar ôl ystyried yn ddwys a chynllunio'n ofalus, dadweiniodd Miss Sheldon-Smythe ei chleddyf a'i gysegru i amddiffyn anrhydedd Murphy hyd angau pe byddai raid.

Yn ffodus, roedd y Fam Benedicta, yn wahanol i'r rhan fwyaf o Uchel Famau, ar gael yn rhwydd i unrhyw ddisgybl neu aelod o'i staff oedd am gael gair â hi. Roedd hi ar gael yn ei stydi, oni bai ei bod hi'n brysur yn rhywle arall, rhwng hanner awr wedi deg ac un ar ddeg o'r gloch bob bore.

Y bore arbennig yma, roedd hi'n sefyll ger ffenestr ei stydi yn syllu ar y glaswellt hir ar lawntiau'r cwfaint. Nid gwaith hawdd oedd cael rhywun i lenwi swydd Murphy. A doedd dim graen ar waith garddwyr rhan amser. Cyn belled ag roedd yr ieir a'r cwningod yn y cwestiwn, roedd y chwiorydd lleyg yn gwneud eu gorau. Gallai'r rhai ohonynt oedd wedi eu magu ar fferm drawsnewid iâr fyw yn ffowlyn marw yn ddigon rhwydd. Ond roedd creaduriaid blewog, hoffus fel y cwningod yn stori arall. Doedd gan yr un ohonynt galon i wneud unrhyw niwed iddynt. Yn y cyfamser, roeddynt yn epilio'n llawer rhy gyflym; yn fuan iawn fyddai dim digon o gytiau ar eu cyfer. Roedd cadw cwningod wedi bod yn syniad rhagorol tra oedd Murphy o gwmpas y lle. Yn ei absenoldeb, roedden nhw'n drychineb. Roedd bywyd yn llawn o fân broblemau. Ac roedd mân broblemau yn therapiwtig. Dim ond i chi lwytho eich pen â manion dibwys, fyddai dim llawer o le ar ôl ar gyfer unrhyw beth arall. Byddai'r Fam Benedicta wedi bod wrth ei bodd pe na bai ganddi le o gwbl ar gyfer Miss Sheldon-Smythe. Ond roedd hi yno, yn sefyll yn y drws, ac roedd ganddi bapur newydd yn ei llaw. 'Murphy i'w Grogi' sgrechiai'r pennawd bras. 'Llofruddiaeth Erchyll Bwystfil y Cwfaint' eiliai'r is-bennawd.

'Gobeithio'n wir,' meddai'r Fam Benedicta'n oeraidd, 'nad ydych chi wedi gadael i unrhyw un o'r disgyblion weld hwnna.'

Cerddodd Miss Sheldon-Smythe ar draws yr ystafell mor urddasol ag y gallai a sefyll wrth ochr y Fam Benedicta. Sylwodd hi ddim ar y glaswellt aflêr. Gwelodd yr haul yn disgleirio ar rosod melyn. Roedd yn fyd digon hardd. Ac roedd creaduriaid hardd yn byw ynddo, creaduriaid megis ei byjis. Mae'n siŵr, tybiodd, y byddai rhywun yn gofalu am ei byjis. Byddent yn sicr o hiraethu ar ei hôl. Dylai'r syniad na fyddai neb arall yn gweld ei cholli fod yn un trist, ond doedd o ddim. Roedd teuluoedd a'u rhwymedigaethau yn dueddol o roi rhwystrau yn eich ffordd. Roedd bod yn berchen eiddo yn faen tramgwydd arall. Pe baech yn berchen tŷ neu fflat, byddech yn prynu pob math o bethau ar eu cyfer. Cwpwrdd gwydr llawn geriach – fâs o Wlad Groeg – llestr gwydr o Fenis. Roedd pethau yn deffro atgofion. Roeddynt yn cydio ynoch – yn eich caethiwo. Roedd hi wedi gwerthu ei thŷ i dalu dyledion gamblo ei brawd ieuengaf. Ar y pryd roedd hynny'n gam mawr i'w gymryd – yn weithred arwrol. Ac roedd yntau wedi bod yn hynod ddiolchgar. Oni bai iddo gael ei ladd yn y rhyfel, mae'n bosib y byddai wedi talu'n ôl iddi. Roedd pob un o'i phum brawd wedi marw o'i blaen . . . ond roedd pob un ohonynt wedi pellhau ac wedi colli pob cyswllt â hi flynyddoedd cyn hynny. Roedd hi wedi dod yn gyfarwydd â'r sefyllfa. Ac yn wir doedd o fawr o bwys.

'Na,' meddai, gan ateb cwestiwn y Fam Benedicta, 'does neb arall wedi gweld hwn. Mae'r holl beth yn nonsens llwyr wrth gwrs.'

Yr un fath â'r dillad galar 'na rwyt ti'n eu gwisgo, meddyliodd y Fam Benedicta. Pam na allai hi fod wedi gwisgo coler wen neu rywbeth – sgarff shiffon hyd yn oed? 'Dyna ewyllys Duw,' meddai'n beiriannol, gan geisio mygu ei theimladau angharedig. Wrth gwrs, roedd Miss Sheldon-Smythe yn gofidio. Roedd pawb yn gofidio. Ond doedd dim gofyn iddi wneud sioe o'i theimladau.

'Nage, nid ewyllys Duw mohono,' meddai Miss Sheldon-Smythe yn dawel. 'Camweinyddiad cyfiawnder o'r math gwaethaf ydy'r hyn sydd wedi digwydd.' Syllodd ar ddrudwy yn glanio ar rosyn melyn ac yna'n hedfan i ffwrdd. 'Laddodd Murphy mo Bridget O'Hare,' meddai. 'Fi lladdodd hi.'

Aeth meddwl y Fam Benedicta yn gwbl wag am rai eiliadau fel pe bai ton anferth wedi golchi popeth oddi ar draeth. Roedd popeth dibwys – holl froc y môr – wedi diflannu. Cydiodd yn silff y ffenestr nes iddi deimlo bod ei choesau yn ddigon cryf i'w chario o'r ffenestr draw at ei desg. Yna eisteddodd.

'O!' meddai.

Roedd Miss Sheldon-Smythe yn dal i sefyll wrth y ffenestr. Roedd y cwfaint yn adeilad hyfryd. Roedd yma risiau arbennig o hardd. Ar y tro cyntaf roedd delw o'r Forwyn Fair. Morwyn fach brydferth wedi ei llunio o blastr glas a gwyn. Yna roedd y grisiau yn canghennu i'r dde ac i'r chwith ac roedd delw o'r Santes Agnes ar y landin nesaf. Ar bob landin roedd ffenestr lydan – letach na'r ffenestr hon – yn edrych i lawr ar yr ardd. Byddai'n gweld eisiau'r pethau hyn. Ond fyddai hi ddim yn gweld eisiau ei hystafell. Roedd honno'n edrych i lawr ar y iard gefn ac anaml y byddai'r haul yn tywynnu yno. Roedd Murphy wedi gosod un neu ddau o botiau o Fynawyd y Bugail iddi edrych arnynt, a dyna'r unig liw oedd ar gyfyl y lle.

'Ie,' meddai'n lled-freuddwydiol, 'fi wthiodd hi dros y clogwyn.'

Roedd y Fam Benedicta wedi dod ati ei hun. 'Am ei bod hi wedi llindagu un o'ch caneris chi, mae'n debyg,' atebodd yn frathog. Boed i'r Forwyn Fair faddau i mi, meddyliodd, ond allai i ddim goddef baldorddi dynes loerig ar adeg fel hyn. 'Maddeuwch i mi,' meddai. 'Doedd gen i ddim hawl i fod yn anghwrtais.'

Yn ystod oriau'r nos, roedd Miss Sheldon-Smythe wedi ei pharatoi ei hun ar gyfer sgeptigaeth. Er gwaetha'r holl baderau roedd hi'n eu siantio'n feunyddiol, gallai tafod y Fam Benedicta fod yn fileinig o frathog.

'Byjis,' cywirodd, 'dau ohonynt. A na – doedd fy rheswm i ddim yn un gwamal.' Roedd hi wedi eistedd ar gadair goch gyfforddus ger y ffenestr. Roedd mymryn o staen cwyr ar fraich fahogani'r gadair a rhwbiodd ef yn bwyllog â'i bys wrth iddi geisio hel ei meddyliau at ei gilydd. Roedd y geiriau roedd hi wedi eu paratoi wedi mynd ar chwâl. Roedd hi'n anodd siarad am lofruddio a marwolaeth ar fore mor hyfryd. Canolbwyntiodd ei meddwl ar Murphy yn eistedd yn ei gell. Dyna'r unig ffordd y gallai hi fwrw ymlaen â'i stori.

'Mae'n siŵr y cofiwch chi,' meddai, 'bod ar Bridget O'Hare eisiau benthyg hanner canpunt gen i er mwyn talu am erthyliad anghyfreithlon. Fe ddywedais i fy mod i wedi ei gwrthod. Celwydd oedd hynny.'

Edrychodd ar y Fam Benedicta i weld pa dderbyniad a gâi ei geiriau. Doedd dim mynegiant ar ei hwyneb. Aeth ymlaen â'i stori: 'Roedd hi mor daer ac wedi cael y fath ysgytwad fel na allwn i mo'i gwrthod hi. Yn ddiweddarach, ar ôl i mi gael amser i ystyried y peth, roedd yn edifar gen i. Does dim rhaid i mi eich atgoffa chi o farn yr Eglwys ar erthylu. Roedd fy nghydwybod yn fy mhoeni. Fe wnes i fwy nag un ymdrech i gael gair gyda Bridget, ond roedd hynny'n anodd yma gyda'r plant o gwmpas ym mhob man. Ddiwrnod y picnic cefais syniad sydyn a gyrrais yn fy nghar i safle'r picnic. Gobeithiwn y byddai'n bosibl i mi gael cyfle i siarad gyda Bridget ar ei phen ei hun. Cedwais yn ddigon pell oddi wrth y picnic ei hun, ar ôl gwneud yn siŵr bod fy nghar wedi ei barcio yn ddigon pell oddi wrth fws yr ysgol. Am y rhan fwyaf o'r amser bûm ar y prif draeth. Gwelais Bridget a Murphy yn mynd am dro i gyfeiriad y penrhyn ac yn nes ymlaen gwelais Murphy yn dychwelyd ar ei ben ei hun. Dyna oedd fy nghyfle. Brysiais i fyny'r penrhyn a dod o hyd i Bridget yn eistedd ar y borfa. Ceisiais gael trafodaeth garedig a rhesymol gyda hi, ond roedd hi'n gwrthod gwrando. Roedd hi'n fy ngalw yn hen ddynes hurt ac yn mynnu fy mod i'n gadael llonydd iddi. Roedden ni'n dwy yn sefyll erbyn hyn – braidd yn agos i ymyl y clogwyn. Roedd hi'n dal ei bag llaw a thybiais innau y gallai'r hanner canpunt fod ynddo. Ceisiais ei gipio oddi arni. Camodd hithau'n ôl a llithro. Roedd y borfa yn llithrig iawn ac roedd hi wedi diflannu dros yr ymyl cyn i mi allu codi bys i'w helpu. Doeddwn i ddim yn bwriadu ei lladd hi, ond dyna wnes i. Doedd gan Murphy ddim o gwbl i'w wneud â'r peth.'

'O ie?' meddai'r Fam Benedicta. Roedd y stori'n eitha credadwy. Ond doedd hi ddim yn credu gair ohoni. 'A pham na ddywedoch chi hyn wrtha i o'r blaen?'

'Roedd hi bob amser yn bosib y byddai Murphy'n cael ei ddyfarnu'n ddieuog. Dydw i ddim yn berson dewr iawn, *Ma Mère*. Rydw i'n gwybod bod cadw'n ddistaw'n ofnadwy o lwfr.'

Pe bawn i'n fam wirioneddol iddi hi – pe bai'r fath beth yn gorfforol bosibl – meddyliodd y Fam Benedicta, mi fyddwn i wedi rhoi rhyw fymryn o synnwyr cyffredin iddi hi. Hen wraig emosiynol ydy hi, ac er bod yr hyn mae hi'n ceisio ei wneud yn hynod o gwicsotig, mae hi'n fy ngwneud i mor flin nes fy mod i'n ei chael hi'n anodd i beidio â sgrechian. Rydw i'n anfaddeugar. Rydw i'n anoddefgar. Mae gen i lu o bechodau i'w cyffesu. Ond mae'r pechod ffantasi arbennig yma mae hi wedi ei ddyfeisio yn fy ngwylltio fi gymaint fel na alla i ddweud gair.

Arhosodd Miss Sheldon-Smythe yn ofer am ateb am beth amser. Pam oedd hi'n gwrthod ei chredu? Roedd y cyfan ddywedodd hi'n gwbl gredadwy. Roedd llawer i lofrudd wedi cael ei ddyfarnu'n euog ar dystiolaeth lawer gwannach.

Cododd o'i chadair. 'Roeddwn i ar gychwyn i roi gwybod i'r heddlu,' meddai, 'ond teimlwn y byddai'n gwrtais i mi roi gwybod i chi yn gyntaf. Os na ddof i'n ôl, fe fydda i wedi cael fy nghadw yn y ddalfa.'

'Mi fydda i'n sicr o gadw'r posibilrwydd hwnnw mewn cof,' meddai'r Fam Benedicta yn ddeifiol.

Ychydig funudau ar ôl i Forys Wyth Miss Sheldon-Smythe yrru allan drwy brif fynedfa'r cwfaint, roedd y Fam Benedicta yn ffonio gorsaf yr heddlu ac yn gofyn am y Rhingyll Thomas. Roedd yn bosibl na fyddai rhywun nad oedd yn gyfarwydd â Miss Sheldon-Smythe yn gweld drwyddi ar unwaith. Ei dyletswydd hi oedd ei gwarchod rhag canlyniadau ei ffolineb. Dechreuodd egluro'r sefyllfa wrth y Rhingyll Thomas mor dringar ag y gallai.

Wedi diolch yn llaes iddi am roi gwybod iddo, dywedodd Thomas mai Murphy oedd yn gyfrifol am y picl roedd o ynddo, mai'r gyfraith oedd y gyfraith ac iddo glywed bod deiseb yn cael ei threfnu yn y dref i ofyn am i'w fywyd gael ei arbed. Roedd hynny'n digwydd bob amser. Ond anaml iawn y llwyddai. Roedd y ddedfryd, er na soniodd am hynny wrth y Fam Benedicta, wedi peri syndod i bawb. Fel rheol roedd cyfiawnder Cymreig yn ymgroesi rhag y gosb eithaf. Doedd hynny ddim wedi digwydd y tro yma.

Roedd Miss Sheldon-Smythe, a hithau heb wybod bod cwrs llym merthyrdod yn mynd i gael ei esmwytho â'r goddefgarwch cwrtais a ymarferir yn achos y sawl nad yw yn ei lawn bwyll, wedi pacio cês dillad bychan a'i roi ar sedd gefn y car. Teimlai'n eithriadol o hapus wrth iddi yrru i gyfeiriad gorsaf yr heddlu. Roedd y weithred rinweddol hon yn un a fyddai'n tragwyddol gyfiawnhau ei bodolaeth. Doedd hi ddim yn credu y byddent yn ei chrogi, ond pe baent yn gwneud byddai'r rhaff yn cael y blaen ar y lwmp oedd yn tyfu yn ei bron. Os na wnaent, byddai'r lwmp yn gwneud y gwaith drostynt. Y naill ffordd neu'r llall, byddai Murphy, yn ifanc, heini a golygus, yn cael ei draed yn rhydd. Efallai y byddai hyd yn oed yn cadw llygad ar ei byjis. Roedd ganddi gof byw o'i weld yn gwthio ei fys trwchus rhwng bariau'r cawell i wthio eu siglen.

Siglen, siglo. Rhaff.

O na, Murphy, nid ti.

Aeth heibio'r arhosfan lle roedd Siwsi a Dolly yn aros am y bws i'r dref heb eu gweld.

'Yr hen hwch,' meddai Dolly. 'Mi allai hi fod wedi stopio i ni.'

Roeddynt ar eu ffordd i weld y deintydd. Yn ôl pob golwg, o leiaf. Yr unig ffordd i gael caniatâd i fynd i'r dref yn ddirybudd oedd cael dannoedd enbyd, ac felly roedd Siwsi, yn welw a thrallodus, wedi darbwyllo'r Chwaer Agnes bod yn rhaid iddi gael tynnu'r dant ar unwaith. Byddai'n rhaid iddi gael rhywun yn gwmni iddi, meddai'r Chwaer Agnes; roedd hi ei hun yn rhy brysur. Roedd Siwsi wedi bod yn dibynnu ar hynny, ac awgrymodd enw Dolly. Câi'r merched hynaf ganiatâd i fynd i'r dref cyn belled â bod ganddynt reswm boddhaol a'u bod yn mynd fesul dwy. Roedd y Chwaer Agnes yn gwybod bod Dolly yn ferch gall, ddibynadwy a chytunodd ar unwaith. Trueni hefyd bod Dolly'n gorfod colli gwersi, meddyliodd, ond châi hi fawr o drafferth i ddal i fyny â gweddill y dosbarth.

Trefnwyd apwyntiad gyda'r deintydd dros y ffôn ar gyfer hanner awr wedi un ar ddeg. Byddai'r rheswm pam na fyddai Siwsi yn cadw'r apwyntiad yn cael ei amlygu ym mhapurau'r hwyr. Dychmygai Siwsi'r penawdau croch: 'Merch Ysgol i'w Chyhuddo o Lofruddiaeth . . . Cyfaddefiad Arwrol Susannah Moncrief . . . Murphy i'w Ryddhau.'

'Pe bai hi wedi stopio,' dadleuodd Siwsi, 'byddai wedi mynd â ni at ddrws y deintydd, ac wedi dod i mewn gyda ni, yn fwy na thebyg.'

Yr eiliad honno roedd tynnu dant yn swnio mor rhwydd â thynnu cracer. Rhywbeth cymharol oedd poen.

O, Murphy, Murphy. Rydw i'n dy garu di, Murphy. Ryw ddiwrnod yn y dyfodol pan gaf i fy rhyddhau, fe fyddi di'n aros amdanaf. Gallaf glywed dy lais. 'Siwsi, fy Siwsi annwyl, fe roist ti dy fywyd drosof fi

– nid oes gan neb gariad mwy na hwn, gan unrhyw ferch . . .' O na, ddywedai o byth mo hynny, roedd hynny'n llawer rhy Ysgrythurol. Na, ddywedai o'r un gair, dim ond syllu arni â'i lygaid brown, addfwyn. Gafaelai'n dyner yn ei llaw a'i thywys i'r ystafell wely – byddai'r carped yn wyn – byddai'r holl ddodrefn yn wyn. Yr unig awgrym o liw fyddai'r gŵn nos rhuddgoch ar y gwely. Gŵn nos siffon gydag ymyl o les wen. Nage, nid gŵn nos ond *négligé*. Byddai'n agored yr holl ffordd i lawr y tu blaen. Safai hithau o'i flaen a'r *négligé* yn agored. Rhoddai yntau ei ddwylo cyhyrog am ei chanol. Ar groen cynnes, llyfn ei gwasg. Byddai ei gorff – ei gorff noeth, hardd – yn dod yn nes ac yn nes . . .

'Mae'r blincin bws yn dod,' meddai Dolly.

Pan fyddai Dolly wedi cael ei thaflu oddi ar ei hechel byddai'n cicio geiriau o gwmpas fel hogyn drwg yn cicio tun. Pan ofynnodd Siwsi iddi ddod yn gwmni iddi, roedd hi wedi tyngu a rhegi, ond doedd hi ddim wedi gwrthod. Roedd yn anodd gweld rheswm dros ei hwyliau drwg. Am unwaith yn ei hoes roedd Siwsi'n gwneud yr hyn oedd yn iawn. Doedd hi ddim fel pe bai hi'n sylweddoli ei bod hi'n debyg o gael ei hanfon i Borstal, ac ar ôl hynny i garchar merched – am flynyddoedd lawer. Roedd dychymyg rhamantus Siwsi fel adenydd lliwgar glöyn byw yn hofran yn osgeiddig uwchben tomen. Roedd Dolly, o ran dyletswydd, wedi tynnu ei sylw at y domen.

Roedd Siwsi wedi crychu ei thrwyn i ddangos ei bod yn ffieiddio at y fath siarad a dweud rhywbeth am ddarostwng ei bywyd er mwyn i Murphy gael byw.

'Trueni dy fod ti wedi darostwng Bridget dros y clogwyn i ddechrau,' meddai Dolly'n filain.

Roedd hi'n daith ddeng munud i ganol y dref ar y bws. Wyddai'r un o'r ddwy ble'n union roedd gorsaf yr heddlu a bu'n rhaid iddynt holi'r ffordd fwy nag unwaith. Penderfyniad Siwsi oedd mynd yn syth at yr heddlu heb sôn gair wrth y Fam Benedicta. Roedd hi'n hen gyfarwydd â honno. Doedd hi ddim yn gyfarwydd â'r heddlu. Pan fyddai hi'n ddrwg ei hwyl gallai'r Fam Benedicta eich dychryn drwy'ch tin ac allan. Pam cael ei phastynu ddwywaith, meddyliodd, pan fyddai un cyfaddefiad yn gwneud y tro? Tybiodd y ddwy iddynt ddod i'r lle anghywir pan welsant gar bach Miss Sheldon-Smythe wedi ei barcio y tu allan i'r orsaf.

'Efallai ei bod hi wedi colli rhywbeth,' awgrymodd Siwsi, 'ac wedi dod yma i gwyno.'

'Beth sydd ganddi hi i'w golli?' gofynnodd Dolly yn chwyrn. 'Ar wahân i'w morwyndod.'

Allai Siwsi ddim deall tymer ddrwg Dolly o gwbl. Hi, nid Dolly, oedd yr un fyddai'n gorfod cyffesu. Roedd angen cefnogaeth arni i wynebu'r profiad, ei hawr fawr, fel y gallai fynd drwyddo'n wrol ac urddasol.

'Mi hoffwn i,' meddai'n bigog, 'pe bait ti ddim yn edrych ac yn swnio mor flin.' Daeth deigryn i'w llygaid, ond dim ond am eiliad.

Penderfynodd y ddwy fynd i gaffi gyferbyn â gorsaf yr heddlu i aros nes byddai Miss Sheldon-Smythe yn dod allan. Byddai Siwsi wedi hoffi diod o bop coch, melys, ond gofynnodd am gwpanaid o goffi chwerw. Doedd Dolly ddim yn teimlo bod ganddi ran mor amlwg yn y ddrama, a gofynodd am wydraid o bop coch, melys.

Ar yr un pryd roedd Miss Sheldon-Smythe yn

sipian cwpanaid o de roedd y Rhingyll Thomas wedi ei rhoi iddi. Roedd hi wedi derbyn ei awgrym ac wedi ysgrifennu'r hyn oedd ganddi i'w adrodd. Nawr, roedd yntau'n darllen ei datganiad.

Roedd o'n ei hatgoffa hi'n fawr o Oswald, ei brawd canol, yr un oedd wedi mynd i weithio i fyd yswiriant. Roedd ganddo'r un math o wallt gwyn, anniben a chlustiau yr un siâp yn union. Siaradai yn yr un modd hefyd, yn araf a phwyllog. Yr acen Gymraeg amlwg oedd yr unig wahaniaeth.

'Wel, Miss Smythe – Miss Shelly-Smythe,' meddai'r Rhingyll, 'mae 'na un peth bach mae'n rhaid i mi ei gael yn glir yn fy meddwl. Mewn papurau punt ynteu papurau chweugain, neu mewn cymysgedd o'r ddau roedd yr hanner canpunt?'

'Cymysgedd o'r ddau,' (anoddach i'w holrhain?) 'a Sheldon nid Shelly yw'r enw – nid fy mod i'n malio, ond mae'n bwysig eich bod yn ei gael yn iawn ar gyfer eich cofnodion.'

Ymddiheurodd Thomas. Shelly. Sheldon. Pa ots? Byddai ei chyfaddefiad yn mynd yn syth i ffeil y ffyliaid. Roedd yn rhyfedd fel roedd y cyhoeddusrwydd a ddôi yn sgil achos o lofruddiaeth a dienyddio yn dod ag ochr loerig, ddirgel cymaint o bobl i'r amlwg. Roedd hon yn hen greadures ddigon hoffus yn ei ffordd ei hun, ac yn hynod o sidêt a pharchus. Gallai gredu bod ganddi reddf famol gref, a bod y reddf honno wedi cael ei llesteirio'n greulon. Roedd ganddo hen fodryb debyg iddi. Roedd honno bob amser yn barod â'i the bîff i unrhyw un â phoen yn ei fol, a thrwyth ffiaidd o godau senna i unrhyw un oedd yn rhwym.

'Ac wedi i chi ei gwthio dros y clogwyn,' meddai'r

Rhingyll Thomas, 'dyma chi'n cymryd yr arian o'i bag llaw hi?'

'Ie – fel rydw i wedi dweud wrthoch chi. Yn anffodus fe gipiodd y gwynt yr arian o fy nwylo i. Pan ddowch chi o hyd i rywfaint o'r arian' (a ddowch chi byth) 'bydd rhaid i chi eu harchwilio am olion bysedd – fy rhai i a'i rhai hithau. Mae'n debyg mai dyna'r math o brawf byddwch chi ei angen. Ond os na lwyddwch chi i gael gafael ar ddim o'r arian, mae arna i ofn y bydd rhaid i chi dderbyn y gwir fel rydw i wedi ei ysgrifennu yn fy natganiad.'

'Wel, arhoswch chi,' meddai Thomas. 'Mae'r gwynt o gwmpas clogwyni'r ardal yma yn gallu chwythu a sgowlio'n enbyd – erbyn hyn mi fydd eich arian papur chi ar ei ffordd i Iwerddon. Oeddech chi'n hoff iawn o Murphy?'

'Prin roeddwn i'n nabod y dyn.' Edrychodd Miss Sheldon-Smythe i lawr ar ei dwylo esgyrniog. 'Mae'n gas gen i weld dyn yn cael cam, a chyfiawnder yn cael ei gamweinyddu, dyna'r cwbl. Rydw i'n berffaith barod i dalu am fy mhechod.'

'Wrth gwrs, wrth gwrs,' meddai Thomas. Tuedd trigolion pob cwfaint oedd bod ag obsesiwn ynglŷn â phechod. Doedd ei gapel yntau fawr gwell chwaith. Gwae fi, meddyliodd, canys dyn pechadurus wyf fi.

'Rydw i wedi dod â chês bach gyda mi,' meddai Miss Sheldon-Smythe, gan dynnu ei sylw at gês lledr bychan wrth ochr ei chadair, 'rhag ofn y byddwch chi am fy nghadw i yma yn eich cell.'

Ymgroesodd Thomas rhag y fath syniad. 'Mae arna i ofn,' meddai, gan geisio cuddio'i syndod, 'nad ydy'r gell yn arbennig o lân.' Gallai ei dychmygu yn eistedd ar flanced frown, arw'r gwely. Byddai'n gwisgo coban gotwm wen wedi ei botymu i fyny at ei gwddf. Byddai ganddi gyrlwyr metel yn ei gwallt. Byddai ei dannedd mewn cwpan wrth ochr y gwely. Cyn dadwisgo byddai wedi hongian ei chôt weu – ei chôt weu ddu – dros y twll sbecian yn y drws.

'Wel, doeddwn i ddim wedi dychmygu y byddwn i'n aros mewn gwesty,' meddai Miss Sheldon-Smythe.

'Fe wn i hynny, ond dydy'r gell ddim yn addas ar gyfer boneddiges fel chi.'

'Feddyliais i erioed' (yn oeraidd) 'bod carcharorion yn cael eu trin ar sail dosbarth yng ngharchardai Ei Fawrhydi. Rydw i'n hollol barod i gael fy nhrin yn yr un modd yn union ag y byddai dynes glanhau yn cael ei thrin. Merched ydyn ni i gyd o dan y croen.'

Doedd dychmygu Miss Sheldon-Smythe yn ei chroen ddim yn brofiad cynhyrfus. Roedd hi'n hen bryd iddo ddirwyn y cyfweliad i ben.

'Yn hollol,' cytunodd Thomas. 'O, yn hollol felly. Ond mae'r gyfraith yn drwyadl iawn, wyddoch chi. Mae 'na lawer o bethau i'w hystyried. Llawer o ymholiadau i'w gwneud. Os down ni o hyd i beth o'r arian yna, bydd yn rhaid i'r labordy fforensig eu harchwilio – fel roeddech chi'n dweud. Cyn gynted ag y byddwn ni'n gwybod – y tu hwnt i unrhyw amheuaeth – yna fe fyddwn ni'n eich restio ac yn eich cyhuddo chi.'

Teimlodd Miss Sheldon-Smythe ei chalon yn suddo. Roedd hi wedi bod yn ffŵl dwl! Os oedden nhw'n mynd i aros nes iddynt gael gafael ar yr arian, fe fydden nhw'n aros am byth. A doedd ganddyn nhw mo'r amser i wneud hynny.

'A dweud y gwir,' meddai hi, 'fe losgais i'r holl arian. Roeddwn i'n gwybod bod olion bysedd Bridget arnynt, ac roedd arna i ofn iddynt gael eu cysylltu â mi. Os gadewch chi i mi ailysgrifennu fy natganiad, fe eglura i bopeth. Mae'n wirioneddol ddrwg gen i.'

Roedd gwrychyn y Rhingyll Thomas yn dechrau codi. Diawch erioed, roedd y ddynes yma'n gwastraffu ei amser. Awgrymodd y dylai Cwnstabl Williams ofalu amdani tra byddai hi'n ailwampio ei datganiad.

'Ac yna fe fyddwch yn fy restio i?'

'Na fyddwn,' meddai'n feistrolgar o amyneddgar, 'ond fe gewch chi eich restio pan fyddwn ni'n barod.'

'Cyn i Murphy gael ei ddienyddio?'

'Ymhell cyn hynny,' meddai, 'yn hen ddigon pell cyn hynny. Ond pam nad ewch chi i weld eich doctor i ofyn am rywbeth i wneud i chi deimlo'n well – tonig ar gyfer y nerfau, efallai – rhywbeth i'ch helpu chi i gysgu?'

'Rydw i yn fy llawn synnwyr,' meddai Miss Sheldon-Smythe yn swta a'i llygaid yn erfyn arno i'w chredu. 'Rydw i'n gwybod yn union beth rydw i'n ei wneud.'

'Wrth gwrs eich bod chi,' meddai Thomas, 'chwrddais i erioed â neb mor ddeallus.'

Edrychodd y naill ar y llall mewn anghrediniaeth lwyr.

Roedd Siwsi a Dolly wedi treulio bron i hanner awr yn ystafell aros gorsaf yr heddlu cyn i'r Rhingyll Thomas anfon amdanynt. Roedd Cwnstabl Williams wedi cael modd i fyw wrth ei hysbysu y byddai'n well iddo droi ei goler y tu ôl ymlaen a mynd am wersi at yr offeiriad pabyddol lleol. 'Rydych chi'n cael eich gwastraffu yng nghapel Seion,' meddai. 'Ac rydych chi'n cael eich gwastraffu yn yr heddlu. Eillio eich pen a mynd i fyw mewn mynachdy ydy'r unig ateb i chi, Thomas. Mae dwy arall o'r cwfaint yn aros i'ch gweld – maen nhw fel gwenyn o gwmpas pot jam.'

Atgoffodd Thomas ef, yn eitha chwyrn o gofio'i natur hynaws arferol, ei fod yn siarad â swyddog o radd uwch nag ef ei hun. Winciodd Williams yn ddireidus arno.

'Os mai wedi colli beic, neu bwmp beic, neu bedal beic maen nhw,' gofynnodd Thomas, 'pam wyt ti am i mi eu gweld?'

Gwnaeth Williams gylch â'i ddau fys cyntaf a'i fodiau a'u dodi o amgylch ei wddf. Rhowliodd ei lygaid yn ei ben a chymryd arno ei fod yn mygu. 'Murphy,' meddai.

Dim ond am un roedd y Fam Benedicta wedi sôn. Doedd hi ddim wedi crybwyll tair. Rhoddodd orchymyn i Williams ddod i alw amdano ymhen deng munud a rhoi rhyw esgus credadwy dros darfu arno. Roedd hi bron yn amser cinio.

Roedd wedi disgwyl gweld dwy wraig oedrannus arall a chafodd ei synnu wrth weld merch ifanc hynod o hardd â gwallt melyn golau a merch arall lai deniadol ond digon trawiadol tua'r un oed â hi. Edrychai'r un brydferth fel pe bai hi newydd fod yn crio. Golwg flin oedd ar yr un llai prydferth. Gwahoddodd Thomas hwy i eistedd ac eisteddodd y ddwy heb yngan gair.

'Wel?' meddai Thomas.

'Fi laddodd Bridget,' meddai'r un hardd. 'Roeddwn i'n meddwl y dylech chi gael gwybod.'

'Wel, wir,' meddai Thomas, gan bwyso yn ôl yn ei gadair. 'Diolch o galon i chi am fod mor feddylgar.'

Edrychodd ar yr un llai prydferth. 'Ac mae'n debyg eich bod chithau hefyd wedi lladd Bridget?' awgrymodd yn llednais.

'Naddo, wnes i mo'r fath beth,' meddai Dolly'n chwyrn.

Teimlai Siwsi, a oedd wedi treulio oriau lawer yn ceisio amgyffred yr olygfa yma, fel pe bai hi wedi cerdded i mewn i flwch gwydr. Doedd dim byd o gwbl ynddo. Dim ymateb. Neb yn cael ei frawychu. Neb yn culhau ei lygaid wrth geisio pwyso a mesur y ffeithiau. Dim yw dim. Yn lle hynny, roedd plismon oedd yn ddigon hen i fod yn daid iddi yn gwenu'n gellweirus arni. Wnâi hyn mo'r tro o gwbl.

Dolly oedd y gyntaf i ddeall y sefyllfa. Byddai hi'n darllen papurau newydd bob cyfle a gâi. Byddai'n darllen y newyddion a'r adolygiadau ar ffuglen a llyfrau ffeithiol.

'Mae'n gwbl amlwg i mi,' meddai, yn yr hyn a dybiai oedd yn llais addas ar gyfer bargyfreithiwr yr erlyniad, 'nad ydych yn credu fy ffrind.'

'Wel, wir,' meddai Thomas, a oedd wedi bod yn amyneddgar am gyfnod go hir ac a oedd yn dechrau alaru ar fod yn amyneddgar, 'mae'n eitha posib eich bod chi'n iawn.'

'Mae'n debyg,' meddai Dolly, 'nad oes 'na ddim prinder cyfaddefiadau mewn achos fel hwn.'

'Maen nhw ymhobman, fel llygaid y dydd ar brynhawn o haf,' meddai Thomas yn wamal.

'Rwy'n awgrymu i chi,' meddai Dolly, 'y gallai bod mesen o wirionedd yn cuddio ymhlith y blodau.'

'Go brin, ddywedwn i,' meddai Thomas, gan edrych arni â pheth syndod.

'Yn yr achos arbennig sydd dan sylw,' meddai

Dolly, 'mae 'na fwy na mesen – mae 'na dderwen gyfa.' Roedd hi'n difaru iddi roi cychwyn ar y fath fetaffor, ond doedd dim amdani bellach ond bwrw ymlaen. 'Mae troseddwyr yn cael eu crogi ar bren. Y troseddwr anghywir yn yr achos yma.'

Daeth hen hen sgwrs yn ôl i'w meddwl – ac i feddwl Siwsi – rhywbeth am Willie bach ac am afalau yn hongian ar bren.

'Fe lofruddiodd fy ffrind i,' meddai Dolly, 'fy mrawd bach i pan oedd o'n chwech oed. Yn fuan ar ôl hynny, fe lofruddiodd hi Mr Evans, y dyn bara, drwy wneud iddo fynd â'i fen ar ei phen i'r clawdd, a nawr, yn ddiweddar iawn, fe lofruddiodd hi Bridget O'Hare.'

'Eich ffrind – dyna ddywedoch chi?' gofynnodd Thomas.

'Wel, ie – o ddiffyg gair gwell,' atebodd Dolly.

Dechreuodd Thomas gasáu'r ferch llai prydferth. Roedd wedi gweld achosion o fwlio o'r blaen ac roedd yn gwbl argyhoeddedig ei fod yn gweld achos arall yn awr. Roedd bwlio yn digwydd ym mhob ysgol, ond roedd hyn yn sicr yn mynd yn llawer rhy bell.

'Os hoffech chi wneud cwyn o gwbl,' meddai'n dadol wrth Siwsi, 'yna peidiwch â bod ofn dweud eich cwyn wrtha i. Byddai mynd at y Fam Benedicta wedi bod yn llawer gwell, ond gan nad aethoch chi . . . ynteu ydych chi wedi bod?' Ysgydwodd Siwsi ei phen. 'Yna dywedwch wrtha i pam mae eich ffr . . . eich cydymaith – yn eich bwlio.'

'Ond dydy hi ddim,' meddai Siwsi, wedi ei rhyfeddu gan y syniad. 'Mae'n rhaid i ni gael rhywun yn gwmni pan fyddwn ni'n gadael y cwfaint – a hi ydy'r unig un sy'n gwybod y cyfan am yr hyn ddigwyddodd. Roedd arna i eisiau iddi ddod gyda mi.'

'Mae gofyn bod yn ddewr,' meddai Dolly, 'i gyfaddef eich bod chi'n llofrudd.'

'Bydd unrhyw gyfaddefiad gan y ferch yma,' meddai Thomas, 'yn cael ei wneud pan fyddwch chi ddim o gwmpas i'w bygwth hi. Felly, allan â chi!'

Syfrdanwyd Dolly ac roedd hi ar fin dadlau, ond yna penderfynodd beidio. Ymhen ychydig flynyddoedd byddai dynion fel Thomas yn ymgreinio wrth ei thraed. Os yw'n rhyngu bodd Eich Teilyngdod, fyddai eu cyfarchiad . . .

'Allan!' meddai Thomas, gan agor y drws iddi.

Nawr mae o'n mynd i droi tu min, meddyliodd Siwsi. Rydyn ni ar ein pennau ein hunain. Rydw i ar ei drugaredd o. Y rhai gwên deg, tawel, fel hwn oedd y rhai gwaethaf. Daeth dagrau i'w llygaid. O, Murphy, Murphy, er dy fwyn di rydw i'n gwneud hyn. Rydw i'n teimlo'n sâl. Rhaid i mi fynd i'r tŷ bach. O, rydw i'n dy garu di.

'Does dim rhaid i chi fod ofn neb na dim,' meddai Thomas. 'Pan oeddwn i'n fachgen bach yn yr ysgol roeddwn i'n cael fy mwlio bob dydd nes i mi ddysgu taro'n ôl. Mi wn i na fydd merched ifanc yn ymladd, ond maen nhw'n gallu bod yn gryf mewn ffyrdd eraill. Does dim rhaid i chi wneud pob dim mae'r ferch ifanc arall 'na'n ddweud wrthoch chi.'

Roedd Siwsi'n rhyfeddu at y ffordd roedd pethau'n datblygu, ac eglurodd nad oedd Dolly wedi dweud wrthi am wneud unrhyw beth. 'Fe adawodd hi bethau rhyngof fi a'm cydwybod.'

Dichellgar, meddyliodd Thomas. Hynod o

annymunol. Roedd procio gormod ar gydwybod yn creu ymdeimlad o euogrwydd, ac roedd hi'n berffaith amlwg bod y ferch ifanc yma'n cael ei llethu gan euogrwydd.

'Beth bynnag sydd gennych i'w ddweud,' meddai, 'dywedwch o wrtha i nawr – does dim rhaid i chi fod ofn. Nid achwyn am y ferch arall 'na byddwch chi. Dim ond dweud y gwir. Os oes arnoch chi ei hofn hi, dywedwch wrtha i – a dywedwch pam. Bydd popeth yn iawn. Does dim rhaid i chi boeni am ddim byd o gwbl.'

Allai Siwsi ddim gwneud tin na phen o'r hyn oedd yn cael ei ddweud, a daeth rhyw gryndod drosti. 'O, ond mi rydw i'n poeni,' ochneidiodd, 'yn poeni f'enaid. Nid Murphy laddodd Bridget. Mae o'n mynd i gael ei grogi ar gam – am rywbeth mae o heb ei wneud.'

Ychydig iawn a wyddai Thomas am seicoleg, ond gwyddai bod ymdeimlad o euogrwydd bob amser yn chwilio am rywbeth i hoelio ei sylw arno. Roedd enw Murphy yn y newyddion. Roedd tuedd i lofrudd oedd ar fin cael ei grogi gael ei wisgo fel bwgan brain â mân bechodau pob math o bobl anwadal. Roedd Miss Sheldon-Smythe, a oedd yn amlwg o'i chof, yn byrlymu o benderfyniad. Roedd y ferch fach yma'n crynu o arswyd. Ceisiodd ddyfalu beth roedd hi wedi ei wneud i beri'r fath drallod iddi ei hun. Mynd yn rhy bell wrth garu, efallai; roedd hi'n sicr yn ddigon hen. Tybed oedd y ferch arall wedi ei dal hi a'i chariad wrthi? Roedd rhyw gamymddwyn o'r fath wedi tyfu'n drosedd ysgeler yn ei meddwl. Ac roedd y ferch arall wedi bod yn chwarae ar ei theimladau fel organydd fflat-wadn mewn capel oedd wedi tynnu'r stops i gyd allan. Arni hi, o'r ddwy, roedd y golled fwyaf. I feddwl mewn difrif ei bod hi wedi cyhuddo'r ferch yma o ladd Evans Bara! Er bod hynny wedi digwydd naw mlynedd yn ôl gallai gofio marwolaeth Evans yn iawn. Roedd o'n gefnder i'w wraig. Damwain oedd dyfarniad y crwner. Ac roedd hynny'n amlwg i bawb.

Pan oedd pobl wedi cael eu taflu oddi ar eu hechel, roedd yn rhaid ceisio eu tawelu. Roedd y genawes fach sadistig arall wedi ei gorfodi i ddod yma i siarad llwyth o sothach. Wel, mae'n debyg y byddai'n well iddo wrando.

'Fi laddodd Bridget O'Hare,' meddai Siwsi unwaith yn rhagor. 'Fi gwthiodd hi dros ymyl y clogwyn. Doedd wnelo Murphy ddim byd â'r peth. Allwch chi mo'i grogi fo!'

Pwysodd Thomas yn ôl yn ei gadair a cheisio meddwl beth i'w ddweud i wneud iddi deimlo'n well. 'Mae'r byd 'ma'n llawn o bobl ddrwg,' meddai, 'ac o bobl sydd ddim mor ddrwg ond eu bod yn cael eu dal mewn sefyllfaoedd drwg.'

'Roedd Bridget yn ddrwg,' meddai Siwsi. 'Roedd hi'n denu Murphy. Mae Murphy yn ddyn da iawn.'

'Mae rhyw dda ym mhob un ohonom,' ceisiodd Thomas ei chysuro.

'Er mwyn Murphy y gwnes i'r hyn wnes i – ei gwthio hi dros ymyl y clogwyn. Fyddai o byth wedi gallu cael gwared ohoni. Byddai wedi bod fel maen melin am ei wddw am weddill ei oes.'

Ei wddw.

O, Murphy!

'Mae'n rhaid i chi 'nghredu i. Ddylwn i ddim ysgrifennu datganiad neu rywbeth? Beth ydw i fod i'w wneud?' (Dywedodd hyn gyda fflach o ddicter a wnâi iddi swnio'n debyg iawn i Miss Sheldon-Smythe.)

Os byddai ysgrifennu datganiad yn ei gwneud yn hapus, yna doedd dim amdani ond ysgrifennu datganiad. Roedd ysgrifennu rhywbeth ar bapur yn cael ei gyfrif yn beth llesol. Ac roedd hi'n hen bryd i'r Fàm Benedicta gael gwybod am hyn. Doedd o ddim yn fater hawdd i'w drafod. Creaduriaid anwadal oedd merched yn eu harddegau. Pan oedd ei ferch ef ei hun yr un oed â'r ferch yma roedd hi wedi rhedeg i ffwrdd i chwilio am waith yn y theatr, ac wedi llwyddo i fynd cyn belled â Lerpwl. Roedd hi wedi palu celwyddau fel y gŵr drwg ei hun.

'Wel, iawn,' meddai Thomas, gan wthio papur a phìn ysgrifennu ar draws y ddesg i Siwsi. 'Ysgrifennwch eich stori, ar bob cyfrif.'

Dyma'r papur fydd yn fy nghrogi fi, meddyliodd Siwsi, gan oedi am eiliad fer yn unig. Wel, na, dim yn hollol, wrth gwrs. Doedd hi ddim yn un ar bymtheg oed eto. Nid ei dienyddiad, ond dechrau bywyd newydd er hynny – a fyddai hwnnw ddim yn fywyd arbennig o ddymunol.

Ysgrifennodd y dyddiad yn ei llawysgrif traed brain ac yna rhoddodd gyfeiriad y cwfaint yng nghornel uchaf y tudalen.

'Rydw i, Siwsi Moncrief,' ysgrifennodd, 'a minnau yn fy iawn bwyll ac yn iach o ran corff a meddwl, yn tystio i mi ar' (allai hi yn ei byw gofio'r dyddiad) 'ddiwrnod ar ddechrau'r haf fynd i fyny at ben y clogwyn ym Mae'r Cyryglau yn ystod picnic yr ysgol a gwthio Miss Bridget O'Hare dros ymyl y clogwyn i'r môr lle bu hi farw. Nid oedd Ignatius Murphy yno pan ddigwyddodd y peth. Mae ef wedi cael ei gyhuddo ar gam o lofruddio Miss O'Hare ac mae'n rhaid iddo gael ei ollwng yn rhydd.'

Arwyddodd y datganiad gyda'i henw llawn Susannah Moncrief ac yna ychwanegodd Siwsi rhwng cromfachau.

Fel roedd hi'n gorffen ysgrifennu, curodd Cwnstabl Williams ar y drws a cherdded i mewn. 'Mae 'na fom heb ei ffrwydro yn yr iard gefn,' meddai.

Nid oedd Thomas yn gwerthfawrogi ei hiwmor. Roedd hefyd wedi anghofio iddo ddweud wrtho am ddod i'w achub ar ôl deng munud. Dywedodd wrtho'n sychlyd am beidio â tharfu arnynt.

Yna darllenodd y datganiad. 'Da iawn,' meddai, 'da iawn wir. Rwy'n hoffi eich llawysgrifen chi ac rydych chi wedi dweud y cyfan yn gryno dros ben.'

'A nawr,' meddai Siwsi, 'mae'n debyg y byddwch chi'n fy restio fi.' Roedd hi'n teimlo'n hynod o flinedig.

Roedd Thomas hefyd yn flinedig. Roedd egluro pam nad oedd yn mynd i restio llofruddion oedd yn mynnu eu bod yn euog yn waith blinderus.

'Wel, mi hoffwn i pe bawn i'n gallu,' meddai. 'Mae hi bob amser gymaint yn haws restio pobl pan nad oes gan rywun unrhyw amheuaeth nad ydy o'n gwneud yr hyn sy'n iawn. Ond alla i byth eich restio chi ar sail y datganiad yma'n unig. Mae'n rhaid i mi gael prawf.'

'Pa fath o brawf?' holodd Siwsi.

'Wel, rhywun welodd chi'n gwthio'r ferch dros y clogwyn, er enghraifft.' Cofiodd am y ferch arall oedd yn aros yr ochr arall i'r drws. 'Ac nid eich ffrind chi,' ychwanegodd yn frysiog. 'Rhywun hollol ddieithr.'

'Ydych chi'n dweud,' gofynnodd Siwsi wedi ei syfrdanu, 'y bydd Murphy'n cael ei grogi oni bai fy mod i'n dod o hyd i dyst?'

'O, na, ddywedwn i mo hynny,' ceisiodd Thomas ei chysuro. 'Mae 'na ddeiseb yn mynd o gwmpas y dref yn gofyn am i'w fywyd gael ei arbed. Bydd rhywun yn siŵr o ddod â hi i'r cwfaint ac fe gewch chi dorri eich enw arni.'

'Ddywedodd rhywun,' gofynnodd Siwsi, 'iddynt weld Murphy yn gwthio Bridget O'Hare oddi ar y clogwyn?'

'Wel – naddo – nid yn hollol – naddo . . .' meddai Thomas. 'Tystiolaeth amgylchiadol oedd ar gael yn achos Murphy – doedd dim angen tyst.'

Ceisiodd Siwsi wneud synnwyr o'i ateb. 'Felly, byddai'n rhaid i mi gael tyst – ond doedd dim rhaid i Murphy?'

'Dyna ni, fwy neu lai.'

'Rwy'n gweld,' meddai Siwsi, ac roedd hi'n credu ei bod hi. Gallai rhai pobl – hi ei hun, er enghraifft – ladd pobl heb orfod wynebu unrhyw gosb. Roedd rhai pobl yn cario germau afiechyd er nad oeddynt yn dioddef o'r afiechyd, tra oedd pobl eraill nad oeddynt yn cario'r haint yn dioddef o'r afiechyd. Gallai hi, Siwsi, gerdded drwy gawod o fwledi a byddai ei hamddiffynfa anweledig yn ei chadw rhag cael ei tharo. Doedd Murphy ddim yn un o'r rhai ffodus.

Oni bai ei bod yn ei chadwyno'i hun i'r gadair fel *suffragette* wrth reilin a gwrthod symud oddi yno, doedd dim byd y gallai hi ei wneud.

'Wel,' meddai, 'dyna fi wedi dweud wrthoch chi.'

'Do,' meddai Thomas, gan godi, 'a does dim rhaid i chi boeni rhagor.'

‘Rydw i’n meddwl,’ meddai Siwsi’n chwerw, ‘eich bod chi’n wallgof.’

‘Siŵr o fod,’ meddai Thomas yn gwbl ddigyffro. ‘Mae pawb ohonon ni’n wallgof i ryw raddau. Amser yn unig all ein gwella ni.’

Aeth â hi at y drws.

Tro y Fam Benedicta i dderbyn galwad ffôn oddi wrth y Rhingyll Thomas oedd hi nawr. Gwrandawodd arno’n syfrdan. Pan oedd rhywun hen – rhywun fel Miss Sheldon-Smythe – yn colli arni, doedd y peth ddim yn arbennig o drist. Ond roedd clywed am rywun ifanc yn gwallgofi yn drasiedi. Diolchodd i’r rhingyll am drafod y mater mor ddoeth. ‘O, mae gen i ferched fy hun,’ meddai’n gysurlon. ‘Hen amser anodd ydy’r arddegau – mae ’na bethau rhyfedd yn digwydd.’

Prin y byddwn i’n defnyddio’r ansoddair yna, meddyliodd y Fam Benedicta.

‘Y tro diwetha cawson ni lofruddiaeth yn y dref a’r llofrudd yn cael ei ddedfrydu i gael ei grogi,’ meddai Thomas, ‘fe ddaeth rhagor nag ugain o bobl i gyffesu mai nhw oedd yn euog. Mae dedfryd o farwolaeth yn effeithio felly ar rai pobl – yn eu taflu oddi ar eu hechel, fel petai.’

Roedd y Fam Benedicta yn flin iawn bod Siwsi wedi cael ei heffeithio yn y fath fodd. Ond beth oedd rhan Dolly yn y mater? Allai hi ddim gwneud synnwyr o’r peth o gwbl. Roedd hi’n ferch mor gall a synhwyrol. Roedd yn anhygoel ei bod hi wedi cynorthwyo Siwsi i ymddwyn fel y gwnaeth. Ac roedd y Moncriefs wedi bod mor hael wrthi – mor eithriadol o hael. Penderfynodd ysgrifennu atynt. Byddai’n haws egluro pethau mewn llythyr. Fyddai hi ddim yn crybwyll enw Dolly, wrth gwrs. Doedd dim pwynt mewn peryglu dyfodol y ferch drwy godi gwrychyn ei noddwyr. Os âi hi ati rhag blaen gallai'r llythyr fod yn barod i ddal y post ar ddiwedd y prynhawn.

Roedd Clare a Norman newydd fod yn caru pan gyrhaeddodd y llythyr. Doedd atal cenhedlu ddim yn destun cynnen rhyngddynt bellach. Roedd eu hunig ferch, yn arbennig ers i Murphy gael ei ddedfrydu i'w grogi, yn un plentyn yn ormod.

Gwelodd Norman y llythyr ar y mat ger y drws pan oedd ar ei ffordd i'r gegin i roi'r tegell ar y stof i wneud paned i'r ddau ohonynt. Daeth â'r llythyr i'r ystafell wely i'w ddarllen. Roedd Clare yn gorwedd yn noeth a chynnes ac yn gysglyd fodlon rhwng y cynfasau pan glywodd sŵn Norman yn rhwygo'r amlen. Ar ôl munud neu ddau o ddistawrwydd clywodd ef yn rhoi ochenaid isel.

'Treth incwm?' holodd Clare. 'Bil trydan?'

'Y Fam Benedicta.'

Roedd hynny'n waeth na'r ddau fwgan cyntaf. Cododd ar ei gliniau ar y gwely er mwyn darllen y llythyr dros ei ysgwydd.

Roedd y Fam Benedicta wedi bod mor dringar ag oedd modd. Dechreuai ei llythyr drwy ddweud merch mor garedig a dymunol a llawn dychymyg oedd Siwsi. Yna âi rhagddi i ddweud, 'Roedd pawb yn yr ysgol wedi eu brawychu a'u tristáu gan dynged arswydus Bridget O'Hare a chan ganlyniad yr achos yn erbyn Murphy. Ymdrechais i wneud yr hyn oedd yn fy ngallu i liniaru'r boen – gwahardd papurau newydd ac yn y blaen – ond roedd hi'n amhosibl celu'r gwirionedd yn llwyr. Cynhyrfwyd eich merch fach annwyl a hynod deimladwy gan y syniad bod dyn roedd hi'n gyfarwydd â'i weld yng ngerddi'r cwfaint (er nad oedd hi, hyd y gwn i, erioed wedi torri gair ag ef) ar fin cael ei grogi. Canlyniad ei thrallod fu iddi, heb roi gwybod i mi (yr esgus oedd ymweld â'r deintydd), fynd i orsaf yr heddlu yn y dref a dweud wrth y rhingyll yno mai hi oedd wedi llofruddio Bridget.'

'Arglwydd mawr!' ebychodd Clare.

Darllenodd ymlaen. 'Roedd y rhingyll, sy'n ŵr doeth a phwyllog ac wedi hen arfer clywed cyfaddefiadau ffug o dan amgylchiadau o'r fath, yn ddigon synhwyrol i gael gair tadol, caredig â hi cyn ei hanfon yn ôl i'r cwfaint. Yna, cysylltodd â mi ar y ffôn, i'm cynghori i beidio â phoeni am y peth. Eglurodd ei fod wedi magu merched ei hun a'i fod yn gyfarwydd â thrafod merched teimladwy yn eu harddegau. Ei gyngor oedd mai anwybyddu ymddygiad afresymol o'r fath fyddai ddoethaf.

'Credaf bod ei gyngor yn un arbennig o synhwyrol ac, o hyn ymlaen, gan fy mod wedi gwneud fy nyletswydd poenus o roi gwybod i chi, ei rhieni, byddaf i, a chwithau hefyd gobeithio, yn ceisio anghofio'r mater.

'Mae Siwsi wedi cael cerydd am ddweud anwiredd er mwyn cael mynd i'r dref. Rwyf hefyd wedi rhoi rhybudd llym iddi ynglŷn â rhoi ffrwyn ar ei dychymyg carlamus. Roedd hi'n eitha trallodus ar y pryd ac yn mynnu ei bod yn euog. Rwyf o'r farn mai'r ffordd orau i dawelu meddwl cythryblus yw ei lwytho â gwaith caled, a threfnais i'w hathrawes ddosbarth roi gwersi mathemateg ychwanegol iddi. Mae hi'n arbennig o wan mewn algebra. Yn ogystal, rwyf wedi cael gair â'r Tad Donovan er mwyn ei baratoi rhag i Siwsi ddweud yr un stori wrtho yntau yn y gyffesgell. Dylai rhyw benyd bychan am yr hyn sydd yn amlwg yn anwiredd, yn ogystal ag yn duedd afiach braidd tuag at ferthyrdod, argyhoeddi Siwsi o'i chyfeiliornad.

'Ac felly, Mr a Mrs Moncrief, gan i mi gyflawni fy nyletswydd drwy eich hysbysu am rywbeth y mae gennych hawl i'w wybod, gadewch i ni ddiolch i Dduw am hydeimledd merch ifanc a gadael y mater yn ei Ddwylo Ef.

'Ymhen pythefnos, ar y pedwerydd ar ddeg o'r mis hwn, byddwn yn cynnal ein Ffair Hydref. Bydd y ffair yn cael ei hagor gan Syr Clifford Ponsonby, sydd wedi dod i fyw i'r ardal yn ddiweddar. Gobeithiaf y bydd cynifer ag y bo modd o rieni'n mynychu'r ffair, ac edrychaf ymlaen at estyn croeso i'r ddau ohonoch. Erbyn hynny rwy'n sicr y bydd Siwsi yn ei hwyliau siriol arferol ac na fydd unrhyw angen i ni grybwyll yr hyn y bûm yn ei drafod yn y llythyr hwn.'

Dechreuodd Clare chwerthin. Ac yna treiglodd dagrau i lawr ei hwyneb. 'Tydw i'n wirion . . .' meddai. Cydiodd yn y gobennydd a'i wasgu yn erbyn ei stumog.

Gollyngodd Norman y llythyr a'i wylio'n disgyn yn araf i'r llawr.

Clywodd y tegell yn chwibanu yn y gegin, a brysiodd i ganol y stêm i wneud y te. Heddiw, gallai gwaith y swyddfa fynd i'w grogi. Damia'r gair yna! Rhoddodd y ddwy fisged arferol ar blât ac yna llwythodd bopeth ar hambwrdd a'u cario i fyny'r grisiau.

Roedd Clare yn gorwedd ar ei hochr ar y gwely fel baban mewn croth a'r gobennydd yn dal yn erbyn ei stumog, ond pan ddaeth Norman i'r ystafell cododd ar ei heistedd a chymryd y te ganddo. Gofynnodd iddo beth oeddynt yn mynd i'w wneud.

Wyddai Norman ddim. Erbyn diwedd yr achos yn y llys roedd yn rhyw hanner credu bod Murphy yn euog. Roedd peth cysur i'w gael o hanner cant y cant o gred yn euogrwydd Siwsi. Roedd yn rhaid iddo ddal ei afael yn y cysur hwnnw. Roedd y llythyr wedi codi cwestiwn. Fel gyda phwll dwfn, sinistr, y peth gorau i'w wneud oedd mynd heibio iddo'n ofalus tra byddai'n meddwl.

'Chawson ni erioed sicrwydd,' meddai, 'i Siwsi ladd Willie.'

Gobeithiai y byddai Clare yn gweld hynny fel rhaff i gydio'n ddiogel ynddi wrth fynd heibio'r pwll. Gobeithiai y byddai'n ei defnyddio neu byddai perygl i'r ddau ohonynt suddo i'r dwfn. Prysurodd ymlaen. 'Cael ei ladd drwy ddamwain wnaeth Ifans Bara. Ie, fe wn i bod Siwsi wedi gwthio Dolly. Ond efallai nad oedd hi'n sylweddoli bod y fen mor agos. Mae plant yn disgyn i byllau dŵr. Mae plant yn gwthio'r naill y llall. Roedd gan Murphy reswm da dros gael gwared ar Bridget – pam dylen ni gymryd yn ganiataol na wnaeth o mo hynny? Welodd yr un ohonon ni Siwsi yn boddi Willie. Welodd neb mohoni'n gwthio Bridget. Mae'n fy nharo i ein bod wedi bod yn rhy barod dros y blynyddoedd i weld y drwg ynddi hi – drwg sydd ddim yno o bosibl.'

'Os felly, pam yr aeth hi i ddweud wrth yr heddlu ei bod hi'n euog?' Roedd y plwc yma ar ei raff diogelwch yn un mileinig.

Tynnodd yn ôl yn galed. 'A dyfynnu'r Fam Benedicta – awydd am "ferthyrdod".'

Edrychodd y ddau ar ei gilydd, ac yna edrych i ffwrdd yn frysiog.

'Os cefnogwn ni gyfaddefiad Siwsi,' meddai Clare, 'caiff bywyd Murphy ei arbed.'

'A beth fydd yn digwydd i Siwsi?'

Rhywbeth rhy ddychrynllyd i'w amgyffred, meddyliodd Clare. Mae fy nghroth i'n protestio'n groch.

'Pe bawn i'n grefyddol,' meddai hi, heb geisio ateb ei gwestiwn, 'mi fyddwn i'n gadael popeth yn nwylo Duw. Mi fydd Duw naill ai'n ei hachub, drwy beri na fydd neb yn coelio ei chyffes, neu yn gadael iddi wynebu ei thynged.'

'Ond gan nad wyt ti'n grefyddol?' (Os byddi di'n bradychu Siwsi, mi lladda i di, Clare, er cymaint rydw i'n dy garu di.)

Cydiodd Clare mewn bisged a'i bwyta'n bwyllog, gan adael i'r briwsion ddisgyn ar y gynfas. (A phe byddet tithau yn ei bradychu, mae'n debyg y gwnawn i'r un peth i tithau.)

'Rydw i'n berffaith barod,' atebodd Clare o'r diwedd, 'i fod yn gredadyn dros dro.'

Roedd y rhaff ar fin y pwll yn dal yn dynn. Ac yna, wrth i'r tensiwn rhyngddynt lacio'n raddol, symudodd y ddau'n ofalus yn ôl oddi wrth ymyl y pwll.

Cadw draw o ffair hydref y cwfaint fyddai'r cam doethaf ar y cyfan. Erbyn hynny, efallai y byddai Siwsi, ar ôl cael ei diffygio gan algebra a'i thawelu gan fân benydiau, wedi ailystyried ei chyfaddefiad byrbwyll – ond allen nhw ddim dibynnu ar hynny. Un peth oedd cadw'n dawel pan oeddynt yn ddigon pell oddi wrthi – peth cwbl wahanol fyddai cael eu herio â'r gwir y gallai hi'n hawdd ei sgrechian yn eu hwynebau. Byddai cadw'n dawel dan y fath amgylchiadau yn eu rhoi dan straen amhosibl.

Nid dyna'r union ffordd y mynegodd y ddau'r peth wrth ei gilydd. Allai'r un ohonynt oddef ffeiriau, meddent. Roedd Norman wedi cyfarfod Clifford Ponsonby yn un o gyfarfodydd y Rotariaid ac nid oedd wedi creu argraff ffafriol arno. Yn un peth doedd y dyn ddim yn gallu dal ei ddiod, ac roedd wedi cael ei ryddhau o'r Gylchdaith yn gynt nag oedd yn arferol.

'Ei ryddhau o beth?' holodd Clare, gan greu cerrig sarn sgyrsiol i'w harwain yn ddiogel oddi wrth Siwsi.

'Cylchdaith y Gogledd,' eglurodd Norman. 'Barnwr wedi ymddeol ydy o.'

'Nid yr un roedd Murphy . . .?'

'Doedd wnelo fo ddim ag achos Murphy.'

'Cara fi, unwaith eto,' meddai Clare. Roedd siarad yn beryglus. Dim ond cyffyrddiad cnawd ar gnawd allai dawelu'r meddwl.

Amheuai Norman a fyddai ganddo ddigon o nerth. Ond derbyniodd ei gwahoddiad a chafodd nerth. Gorweddodd y ddau ym mreichiau ei gilydd tra llifodd y boen meddwl a'r euogrwydd ymaith yn ddiogel.

Roedd y gwahoddiad wedi ei anfon at Syr Clifford Ponsonby, ac wedi ei dderbyn, ymhell cyn i Murphy ymddangos o flaen ei well. Pe bai'r Fam Benedicta wedi ei bendithio â'r ddawn i rag-weld y dyfodol, byddai wedi chwilio am ryw bwysigyn lleol arall i agor y ffair. Erbyn hyn, a diwrnod dienyddio Murphy yn prysur ddynesu, roedd unrhyw gysylltiad â'r gyfraith, hyd yn oed cysylltiad oedd wedi ymddeol, yn anffodus. Roedd hinsawdd emosiynol yr ysgol yn llawer uwch na'r arferol. Roedd traethodau'r merched – ac nid yn unig rhai Siwsi, nad oedd ganddi fawr o ddawn ysgrifennu – yn adlewyrchu'r sefyllfa mewn amrywiol ffyrdd. Roedd lliaws o agweddau ar gariad, poen, ac arswyd yn arllwys o'u pinnau ysgrifennu ac yn cronni yn eu llyfrau.

Ar gyngor Dolly, ysgrifennodd Siwsi lythyr i'r Ysgrifennydd Cartref yn erfyn arno i arbed bywyd Murphy. Ac ar ôl hir betruso, caniataodd y Fam Benedicta iddi ei bostio. Y tebyg oedd y byddai'r Ysgrifennydd Cartref yn cael dwsinau o lythyrau cyffelyb. Mae'n sicr mai Miss Sheldon-Smythe fyddai'n gyfrifol am anfon un ohonynt.

Doedd dim gair am Murphy yn y llythyr a anfonodd Siwsi i'w rhieni. Gobeithiai yn fawr y byddent yn dod i'r ffair, meddai wrthynt. Roedd hi, fodd bynnag, er na chrybwyllodd hynny, yn amheus iawn a fyddai hi yno i'w croesawu. Roedd ei ffydd yn yr Ysgrifennydd Cartref yn ddiysgog. Roedd hi wedi rhoi gwybod iddo. Byddai yntau'n gweithredu. Byddai'r Fam Benedicta yn torri'r newydd wrth ei rhieni ac yn egluro pam nad oedd hi ar gael. Ar y cyfan, credai y byddai'n well iddynt glywed yr hanes o enau'r Fam Benedicta.

Yn y cyfamser, roedd y cwfaint yn paratoi ar gyfer y ffair. Roedd adran y Celfyddydau a'r Crefftau yn gyfrifol am yr hyn fyddai i'w weld yn y brif neuadd. Roedd hyn yn cynnwys arlunwaith a gwniadwaith. Cafodd Siwsi, a oedd yn cael ei gorfodi i weithio er ei lles ei hun, ac yn ymgodymu'n aflwyddiannus ag algebra, ei chymell i ymgymryd â'r dasg ychwanegol o beintio blodau glas ar ffiol binc. 'Ych a fi!' oedd sylw gonest a chwbl deg Dolly.

Cyfraniad Dolly oedd ysgrifennu cliwiau ar gyfer helfa drysor. Roedd ei hymdrechion cyntaf mor astrus fel na fyddai'r trysor – blwch o siocledi – wedi symud o'i guddfan hyd dragwyddoldeb. Roedd y Chwaer Clemence wedi dweud wrthi'n blwmp ac yn blaen mai creaduriaid digon araf eu meddwl ar y cyfan oedd y cyhoedd, ac y byddai'n well iddi feddwl am gliwiau y byddai ganddynt ryw siawns o'u datrys.

Rhai y gellid eu symud dan do yn sydyn pe bai hi'n dechrau glawio oedd y rhan fwyaf o'r gweithgareddau awyr agored. Roedd yno dwb blawd llif, hŵp-la a dartiau.

Roedd yno hefyd babell fechan yn llawn o gwningod mewn cytiau. Edrychent yn hynod apelgar, ac roeddynt yn hynod o rad. Roedd y Fam Benedicta wedi cael ysbrydoliaeth ddisglair er mwyn gwaredu ei hun rhag pla oedd yn cynyddu'n gyflym.

Syllodd Miss Sheldon-Smythe yn drist arnynt. 'Mae'n bosib,' meddai, 'na fydd eich meistr yn dod yn ôl atoch, ond mi fydda i'n dal ati i ymladd a brwydro hyd y diwedd.' Roedd ganddi ei chynlluniau ei hun ar gyfer diwrnod y ffair. Gobeithiai y byddai'r tywydd yn braf.

Erbyn hyn roedd llai nag wythnos i fynd cyn y byddai Murphy'n cael ei grogi. Adroddodd Siwsi ei chyffes wrth y Tad Donovan. 'A pheidiwch â gwneud i mi adrodd Henffych Fair deirgwaith,' meddai, 'fel y gwnaethoch chi unwaith o'r blaen.' Roedd hi braidd yn haerllug, ond maddeuodd iddi a pheri iddi adrodd

Henffych Fair bum gwaith. Doedd dim ateb wedi cyrraedd oddi wrth yr Ysgrifennydd Cartref. A doedd yr heddlu lleol yn dda i ddim. Roedd y lleianod yn ei llethu â gwaith yn ddi-baid. Roedd hi'n lluddedig. Roedd hi'n welw. Ond edrychodd hi erioed yn brydferthach.

Ddiwrnod y ffair doedd dim cwmwl yn yr awyr a thywynnai haul cynnes euraid o'r wybren hydrefol. Crwydrai'r merched, yn eu gwisgoedd glas unffurf, ymhlith y gwesteion gan gyflwyno rhieni a chyfeillion i'w gilydd. Roedd Dolly, yn ôl ei harfer, yn rhan o fwy nag un grŵp. Byddai'n dal i adrodd ambell stori ddychmygol am ei diweddar rieni, ond ar y cyfan câi ei derbyn yn ei haeddiant ei hun. Roedd Siwsi, a oedd wedi gobeithio na fyddai hi yno o gwbl, yn llercian yn benisel ar ei phen ei hun. Roedd ei rhieni wedi ffonio'r Fam Benedicta i egluro pam na allent fod yn bresennol. Esgus digon cloff oedd ganddynt am orfod bwrw'r Sul yn Llundain yng nghwmni hen ffrindiau oedd newydd gyrraedd yn ôl ar ôl byw dramor am gyfnod. Derbyniodd y Fam Benedicta'r stori heb wneud llawer o ymdrech i gelu ei hanfodlonrwydd, ac fe'i hailadroddodd wrth Siwsi. Doedd dim gwahaniaeth gan Siwsi. Ymlwybrai o gwmpas mewn niwl o ddigalondid. Roedd ei rhieni wedi cael gwared arni drwy ei halltudio i Ffrainc dros wyliau'r haf, a nawr roeddynt yn cadw'n glir oddi wrthi unwaith yn rhagor. Wel, croeso iddynt. Doedd dim gwahaniaeth ganddi hi. A heddiw roedd yr haul yn tywynnu – wel, croeso iddo wneud hynny.

Byddai dyddiau'r gwewyr yma'n mynd heibio; dychmygai glywed llais Murphy yn ei chysuro yn ei meddwl. Rhaid i ti beidio â gwneud na dweud dim.

Mae dy wroldeb fel coelcerth yn dallu fy llygaid yn ystod fy nyddiau olaf. Rwy'n marw er dy fwyn. Does dim rhaid i ti farw er fy mwyn i.

O, oes, mae'n rhaid i mi, Murphy.

Ac fe wna i. Fe wna i. Fe wna i.

'Eich gwaith chi,' meddai'r Chwaer Clemence, a oedd yn gyfrifol am sicrhau bod y ffair yn rhedeg yn esmwyth, 'yw cadw llygad ar y stondin crefftau. Gan ei bod yn ddiwrnod mor gynnes bydd y seremoni agoriadol a'r dawnsio Groegaidd yn cael eu cynnal yn yr awyr agored. Ar ôl hynny bydd y drysau'n cael eu hagor. Gwnewch yn siŵr eich bod yn cyrraedd eich stondin mewn da bryd, a chofiwch ddarllen y prisiau ar y labeli. Peidiwch â gostwng pris unrhyw beth cyn diwedd y prynhawn, a dim hyd yn oed bryd hynny oni bai bod rhai eitemau ddim yn gwerthu. A pheidiwch ar unrhyw gyfrif â rhoi dim byd i neb am ddim, hyd yn oed os na fydd yn gwerthu ar ôl gostwng ei bris. Fe allwn ni bob amser ei gadw ar gyfer y ffair nesaf. Tynnwch sylw at ansawdd y pwytho – atgoffwch y cwsmeriaid o'r elusennau fydd yn elwa – byddwch yn werthwraig wych er gogoniant i Dduw.'

'Alla i ddim gweld,' meddai Siwsi, 'pam dylwn i – pam dylai neb ohonom – drafferthu ynglŷn â phethau mor ddibwys.'

'Mae'r byd yn llawn o bethau dibwys,' atebodd y Chwaer Clemence. 'Maent fel bara menyn plaen, iachus – dyna sy'n ein cynnal a'n cadw yn fyw.'

'Dyna sy'n cadw rhai ohonom yn fyw,' meddai Siwsi.

Roedd y Chwaer Clemence a'r holl chwiorydd eraill wedi cael eu rhybuddio gan y Fam Benedicta i ddefnyddio tact wrth drafod Siwsi Moncrief.

Penderfynodd y Chwaer Clemence ddefnyddio tact drwy fod yn ddi-dact yn Ffrangeg. '*Voyons, ne dis pas de bêtises!*' meddai'n swta.

Roedd prif glwydi'r cwfaint wedi bod ar agor am ugain munud cyn i Syr Clifford Ponsonby a'i wraig Betty yrru drwyddynt yn eu Bentley hynafol. Roedd y ffaith ei fod yn defnyddio'r Bentley yn hytrach na'i Rolls Royce yn arwydd o'i anfodlonrwydd ei fod yn gorfod mynychu achlysur ceiniog a dimai o'r fath. Byddai wedi gwrthod y gwahoddiad i agor y tipyn ffair yn gwrtais pe bai wedi cael ei ffordd ei hun. Ond roedd ar Betty eisiau dod. Betty, ei wraig fawr, rwysgfawr, awdurdodol oedd wedi saernïo ei ddyrchafiad i frig yr ysgol yn y proffesiwn cyfreithiol. Roedd hi wedi ei wthio, wedi tynnu llinynnau, wedi ei dywys ac wedi ei lusgo. Byddai'n ei atgoffa mai iddi hi roedd y diolch ei fod wedi cael ei ddyrchafu'n farchog. Ond iddi hi hefyd yr oedd y diolch ei fod wedi gorfod ymddeol a hynny yn groes i'w ewyllys. Byddai unrhyw ddyn fyddai'n gorfod byw gyda Betty naill ai yn troi at y botel neu yn rhoi diwedd arno'i hun. Roedd hithau wedi dysgu dygymod â'i yfed, cyn belled nad oedd yn gwneud y peth yn rhy amlwg. Doedd y fflasg yn ei boced ddim yn mynd i dynnu sylw neb. Ceisiodd ei atgoffa am ei araith.

'A pheidiwch â sôn gair am Attlee a'r llywodraeth Lafur.'

'Mae'r byd i gyd,' ochneidiodd, 'wedi mynd o'i gof. Rydw i wedi mynd o'm cof. Rydw i'n byw mewn bynglo ym mherfeddion Cymru. Rydw i'n lansio badau achub. Yn agor llyfrgelloedd. Yn agor blydi ffeiriau mewn blydi lleiandai. A sut ddiawl ydw i fod i gyfarch y brif leian?'

'*Ma Mère* sy'n arferol,' meddai Betty, gydag awgrym o hiwmor, 'ond prin y byddai hynny'n gwneud y tro yn eich achos chi. Rhowch gynnig ar Hybarch Fam – neu fe wnaiff Chi y tro yn iawn. Cadwch eich araith yn fyr a pheidiwch â bod yn rhy gynnil gyda'ch arian. A . . .' gorffennodd wrth iddi gael cip ar babell y cwningod wrth iddynt yrru heibio, 'peidiwch ar unrhyw gyfrif â phrynu un o'r creaduriaid yna.'

Un o'r rhieni ddigwyddodd grybwyll yng nghlyw Dolly mai barnwr wedi ymddeol oedd Syr Clifford. Roedd y Fam Benedicta wedi bod yn ddigon cyfrwysgall i beidio â sôn am hynny pan oedd yn egluro wrth y merched pwy fyddai'n dod i agor y ffair. Aeth Dolly ar ei hunion i chwilio am Siwsi er mwyn rhoi gwybod iddi.

'Efallai bod ganddo ddylanwad ar yr Ysgrifennydd Cartref,' awgrymodd yn gynnil.

Erbyn hyn roedd Syr Clifford a'i wraig yn sefyll o flaen y babell de ar un o'r lawntiau, mewn man oedd wedi ei neilltuo ar gyfer gwesteion pwysig. Yma y byddai Syr Clifford yn rhoi ei anerchiad cyn cyhoeddi bod y ffair yn agored.

Edrychodd Siwsi arno mewn syndod. Barnwr wedi ymddeol? Y dyn bach crwn fel pêl yma? Roedd ganddo fochau piws. Prin bod ganddo wallt o gwbl. Ac roedd ei ddwylo'n fawr ac yn binc. Mae'n debyg y byddai gwisgo gŵn a wìg yn gwella rhyw gymaint ar ei ymddangosiad, ond creadur anghynnes ei olwg fyddai ar ei orau. Oedd gan ddynion o'r fath – mochyn o ddyn fel hwn – yr hawl i benderfynu a oedd dynion hardd fel Murphy yn cael byw neu beidio?

'Mae'n rhoi pleser mawr iawn i mi,' meddai'n wên deg, gelwyddog, 'fod yma yng ngardd hyfryd eich cwfaint ar y diwrnod hydrefol perffaith hwn. Diolch o galon i chi, Hybarch Fam, am yr anrhydedd o gael bod yn bresennol yn eich ffair flynyddol ac am yr anrhydedd fwy o gael y fraint o agor y gweithgareddau. Fel y gwyddoch yn ddiamau, rydw i wedi dod i fyw i'r ardal yn ddiweddar ar ôl treulio blynyddoedd lawer yn Lerpwl. Fel roeddwn i wedi gobeithio, mae cefn gwlad yn hyfrydwch pur, ac mae'r trigolion lleol yn hynod ddymunol. Mae fy ngwraig a minnau wedi cael croeso twymgalon a lletygarwch ardderchog ym mhob man. Heddiw rydyn ni'n edrych ymlaen at wneud rhagor o gyfeillion ymhlith y disgyblion a'u rhieni a chyfeillion lleol eraill. Rwy'n cael ar ddeall y bydd yr arian a godir heddiw yn cael ei ddosbarthu ymhlith amryfal elusennau. Fe garwn i, Hybarch Fam, gyflwyno'r cyfraniad cyntaf i chi cyn cyhoeddi bod y ffair yn awr ar agor. Gobeithio y bydd pob un ohonoch yn cael amser wrth eich bodd.' Estynnodd yr hyn a ystyriai ef yn arian penyd i'r Fam Benedicta a derbyniodd hithau'r siec gydag ychydig eiriau dethol o ddiolchgarwch.

Yna, cyhoeddodd y byddai rhai o ferched hynaf yr ysgol yn perfformio dawns yn yr awyr agored er mwyn cychwyn y gweithgareddau.

Y ddawns Roegaidd oedd unig gyfraniad Robina Blane, a oedd erbyn hyn yn rhifo'r dyddiau hyd ddiwedd tymor yr hydref pan gâi ddianc am byth o'r ysgol ac oddi wrth fyd addysg yn gyffredinol. Y gwyliau haf hir ar gyflog oedd yr abwyd a'i denodd yn ôl am ail dymor yn y cwfaint. Doedd y cyflog ychwanegol ddim wedi bod yn werth yr ymdrech.

Byddai marwolaeth Bridget a dienyddiad Murphy, a oedd ar fin digwydd, yn taflu eu cysgodion prudd dros ei hatgofion am y lle diflas yma am weddill ei hoes. Roedd ei phersonoliaeth, na fu erioed yn un arbennig o gryf, wedi pylu'n fwyfwy yn ystod yr wythnosau diwethaf. Doedd hi ddim yn athrawes dda. Doedd hi ddim yn arbennig o hoff o'i disgyblion. Ond roedd hi'n gallu dawnsio ac fe allai'r merched, o gael rhywun i'w hannog, ddawnsio hefyd. Daeth cerddoriaeth gefndirol o gyfeiriad tair ffidil ac un soddgrwth wrth i'r dawnswyr gerdded i'r darn o lawnt yn union o flaen Syr Clifford a'i wraig a'r Fam Benedicta.

Doedd eu coesau ddim yn ddrwg o gwbl, meddyliodd Syr Clifford. Ac roedd y gwisgoedd Groegaidd gwynion, er nad oeddynt yn dangos rhyw lawer, yn caniatáu cip ar ambell glun yma a thraw. Roedd menywod ifanc atyniadol yn greaduriaid pur gyffrous. Wrth edrych o'i gwmpas roedd wedi sylwi'n barod ar un neu ddwy eitha trawiadol. Cododd y merched eu breichiau – ac roedd gan rai ohonynt fronnau digon siapus hefyd – a chodi ar flaenau eu traed a dechrau dawnsio. Doedden nhw ddim yn ddrwg o gwbl. Ar y cyfan, doedd hwn ddim yn lle gwael i dreulio'r prynhawn. Byddai'n well byth pe gallai gael llymaid slei o chwisgi. Siawns na ddôi cyfle cyn bo hir.

Un dawel ac araf oedd y ddawns gyntaf, ac ymlaciodd pawb oedd yn ei gwylio. Eisteddodd rhai o'r gynulleidfa ar y glaswellt. Suai gwenyn o'u cwmpas, a chlywid trydar ambell aderyn yn ymuno yn seiniau'r gerddoriaeth.

Yna, cyflymodd y tempo. Rhoddodd Robina, a oedd yn ufuddhau i gyfarwyddiadau na feiddiai eu hanwybyddu, arwydd nerfus i'r gerddorfa. Ar hynny, ymunodd un arall o'r merched hŷn â'r gerddorfa. Roedd hon yn cario pâr o symbalau.

Aeth pobman yn gwbl dawel am rai eiliadau.

Yna, cerddodd Miss Sheldon-Smythe, wedi ei gwisgo yn ôl ei harfer mewn du o'i chorun i'w sawdl, i ganol y dawnswyr. Symudodd y merched gam neu ddau yn ôl i wneud lle iddi. Pwyntiodd fys awdurdodol i gyfeiriad y symbalau, a tharodd y ferch hwy yn erbyn ei gilydd mor galed ag y gallai.

Roedd y Fam Benedicta wedi gweld y dawnswyr yn ymarfer fwy nag unwaith, a sylweddolodd nad oedd hyn yn rhan o'r perfformiad. Aeth ias o bryder drwyddi. Roedd y Chwaer Agnes wedi cael ei siarsio i gadw llygad barcud ar Miss Sheldon-Smythe er mwyn sicrhau na fyddai'n gwneud niwsans ohoni ei hun. Gan fod Miss Sheldon-Smythe ar fin gwneud hynny, roedd yn amlwg mai methiant fu ymdrechion y Chwaer Agnes.

Cododd Miss Sheldon-Smythe ei llais main cyn uched ag y gallai, 'Pwy rydan ni eisiau?'

Atebodd y dawnswyr yn un côr, 'Mur . . . phy . . .'

'Beth rydan ni eisiau iddo fo?'

'Rhydd-id . . . rhydd-id . . . rhydd-id . . .'

Trawyd y symbalau deirgwaith.

Ac ailadroddwyd y litani:

'Pwy rydan ni eisiau?'

'Mur . . . phy . . .'

'Beth rydan ni eisiau iddo fo?'

'Rhydd-id . . . rhydd-id . . . rhydd-id . . .'

Doedd oes y siantio torfol mewn protestiadau ddim wedi gwawrio, ond roedd greddf Miss Sheldon-Smythe yn gwbl ddiogel. Doedd ganddi hi mo'r bersonoliaeth i gynhyrfu torf, ond roedd ganddi'r cyfrwystra i oresgyn y diffyg hwnnw. Fyddai tua dwsin o ddawnswyr Groegaidd ddim yn cynhyrchu digon o sŵn, ond byddent yn agorawd arbennig o effeithiol i gresiendo oedd wedi ei drefnu'n berffaith.

'Pwy rydan ni eisiau?' Cyfeiriwyd y cwestiwn y tro hwn at weddill disgyblion yr ysgol. Roedd ei llygaid yn fflachio a'i llais hyd yn oed yn uwch.

'MUR . . . PHY . . .' bloeddiodd y merched, gan ddechrau siglo'n hysterig.

'Beth rydan ni eisiau iddo fo?'

'RHYDD-ID . . . RHYDD-ID . . . RHYDD-ID,' sgrechiodd y plant.

Cododd ei breichiau yn uchel uwch ei phen. Roedd ei dyrnau ynghau, ei phen wedi ei daflu'n ôl a'i cheg yn hirgrwn herfeiddiol o boen a phenderfyniad. Gyda'r holl ddisgyblion o'i phlaid, byddai'n rhaid i'r rhieni ddechrau cymryd sylw.

'Pwy rydan ni eisiau?'

Ac ymlaen . . . ac ymlaen . . . ac ymlaen.

Roedd rhai o'r merched erbyn hyn yn dolefain ac yn oernadu. Roedd un wedi ei lluchio ei hun ar ei hyd ar y glaswellt ac yn crafangu ynddo â'i hewinedd.

Safai Siwsi'n syfrdan yn gwylio'r cyfan. Teimlai fel pe bai'n cael ei blingo'n fyw. Roedd yr holl sefyllfa yn taro Dolly, a safai wrth ei hochr, yn ddoniol braidd. Doedd hithau chwaith wedi yngan yr un gair.

Flynyddoedd maith yn ôl pan oedd hi'n ferch ifanc, roedd y Fam Benedicta wedi cael ei dal mewn tyrfa hysterig pan oedd gwesty wedi mynd ar dân a'r drysau yn gwrthod agor. Er mor ifanc oedd hi bryd hynny, roedd hi wedi cadw ei phen. Ymdrechodd i beidio â chynhyrfu yn yr argyfwng hwn. Eglurodd gefndir y brotest yn gyflym, gryno wrth Syr Clifford.

'Mae'n wir ddrwg gen i am hyn,' gwaeddodd yn ei glust, 'ond wn i ddim sut i roi taw arnynt.' Fel rheol, byddai ei phresenoldeb a chlap chwyrn neu ddau â'i dwylo wedi eu tawelu'n syth. Y tro hwn, roedd yn rhaid wrth ragor na hynny.

Roedd Syr Clifford wedi gwagio llysoedd barn ar fwy nag un achlysur, a doedd y tipyn bloeddio plentynnaidd yn poeni dim arno. Yn wir, roedd yr achlysur, a oedd ychydig amser yn ôl wedi bygwth bod yn un affwysol o ddiflas, yn datblygu'n dra gwahanol i'w ddisgwyliadau.

'Foneddiges annwyl,' bloeddiodd yn wyneb y Fam Benedicta. 'Gadewch bopeth i mi.'

Prin y sylwodd neb arno'n camu i gyfeiriad yr haid o ferched oedd wedi tyrru o amgylch Miss Sheldon-Smythe. Doedd dim awgrym o fygythiad yn ei ddull o ddynesu ati. Cerddai'n hamddenol a digynnwrf. Erbyn hyn roedd Miss Sheldon-Smythe wedi cau ei llygaid ac roedd ei llais yn gryg ar ôl y bloeddio parhaus.

'Madam,' meddai, gan ei chyffwrdd yn ysgafn ar ei hysgwydd dde. 'Madam.'

Gallai deimlo'r cyhyrau'n crynu o dan ei chardigan ddu wrth iddi ostwng ei braich yn anfoddog.

Agorodd ei llygaid a throi i edrych arno. Roedd hi wedi llosgi ei chychod am byth heddiw. Byddai'r cwfaint yn mynnu ei bod yn gadael. A doedd ganddi unman arall i droi. Fu ei dyfodol erioed yn edrych cyn llymed. Ond doedd hi erioed wedi teimlo mor fodlon.

Fyddai'r dyn yma byth yn ei chredu, ond roedd yn rhaid iddi ddweud wrtho. 'Fi laddodd Bridget,' meddai'n floesg.

Bron nad oedd awgrym o dosturi yn ei lygaid bychain, gleision. Nid peth dymunol oedd gweld gwraig o'r oedran yma'n colli ei phwyll. Yn sicr, nid oedd yn destun hwyl. Croesodd offeiriad hynafol y lawnt tuag atynt. Fel pe bai'n cyflwyno Miss Sheldon-Smythe iddo'n briodferch, cydiodd Syr Clifford yn ei llaw a'i rhoi yn llaw'r Tad Donovan. 'Ewch,' meddai.

Yn y tawelwch a ddisgynnodd mor ddirybudd roedd pob llygad arnynt. Camodd y dawnswyr yn ôl wrth i'r hen ŵr yn ei laeswisg ddu ei thywys ar draws y lawnt ac i fyny'r grisiau at y llwybr a arweiniai at brif ddrws y cwfaint. Agorodd y Tad Donovan y drws a diflannodd y ddau o'r golwg drwyddo.

Dychwelodd Syr Clifford at y Fam Benedicta a'i wraig a'r tro hwn ef oedd yr un a gododd ei ddwylo i hawlio sylw. 'Os byddech chi mor garedig,' meddai, a'i lais yn atseinio yn y tawelwch.

Syllai pob llygad arno. Rhedai dagrau i lawr gruddiau rhai ac roedd mwy nag un yn anadlu'n llafurus.

'Dichon eich bod yn gwybod,' meddai Syr Clifford, 'i mi dreulio blynyddoedd lawer fel barnwr yng Nghylchdaith y Gogledd. Yn ystod y cyfnod hwnnw ymddangosodd llawer o garcharorion o'm blaen. Rhai ohonynt yn ddieuog. Rhai yn euog. Mae bod â thynged dyn yn eich dwylo yn gyfrifoldeb brawychus. Nid yw'n gyfrifoldeb y byddai unrhyw un yn ei chwennych. Ond mae'n gyfrifoldeb sy'n cael ei orfodi ar rai ohonom. Ac mae'n ddyletswydd na ddylid ei gwrthod. Yma, yn y cwfaint hardd hwn, ychydig iawn o brofiad sydd gennych o'r byd mawr y tu allan. Rydych chi'n ifanc. Rydych chi'n llawn delfrydau. Rydych chi'n amharod i weld drwg yn unrhyw un. Wel, gadewch i mi eich argyhoeddi o un peth: pwrpas cyfraith gwlad yw eich amddiffyn chi a minnau. Mae'r gyfraith yn deg ac yn gyfiawn. Mae'r gyfraith ar ochr y cyfiawn – eich ochr chi. Mae'r gyfraith ar ochr y gwan – eich ochr chi. Mae'r gyfraith ar ochr y diamddiffyn, y caredig, y rhinweddol – eich ochr chi. Mae'r gyfraith ar ochr Bridget O'Hare. Yn ifanc, yn ddiamddiffyn, yn rhinweddol – ond er hynny wedi ei lladd ym mlodau ei dyddiau. Dyw'r gyfraith ddim ar ochr ei llofrudd ciaidd. Cadwch eich tosturi ar gyfer y rhai sy'n deilwng ohono. Teulu Bridget. Ei ffrindiau. Oni bai am Murphy – Iggy Murphy – byddai Bridget yma yn ein plith yn mwynhau'r achlysur llawen yma. Gallai fod yn sefyll wrth eich ochr y funud hon. Fyddech chi am i Murphy gael byw ac yntau wedi ei hamddifadu hi o'i bywyd? Fyddech chi'n fodlon iddo gael anadlu awyr fwyn y diwrnod hyfryd hwn o hydref ac yntau wedi ei rhwystro hi rhag gwneud hynny byth eto? Cafodd Murphy ei groesawu yma i'r cwfaint, a bradychodd yntau eich ymddiriedaeth ynddo. Roedd ei ymddygiad yn anwaraidd a mileinig. A nawr, mae wedi ei gymryd o'ch plith. Gadewch i bobl eraill fod yn gyfrifol am yr hyn fydd yn digwydd iddo. Bydd ei ddiwedd yn drugarog ac yn ddisymwth, credwch chi fi.'

Doedd hi ddim yn araith wael, meddyliodd, yn arbennig o gofio ei bod yn ddifyfyr a'i fod yntau yn gwbl sobr. Roedd y merched wedi tawelu cryn dipyn erbyn hyn. Sylwodd ar un ferch eithriadol o hardd, merch yng nghanol ei harddegau, yn sefyll ychydig i'r neilltu oddi wrth y merched eraill. Roedd ganddi'r gwallt euraid harddaf iddo daro llygad arno erioed. Roedd ei hwyneb yn welw a dwys. Ac roedd hi'n edrych yn union arno, yn syllu i ganol ei lygaid.

Tynnodd ei lygaid yn anfoddog oddi wrthi. 'A nawr,' meddai'n fywiog, 'rydw i am i bob un ohonoch ei fwynhau ei hun. Rydw innau'n mynd i wneud yr un peth. Rydych chi wedi gwneud gwaith ardderchog yn paratoi eich stondinau. Gobeithio y bydd pawb o'r rhieni – a phob ymwelydd arall – yn gwario'n hael. Gawn ni ddechrau, Hybarch Fam?'

'Wn i ddim sut i ddechrau diolch i chi,' meddai'r Fam Benedicta. 'Mae'n siŵr gen i,' meddai, gan droi at Betty, 'eich bod chi'n falch dros ben o'ch gŵr talentog.'

'O, ydw,' meddai Betty'n hamddenol, 'mae o'n gallu bod yn dra effeithiol mewn argyfwng.' (Mae hefyd yn yfed, yn hel merched ac yn gallu ymddwyn yn warthus, hyd yn oed mewn llys barn. Pam ydych chi'n meddwl ei fod o wedi ymddeol ddwy flynedd cyn cyrraedd ei drigain oed – am ei fod yn hoff o leoedd diarffordd fel y twll lle yma? O, na, peidiwch â chymryd eich twyllo, *Ma Mère* – am ei fod yn hoff o'r botel, ac o ferched mewn gwisgoedd dawnsio Groegaidd, gwynion, cwta a'u penolau bychain, crynion.)

'Cofiwch beidio â blino gormod arnoch eich hun,' meddai'n feddylgar wrth ei gŵr.

Sylwodd ar y cwestiwn yn llygaid y Fam Benedicta, a rhoddodd ei llaw ar ei chalon yn awgrymog.

'Twt lol,' meddai Syr Clifford yn siriol, 'fûm i erioed yn teimlo cyn iached.'

'Waeth i ti heb â gwastraffu amser ar hwnna,' meddai Dolly wrth Siwsi. 'Anghofia am yr Ysgrifennydd Cartref, dim ond dweud wrtho am dynhau'r rhaff wnaiff hwnna.' Ychwanegodd, 'Doedd ei draddodi ddim yn ddrwg. Ac mae ganddo lais eitha am ddyn sy'n edrych mor ddienaid â thaten.'

'Wyt ti ddim yn teimlo *unrhyw beth*?' gofynnodd Siwsi. Teimlai boen caled ym mhwll ei stumog. Iggy!

Sut gallai'r dyn yna feiddio defnyddio'r fath air! Sut y meiddiai o fychanu Murphy, a gwneud iddo swnio fel anifail! Mi gâi o dalu am hynny. O, câi, *mi gâi o dalu.*

Gwaith Dolly oedd cychwyn yr helfa drysor. 'Ddylet ti ddim bod yn gofalu am dy stondin?' gofynnodd dros ei hysgwydd wrth frysio tua'i gorchwyl.

A dyna lle dylai Siwsi fod.

Roedd ymrwymiad brwd Miss Sheldon-Smythe i achos Murphy wedi rhoi cryn ysgytwad iddi. Dyna'r cwbl oedd ar ei meddwl wrth iddi fynd i'r neuadd at ei stondin. Roedd y ddynes hurt wedi ymyrryd yn ei busnes hi. Roedd Miss Sheldon-Smythe yn tresmasu ar ei thiriogaeth hi. Ei heiddo hi oedd Murphy. Doedd o ddim yn eiddo, nac erioed wedi bod yn eiddo, i Miss Sheldon-Smythe. Hi, Siwsi, ddylai fod wedi bod yn sefyll yng nghanol y dawnswyr yn pledio ei achos. Doedd hi ddim wedi meddwl am y peth. Roedd Miss Sheldon-Smythe wedi ennill y blaen arni. Roedd hi wedi rhoi ei thrwyn yn ei busnes hi. Roedd gan y ddynes ddigywilydd y fath wyneb.

Safai Siwsi, wrth bendroni ynglŷn â chymhellion Miss Sheldon-Smythe, y tu ôl i stondin orlawn o fanion diwerth. Pwy ond ffŵl fyddai'n prynu cap gwlân gwyn gydag wyneb arno ar gyfer cadw wy yn gynnes? A phwy ond ffŵl fyddai'n penderfynu mai swllt a naw a dimai oedd ei bris? Faint o newid o chweugain fyddai gofyn iddi ei roi? A dyna'r matiau 'na wedi eu gwneud o wellt – y fath sothach erchyll. A'r fasged siopa 'na wedi ei gwneud o linyn. Llinyn, rhaff. Pam roedd yn rhaid i bopeth ei hatgoffa o Murphy?

'Faint,' gofynnodd rhywun, 'yw pris yr ysgrifbin 'ma?'

Prin y cymerodd Siwsi unrhyw sylw. 'Does gen i mo'r syniad lleiaf,' meddai o'r diwedd. 'Bydd pwy bynnag sy'n gyfrifol am y stondin yma ymhen dau funud.' Roedd hi ar gerdded i ffwrdd pan welodd y Chwaer Clemence yn brysio tuag ati. 'Wel, erbyn meddwl,' meddai, yn filain am iddi gael ei dal, 'swllt ac wyth ydy'r pris, a waeth i chi heb â chwifio'r papur punt 'na o dan fy nhrwyn i. Does gen i ddim newid.'

Tua phedwar o'r gloch roedd Syr Clifford yn y neuadd dderbyn. Neuadd fechan ger y brif neuadd oedd hon, a châi ei defnyddio i groesawu ymwelwyr pan nad oedd y parlwr ar gael. Roedd yr ystafell yn orlawn o blanhigion palmwydd a chadeiriau gwiail. Roedd wedi sylwi ar breifatrwydd y lle yn gynharach ac wedi penderfynu y gwnâi le delfrydol i encilio iddo yn nes ymlaen. Roedd y Tad Donovan wedi dod ar ei warthaf yn y babell de ychydig amser yn ôl ac wedi rhoi diferyn o'r hyn a alwai yn ddiod gadarn iddo ar y slei. Roedd y Tad Donovan yn wirioneddol ddiolchgar iddo am y ffordd dringar yr oedd wedi trafod Miss Sheldon-Smythe. Roedd y greadures druan yn gorwedd yn ei hystafell erbyn hyn gydag un o'r lleianod yn gweini arni. Doedd hi ddim yn rhyw dda iawn, mae'n siŵr bod y barnwr yn deall, meddai. Yn deall i'r dim, sicrhaodd Syr Clifford ef. Yn dâl am ei ddealltwriaeth roedd wedi cael ei anrhegu gan y Tad Donovan â gwydraid o'r hyn a edrychai fel lemonêd. Y broblem oedd na chafodd gynnig rhagor, ac roedd yfed dim ond diferyn yn waeth na pheidio ag yfed o gwbl. Roedd gochelgarwch wedi cyfyngu ar garedigrwydd y Tad Donovan, ond o leiaf roedd ei fflasg ganddo yn ei boced. Roedd wedi llyncu y rhan fwyaf o'i chynnwys mewn cornel ddirgel y tu ôl i un o'r planhigion palmwydd, pan sylwodd ar y ferch hardd gyda'r gwallt euraid yn ei wylio o'r gornel bellaf ger y ffenestr.

Dim ond am eiliad neu ddwy y teimlodd unrhyw chwithigrwydd.

Byddai maint ei chwithigrwydd bob amser yn dibynnu ar ba mor sobr yr oedd.

'Helô, pwsi,' meddai, gan symud i gadair agosach ati.

'Helô,' meddai Siwsi.

Doedd hi ddim wedi bod yn ei ddilyn. Doedd hi ddim hyd yn oed wedi bod yn meddwl amdano. Roedd hi yma am ei bod wedi cael ei diarddel o'i stondin. Yr argraff a gâi oedd y byddai'r cwfaint mewn perygl o golli ei enw da fel sefydliad academaidd pe bai hi'n treulio munud arall wrth y stondin. Clywsai'r Chwaer Clemence rai sylwadau diraddiol eisoes, meddai hi wrth Siwsi. Ai plentyn pump oed na allai adio na thynnu ymaith oedd hi? Wyddai hi ddim bod swllt a grot a thri swllt ac wyth ceiniog yn gwneud pumswllt, a phe baech chi'n cymryd hynny allan o bunt y byddai gennych chi bymtheg swllt yn weddill? Wyddai hi mo hynny. A doedd hi ddim yn malio chwaith. 'Mae'n bosib eich bod chi o dan straen,' ceryddodd y Chwaer Clemence hi'n bigog, 'ond rydyn ni i gyd o dan straen. Er mwyn popeth, ewch i chwilio am rywbeth arall i'w wneud – y twb blawd llif, efallai, am ddwy geiniog y tro.'

'Cael hoe fach?' holodd Syr Clifford.

'Ie,' atebodd Siwsi.

'A finnau,' meddai Syr Clifford yn gyfeillgar. 'Fy anadl i sy'n mynd braidd yn gaeth. Gorfod gorffwys o bryd i'w gilydd. Glywsoch chi erioed am Anno Domini?'

'Sant oedd o?' holodd Siwsi.

'Mwy o ddiafol nag o sant, ddywedwn i,' meddai Syr Clifford. 'Fo sy'n rheoli'r gwythiennau mawrion. Dyna pam rydw i'n gorfod byw mewn bynglo y dyddiau yma – dim grisiau i'w dringo. Ydych chi wedi meddwl erioed peth mor affwysol o ddiddychymyg a dosbarth canol ydy bynglo?'

Roedd y syniad yn un dieithr i Siwsi.

Y mochyn, meddyliai. Mochyn, mochyn, mochyn. Ac mi fyddet ti'n crogi Murphy, fyddet ti? Mochyn. mochyn, mochyn. Ailgynheuai'r atgasedd a enynnwyd gan ei araith ac a oedd wedi bod yn mudlosgi o'i mewn gyda phob gair oedd yn dod o'i geg.

'Ddywedodd rhywun erioed wrthoch chi mor eithriadol o hardd ydy'ch gwallt chi?' gofynnodd Syr Clifford, gan ddod â'i gadair fymryn yn agosach.

'Laweroedd o weithiau,' meddai Siwsi. Roedd hi wedi bod yn ymwybodol o'i harddwch ers cryn amser.

Roedd rhyw arogl yn yr awyr. Arogl nid annhebyg i'r arogl ym mwthyn Murphy y noson yr aeth hi yno ato. Arogl annymunol yr oedd hi wedi llwyddo i'w anghofio bron. Roedd hi hefyd wedi dysgu anwybyddu yr un dant coll – yr unig nam oedd ar Murphy. Roedd prydferthwch perffaith yn gallu bod yn ddiflas. A doedd Murphy byth yn ddiflas.

O, Murphy, bydd yn ddiflas. Gwisga siwt dywyll, barchus. Gweithia mewn swyddfa. Paid â gadael i dy gorff ddisgleirio. Bydd yn sych ac undonog. Bydd yn rhydd.

'Mae Murphy yn ddieuog,' meddai.

Doedd gan y barnwr ddim bwriad o ddilyn y trywydd hwnnw eto. 'Lol botes,' meddai'n flin, ac yna brysiodd i ymddiheuro.

Chymrodd Siwsi ddim sylw. Beth arall oedd i'w ddisgwyl gan fochyn? Pe bai rhywun yn rhoi hwn mewn peiriant briwio cig, meddyliodd, mi ddoi allan yn gig sosej.

Merch fach ddwys, meddyliodd Syr Clifford. Bronnau bach siapus, heb fod yn rhy fawr. Roedd ganddi gluniau hyfryd o dan y wisg yna. Ydy ymyl ei gwisg hi wedi dal yn y glustog yn fwriadol, tybed, ynteu heb iddi hi wybod?

Sylwodd Siwsi ar ble roedd ei lygaid a thynnodd ei gwisg i lawr dros ei phennau gliniau.

Cafodd Syr Clifford ei siomi ac estynnodd damaid o bapur o'i boced. 'Un o gliwiau'r helfa drysor,' meddai. 'Cliw rhif pump. "Gofynnwch i *Old Father Time*".'

'Gweddol hawdd, ddwedwn i,' meddai Siwsi.

'Y cloc wyth niwrnod wrth ddrws y neuadd gerdd?' awgrymodd y barnwr. 'Roeddwn i ar fy ffordd yno pan arhosais i am hoe fach.'

Roedd syniad yn ymffurfio ym mhen Siwsi.

'Na, nid y cloc yna,' meddai, 'un cymharol newydd ydy hwnnw. Mae'r cliw yna'n cyfeirio at yr hen gloc sydd i fyny ar dop y grisiau.' (Y top uchaf, ger yr ystafelloedd gwely, lle mae'r grisiau ar eu mwyaf serth.)

'Os felly,' meddai Syr Clifford, 'mae'n well i mi anghofio'r cyfan am y peth. Oni bai y byddech chi'n hoffi rhedeg i fyny'r grisiau i nôl y cliw yn fy lle i.'

'Mi fyddwn i wrth fy modd yn helpu.' Roedd llais Siwsi yn feddalach, yn sidanaidd bron. 'Ond byddai hynny'n golygu twyllo, oni fyddai? Fyddai fy nghydwybod i ddim yn hoffi hynny.'

'Ac mae gennych chi gydwybod sensitif iawn?'

‘Wel, mae’n dibynnu,’ meddai Siwsi.

Oedd ei llygaid hi’n troi’n lasach ac yn fwy tyner, ynteu ei ddychymyg oedd yn ei gamarwain?

‘Dibynnu ar beth?’

‘Mae rhai pethau’n bwysig,’ meddai Siwsi, heb wybod beth yn union roedd hi’n ei feddwl. Goslef y llais oedd yn bwysig, meddyliodd. ‘A rhai pethau ddim yn bwysig. Mi fyddwn i’n barod i wneud llawer iawn o bethau i bobl rydw i’n eu hoffi.’

Yn barod i wneud llawer iawn o bethau. Roedd wedi clywed yr un geiriau o’r blaen o wahanol ffynonellau. Ffynonellau aeddfed. Faint oedd ei hoed hi, tybed? Un ar bymtheg? Fyddai dwy ar bymtheg yn orobeithiol?

‘Ond fyddech chi ddim yn twyllo?’

‘Na fyddwn.’

‘Felly, fyddech chi ddim yn fy helpu?’

‘O, byddwn. Mi awn i gyda chi.’ Cododd Siwsi ei phen ac edrych tua’r nenfwd. ‘I fyny’r grisiau,’ meddai.

Oedd hi’n golygu’r hyn roedd o’n ei feddwl ei bod hi’n ei olygu? Ynteu’r chwisgi oedd yn siarad yn ei feddwl? Roedd chwisgi’n dueddol o siarad llawer o gybôl faldorddus – cybôl faldorddus, bleserus.

Gwenodd arni. ‘Pwsi bach,’ meddai, er mwyn gweld sut roedd y gwynt yn chwythu.

‘Miaw,’ meddai Siwsi, gan ddangos eu bod ar yr un donfedd.

Eisteddodd yn llonydd am rai munudau a’i gyffro’n cynyddu. Roedd wedi gwneud llawer peth dwl yn ei oes, ond dim byd mor ddwl â hyn. Pwy fyddai’n mynd i agor ffair mewn cwfaint ac yn cael rhyw gydag un o’r disgyblion yn y fan a’r lle? Ti, meddai'r chwisgi, pe bait ti'n cael hanner siawns. Na, meddai'r barnwr, mae'r syniad yn gwbl loerig, nid ar unrhyw gyfrif.

Symudodd ei gadair ymhellach oddi wrthi.

Roedd Siwsi yn pletio ei gwisg. Roedd yn ei thynnu i fyny ac i lawr dros ei phennau gliniau wrth iddi wneud hynny. Doedd hi erioed wedi ceisio denu dyn o'r blaen ond, â chysidro mai dyma'r tro cyntaf, roedd hi'n gwneud ymdrech lew. Edrychodd ar Syr Clifford a gwenu'n swil arno.

Mae hon mor ddiniwed ag oen, meddai wrtho'i hun, heb gredu hynny am eiliad.

'Wel . . .' meddai, 'os nad oes gormod o ffordd i fyny'r grisiau . . .'

'Dim llawer,' meddai Siwsi, 'ac fe gymerwn ni bethau mor araf ag y mynnwch chi.'

Cymryd pa bethau'n araf, meddyliodd. Pa mor brofiadol oedd hi? Suzanne, Ffrances oedd yn wraig i fargyfreithiwr ifanc, oedd yr un fwyaf araf y gwyddai ef amdani wrth chwarae'r gêm. *Largo* hamddenol am gyfnod maith, ac yna *prestissimo* carlamus, gorffwyll i orffen.

Doedd ganddynt ddim llawer iawn o amser.

Roedd yntau'n farnwr ymddeoledig uchel ei barch.

Wel . . . uchel ei barch gan y sawl oedd ddim yn ei adnabod.

Ymddeoledig gan y sawl oedd yn gyfarwydd ag ef.

'Mae 'na siawns dda iawn y byddwch chi'n ennill,' meddai Siwsi.

'Ennill? Yn ennill beth?'

'Y trysor, wrth gwrs,' meddai Siwsi. 'Ydych chi ddim bron â marw eisiau cael eich dwylo ar y trysor?' Ie, marw, farnwr – marw.

'Dewch,' meddai, 'i mi gael dangos i chi.'

'Dangos i mi?'

'Y ffordd.'

Dawnsiodd o'i flaen i fyny'r rhes gyntaf o risiau llydan, isel â'i sgert yn chwyrlio'n bryfoclyd nes dangos iddo ambell gip ar gefn ei phennau gliniau a'i chluniau. Ymlafniodd yntau i'w dilyn, a'r morthwyl didostur yn ei frest yn dechrau curo rhybudd ar fetel yr einion.

'Gan bwyll,' meddai. 'Gan bwyll.'

Trodd Siwsi ar ôl cyrraedd y ris uchaf a symud cam neu ddau i'w gyfarfod. 'Pwsi,' meddai. 'Pwsi.'

'Pwsi bach,' atebodd yntau.

'Ti Tarzan, fi Jane,' meddai Siwsi, dair gris oddi wrtho.

Y genawes fach. Yr ast fach dinboeth. I ble roedd hi'n bwriadu ei arwain? Oedd hi'n gwybod am rywle digon preifat?

'I ble?' gofynnodd.

'Yn uwch, uwch, uwch . . .' Pwyntiodd heibio i'r Forwyn las a gwyn gyda'r blodau o amgylch ei thraed. 'I fyny . . . yn uwch . . .'

'Yn . . . bell?'

'Na, nid yn bell iawn.'

'Ond fy nghalon i . . .'

'Druan o'ch calon fach chi.'

'Pwsi fach.'

Llwyddodd i'w lusgo ei hun cyn belled â'r tro ar ben y rhes gyntaf o risiau. Diflannodd hithau heibio i'r gornel a dechrau dringo'r ail res o risiau. Teimlai awydd gorwedd yno ger y blodau wrth draed y Forwyn. Roedd ei dalcen yn oer ac yn wlyb. Roedd yn gwneud rhywbeth cwbl wallgof. Gallai eistedd yno, yn y gornel ar y tro yn y grisiau, am ychydig funudau. Welai neb mohono yno. Roedd yn rhaid iddo gael gorffwys. Byddai'n mynd i lawr yn ei ôl wedyn ac yn anghofio popeth oedd wedi digwydd.

'Miaw,' galwodd Siwsi arno. Roedd hi'n eistedd hanner ffordd i fyny'r ail res o risiau.

Siglodd ei ben a sibrwd, 'Na, na, alla i ddim.'

Yr wyneb piws, meddyliodd Siwsi. Y crogwr porffor. Hwn oedd y dyn â'r wyneb i alw ei Murphy hi yn Iggy. Hwn oedd yn gwarafun i Murphy anadlu awyr iach yr hydref.

'Dewch, plîs,' erfyniodd yn dyner, mewn llais hynod o aeddfed. 'Gwnewch ymdrech er mwyn eich Pwsi fach. Un ymdrech fach arall . . .'

Roedd ei anadl yn llosgi fel tân.

Caeodd ei lygaid.

Roedd hi'n canu'n dawel wrthi ei hun. Cân am ryw rosyn coch. Cododd ei ben ac edrych arni. Gwelodd hi'n agor botymau uchaf ei gwisg ac yn dangos ei bron chwith, noeth. Roedd ei theth fel rhosyn bychan, pinc ar fin blodeuo.

Ochneidiodd yn llaes a dechrau dringo unwaith yn rhagor.

Un cam i fyny'r mynydd – dau gam – tri.

Deuddeg cam i gyd. Roedd wedi cyrraedd pen yr ail res o risiau.

Roedd y morthwylio yn ei frest yn gyrru poen drwy ei holl esgyrn – ei freichiau, ei arddyrnau, blaenau ei fysedd. Roedd mewn ffwrnais o boen. A thrwy'r cyfan roedd yn dal i awchu amdani.

Cymylau gwynion ar gopa'r mynydd. Clustogau anferth. Cnawd, cyn wynned â chrisialau siwgr, cyn felysed â chrisialau siwgr.

'Fy siwgr i,' griddfanodd.

'Siwgr mêl,' adleisiodd Siwsi. Roedd hi wedi tynnu ei hesgidiau. Roedd ei thraed yn agos i'w dalcen. Dim eto. Dim eto. Dim digon serth. Y drydedd res o risiau.

Dechreuodd grafangu ar hyd pen y grisiau tua'r rhes nesaf o risiau. Plygodd hithau o'i flaen a'i annog i ddal ati.

Roedd yn gwbl wallgof. Roedd yn ddigon call i sylweddoli ei fod yn gwbl wallgof. Roedd yn wallgof. Roedd yn feddw. Dylai roi'r gorau iddi'r funud hon cyn iddi fynd yn rhy hwyr. Arhosodd, a throi i orwedd ar ei ochr. Roedd am orwedd yn llonydd tra rhuai ei anadl drwyddo fel corwynt mewn anialwch crasboeth.

Plygodd Siwsi drosto, gan wenu'n ddidaro.

'Crafangu tipyn, gorffwys tipyn?'

Crafangodd dipyn. Gorffwysodd dipyn. Ni allai ofyn faint ymhellach roedd yn rhaid iddo fynd. Ni allai yngan gair. Roedd yn dechrau anghofio pam yr oedd wedi dringo cyn belled. Roedd mynydd arall . . . un duach . . . ac uwch . . .

Roedd ei thraed o'i flaen drwy'r amser. Gwyliodd hwy'n dringo dwy ris neu dair. Dringodd yntau un gris. Daeth y traed ris neu ddau i'w gyfarfod. Roeddynt yn cyffwrdd ei dalcen – yn dyner, yn ysgafn.

'I fyny,' meddai llais fel pe bai'n dod o bell, bell. 'Pws, pws, pws, pws, i fyny, i fyny, i fyny, i fyny . . .'

Roedd ochr y mynydd yn ysgythrog gyda chreigiau garw a oedd yn rhwygo ei gnawd. Roedd ffrwd o ddŵr oer – ei chwys ei hun, tybed? – yn llifo i'w lygaid. Roedd bron iawn â chyrraedd y brig. Bron iawn – ond nid yn hollol.

'Miaw,' anogai Siwsi, 'miaw, miaw, pwsi fach, miaw.'

Gwisgodd ei hesgidiau.

I lawr yn y prif gyntedd clywodd y Fam Benedicta a gwraig y barnwr yr hyn a dybient oedd yn gri o fraw. Edrychodd y ddwy i fyny a gweld, yn y pellter, y barnwr yn dynesu at ris uchaf y grisiau ar y trydydd llawr. Welodd yr un o'r ddwy droed Siwsi'n estyn cic sydyn iddo. Go brin i'r barnwr hyd yn oed ei theimlo. Roedd wedi dechrau syrthio i bwll du cyn iddi ei gyffwrdd. Ac yna syrthiodd yn llythrennol, a llithrodd ei gorff llyfndew o'r naill ris i'r llall. Ychwanegodd y pren llathredig ger troed y rhes risiau at ei gyflymder; sglefriodd ar ei draws a thabyrddu i lawr yr ail res o risiau a'i ben yn taro canllaw'r grisiau'n galed reolaidd. Ataliwyd ei godwm gan y potiau blodau ar ben y grisiau o amgylch traed y Forwyn Fair. Rhythai ei lygaid meirw drwy ddail a phetalau'r planhigion ffiwsia fel malwod bychain diymgeledd.

Daeth Siwsi i lawr y grisiau yn araf.

Buddugoliaeth i ti, Murphy.

Teimlai fel cadach wedi ei wasgu. Roedd ei choesau yn crynu ac roedd rhyw gryndod yn ei gên fel pe bai ar fin crio.

Roedd y Fam Benedicta a Betty, ei wraig, wedi cyrraedd y barnwr erbyn hyn. Roedd ei wraig wedi ei symud oddi wrth y blodau a'i droi i orwedd ar ei gefn. Rhoddodd ei chlust ar ei frest. Roedd hi'n gwbl ddigynnwrf. Edrychodd i fyny ar y Fam Benedicta a siglo ei phen. Roedd bochau'r Fam Benedicta fel pe bai rhywun wedi cymryd talp o golur coch a'i rwbio ar ei bochau. Nawr, roedd y cochni yn dechrau pylu, a thameidiau gwelw yn ymddangos drwyddo.

Daeth Siwsi i sefyll wrth eu hochrau. 'Ydy o'n farw?'

Trodd y Fam Benedicta i syllu arni. Craffodd yn fanwl ar ei botymau agored ac yna aeth ati i'w botymu â'i bysedd trwstan er mwyn adfer parchusrwydd.

'Ydy,' atebodd.

'Fi lladdodd o,' meddai Siwsi. Roedd ganddi dystion y tro hwn. Dwy ohonynt. Dylai hynny fod yn ddigon i foddhau'r Rhingyll Thomas. Fyddai dim amheuaeth o gwbl y tro hwn. Byddent yn credu mai hi laddodd Bridget hefyd. Câi Murphy ei ollwng yn rhydd.

'Ydych chi'n fy neall i?' gofynnodd yn eglur, er bod ei gên yn dal i grynu. 'Fi lladdodd o.'

'Fy mechan i, rydych chi wedi cael sioc,' meddai gwraig y barnwr yn annisgwyl. Ymsythodd a chofleidio Siwsi. 'Roedd fy ngŵr i'n gallu ymddwyn yn hynod o ffôl. Gobeithio na wnaeth o'ch dychryn chi, na'ch brifo chi. Allwn i ddim peidio â sylwi ar eich gwisg chi . . .' Edrychodd yn ofidus i wyneb Siwsi.

'Chyffyrddodd eich gŵr ddim yndda i,' meddai Siwsi'n gwbl eirwir.

'Mae eich clywed chi'n dweud hynny'n golygu cymaint i mi,' meddai Betty. 'Rwy'n gwerthfawrogi'r hyn ddywedoch chi'n fwy nag y gall neb byth ei amgyffred.'

Ac yna dechreuodd wylo, ac wylodd Siwsi gyda hi. Wylodd y ddwy, am wahanol resymau, ym mreichiau ei gilydd.

Pennod 6

Gall dychymyg, meddyliodd y Tad Donovan, fod yn beth dychrynllyd. Wrth lwc, doedd dim rhaid gofidio am hynny yn achos Murphy. Dyna ei ddewis o lyfrau i gychwyn. Roedd y Tad Donovan wedi ymorol ei fod yn cael digon o ddeunydd darllen – *The Farmer and Stockbreeder* yn bennaf ynghyd â llyfrynnau dyrchafol yn adrodd hanesion diddrwg rhai o'r hen saint. Os oedd sant wedi cael ei ferthyru, ac roedd hynny'n wir am amryw ohonynt, byddai'r Tad Donovan yn gofalu nad oedd hanes hwnnw'n cael ei roi yn nwylo Murphy. Byddai darllen am ddioddefiadau erchyll pobl eraill yn debyg o gynyddu ei ofn o'r dynged oedd yn ei aros yn y dyfodol agos – o leiaf, yn ôl cred y Tad Donovan. Pan ofynnodd Murphy, nad oedd yn darllen braidd ddim ar y gorau, am gasgliad o straeon Sexton Blake roedd y Tad Donovan wedi oedi gyhyd ag y gallai cyn cydymffurfio â'r cais. Doedd y Tad ddim wedi eu darllen ei hun ac nid oedd yn gwybod dim amdanynt ar wahân i'r ffaith bod y siacedi llwch oedd amdanynt yn eithriadol o giaidd. Yr wythnos hon, roedd wedi dewis yr un lleiaf treisgar y gallai ddod o hyd iddo – llaw mewn maneg yn dal gwn. Roedd hefyd wedi cynnwys copïau o'r *Dandy* a'r *Beano.* Roedd meddwl am ddyn yn ei oed a'i amser yn darllen comics yn gryn syndod iddo. Ond roedd Murphy wedi gofyn amdanynt. Roedd hefyd wedi gofyn am lyfr gan awdur na allai gofio ei enw yn trafod y newyn tatws yn Iwerddon. Methiant fu ymdrech y Tad Donovan i ddod o hyd i'r gyfrol a rhoddodd iddo ei gopi ei hun o *Juno and the Paycock* gan Sean O'Casey. Derbyniodd Murphy'r llyfr yn gwrtais ond heb ddangos unrhyw frwdfrydedd. Roedd wedi gweld y ddrama ar y llwyfan yn Nulyn. Doedd o ddim wedi cymryd at y ddrama. Roedd y Ddiod a'r Helbulon yn faterion o bwys. Nid yn destun hwyl.

Doedd y ffaith ei fod yma yn y carchar ddim yn destun hwyl chwaith.

Rhaid ei fod yn cysgu ac ar ganol hunllef feddw.

'Wel, Murphy,' meddai'r Tad Donovan, gan ymdrechu i swnio'n siriol, 'sut mae pethau efo ti heddiw 'ma?'

'Iawn,' meddai Murphy.

'Cysgu?' holodd y Tad Donovan.

'Dyna un eglurhad,' meddai Murphy.

Roedd mân siarad yn anodd o dan yr amgylchiadau erchyll. Disgrifiodd y Tad Donovan ymddygiad Miss Sheldon-Smythe yn ffair hydref y cwfaint. 'Bu bron iawn iddi arwain pawb i fyny yma i dy ryddhau di.'

'Hen greadures ddigon annwyl,' meddai Murphy, a oedd wedi ei synnu a'i blesio gan y newydd. Fel rheol byddai clebar y Tad Donovan am hynt a helynt y cwfaint yn ei ddiflasu.

Doedd y newydd nesaf ddim yn ei ddiflasu chwaith. Adroddodd y Tad Donovan hanes trychinebus y barnwr yn y ffair hydref. 'Mae'n ymddangos iddo ddringo i ben y grisiau,' (ni roddwyd unrhyw reswm) 'a syrthio i lawr. Yn ôl y crwner yn y cwest roedd o wedi cael trawiad anferth ar ei galon.'

Siriolodd Murphy drwyddo. Bradwriaeth ar ran y Fam Benedicta oedd gwahodd barnwr i agor y ffair. Mae'n rhaid mai dialedd Duw laddodd yr hen gythraul.

'Da iawn,' meddai.

Croesodd gwg wyneb addfwyn, oedrannus y Tad Donovan ac yna daeth awgrym o wên i gymryd ei le wrth i ddealltwriaeth wawrio arno. Pe bai ef, y Tad Donovan, yn eistedd yma ac yn gwybod i sicrwydd bod y crogwr wedi bod yn bwrw golwg arno ar y slei rywbryd neu'i gilydd – pan oedd yn cael mynd allan i'r iard i ymarfer, yn fwy na thebyg – ac yn amcangyfrif ei bwysau ymhlith manylion ffiaidd eraill oedd yn gysylltiedig â'i ddienyddiad, prin y byddai yntau'n cydymdeimlo nac yn gofidio llawer oherwydd marwolaeth Ponsonby.

'Yr unig drueni,' meddai Murphy, 'yw nad y brych o farnwr wnaeth yn sicr fy mod i'n cael fy nyfarnu'n euog gafodd ei ladd.'

Ymdrechodd y Tad Donovan yn ofer i ddal ei dafod. 'Fy mab,' meddai, 'fe ddylet ti fod yn anelu at gyflwr o ras. Hoffet ti ddim i mi wrando ar dy gyffes di?'

Clywodd Murphy drydar adar y tu allan i fariau ffenestr yr ystafell ymwelwyr. Cafodd ei atgoffa am ei ieir. Pwy oedd yn gyfrifol am eu bwydo a gofalu amdanynt, tybed? A phwy fyddai'n gofalu am yr hen ŵr – ei dad – gartref yn Iwerddon yn ei hen ddyddiau? A doedd y dyddiau hynny ddim mor bell i ffwrdd. Croesodd y sicrwydd na fyddai ef o gwmpas i wneud hynny ei feddwl. Doedd Murphy ddim ar frys mawr i gyrraedd paradwys Gatholig yn llawn cwningod a rhyw Bridget nefolaidd. (Ai cael ei yrru i Limbo fyddai tynged y baban oedd yng nghroth Bridget? Doedd o ddim yn hyddysg iawn mewn materion diwinyddol astrus o'r fath.)

Cafodd ei daro gan bwl sydyn o gynddaredd. Doedd o ddim wedi gwneud dim. Roedd o yng ngharchar am rywbeth nad oedd wedi ei wneud.

'Pe bai gen i fom,' meddai, 'mi chwythwn i'r lle 'ma'n yfflon.'

'Boed i'r Forwyn Fendigaid faddau i ti.'

'Ac fe wnâi hi hefyd,' meddai Murphy yn gwbl argyhoeddedig o'i ffydd, 'fe fyddai hi'n sicr o wneud hynny.'

'Wyt ti'n dal i fynnu na laddaist ti mo Bridget?'

'Ydw, a boed i'r Bod Mawr fy nharo i'n gelain y funud 'ma os ydw i'n dweud anwiredd.'

Byddai hynny'n drugaredd, y naill ffordd neu'r llall, meddyliodd y Tad Donovan. Roedd eisoes wedi trefnu gydag awdurdodau'r carchar y byddai'n cael gwrando ar gyffes olaf Murphy pan ddôi'r amser. Ac roedd yr amser hwnnw'n cyflym nesáu. Doedd ei wroldeb ef ei hun ddim wedi cael ei brofi yn y modd hwn o'r blaen. Gallai ei ddychmygu ei hun yn llewygu wrth draed Murphy. Roedd yn dal i resynu at fryntni dyn tuag at ei gyd-ddyn. Pe bai wedi cael ei orchymyn i wylio croeshoeliad Crist byddai wedi ffoi i'r diffeithwch yn ei ddagrau.

Nid Crist oedd Murphy, roedd hynny'n sicr.

Ond nid Barabbas oedd Murphy chwaith.

Roedd yn gwbl argyhoeddedig o hynny.

Pan ddychwelodd i'r cwfaint aeth i weld y Fam Benedicta er mwyn dweud wrthi sut roedd pethau ar Murphy yn y carchar. Roedd yn edrych yn weddol, meddai wrthi. Roedd wedi cwyno ynglŷn â'r cinio a gawsai y diwrnod hwnnw – calonnau wedi eu stwffio. Er nad oedd yn un misi gyda'i fwyd, roedd disgwyl iddo fwyta calonnau yn mynd yn rhy bell. Roedd wedi rhoi ychydig o lyfrau iddo. Roeddynt wedi sgwrsio ryw ychydig. Roedd Murphy yn dal i fynnu nad oedd yn euog. Roedd awdurdodau'r carchar wedi torri'r gacen roedd y lleianod wedi ei choginio ar ei gyfer yn ddau hanner, rhag ofn bod rhywbeth wedi ei guddio ynddi.

'Beth, er enghraifft?' gofynnodd y Fam Benedicta'n sychlyd. 'Gwn – ffeil – ?'

'Neu botelaid fach o frandi eirin fel yr un lwyddodd i'w gyrraedd unwaith o'r blaen,' meddai'r Tad Donovan yn ddiedifar.

Gwgodd y Fam Benedicta mewn ymdrech i guddio'r wên oedd yn bygwth dangos ar ei hwyneb. Doedd caredigrwydd y Tad Donovan ddim yn ddethol bob amser. Pe bai'r diafol ei hun yn cael ei fwrw i'r tân yn ei ŵydd, mae'n fwy na thebyg y byddai'r hen offeiriad yn rhoi ei law yn y ffwrnais i geisio ei dynnu allan.

'Dewch i'r ystafell gelf, mae rhywbeth yno yr hoffwn i chi ei weld,' meddai'r Fam Benedicta.

Roedd yr ystafell gelf ar y llawr uchaf yn wynebu tua'r gogledd ac yn cael ei goleuo gan ffenestr lydan yn ogystal â ffenestr yn y to. Y Chwaer Elizabeth oedd yr athrawes gelf. Roedd un o'i pheintiadau hi wedi cael ei arddangos yn yr Academi Frenhinol ac roedd hi'n feistres ar ei phwnc. Yn ogystal â'r gwaith arferol ar bapur byddai'n cael ei disgyblion i wneud deunydd o'r waliau gwynion i greu murluniau. Ar hyn o bryd roedd murlun yn portreadu'r Brenin Arthur bron wedi ei gwblhau ar ôl dau dymor o waith dyfal. Y cyfan oedd yn weddill ohono bellach oedd dwrn caeëdig yn cydio yng ngharn Caledfwlch. Roedd y cleddyf yn pwyntio at hirsgwâr o baent du yng nghanol llyn glas. Wedi eu peintio'n goch yn yr hirsgwâr roedd y geiriau: 'Fi laddodd Bridget, arwyddwyd Siwsi Moncrief'. Ac yn is i lawr mewn llythrennau melyn llawer brasach: 'LOL I GYD. FI YW'R LLOFRUDD! arwyddwyd AGATHA SHELDON-SMYTHE'.

'Ar hyn o bryd mae Miss Sheldon-Smythe ar ei

ffordd i gartref henoed yn Bournemouth,' meddai'r Fam Benedicta. 'Dyma yn ôl pob golwg oedd ei chyfraniad olaf i fywyd y cwfaint.'

'A'r ferch?' holodd y Tad Donovan.

Credai'r Fam Benedicta mai rhywbeth dros dro yn unig oedd gwallgofrwydd Siwsi Moncrief. 'Dyw hi ddim yn ferch alluog mewn unrhyw faes academaidd,' meddai. 'Pan welais i'r ffolineb fandalaidd yma, roedd yn rhaid i mi ei cheryddu hi wrth gwrs, ac rydw i . . .'

'Ie?'

'. . . wedi trefnu iddi gael gwersi cerddoriaeth, yn ogystal â'r gwersi mathemateg ychwanegol. Fe brynodd ei rhieni biano iddi'n ddiweddar. Gall cerddoriaeth fod yn gyfrwng iddi fynegi ei hemosiynau – ac mae mathemateg, ar wahân i'r ffaith ei fod yn angenrheidiol i bob un ohonom, yn sicr o feithrin disgyblaeth.'

Nodweddiadol o synnwyr cyffredin cadarn y Fam Benedicta, meddyliodd y Tad Donovan. Ar fwrdd wrth ei ymyl roedd llond soser o baent gwyrdd. Roedd y demtasiwn yn ormod iddo. Cydiodd mewn brws paent ac ysgrifennu *Mea Culpa* yn ofalus o dan y ddwy neges arall.

'A nawr,' awgrymodd y Fam Benedicta yn bendant, 'fe gewch chi beintio dros y cyfan.' Roedd cydnabod pechod personol yn iawn, ond roedd pen draw ar bopeth. Ac roedd hi wedi cael digon.

Y noson cyn bore dienyddiad Murphy byddai'n anfon Siwsi Moncrief adref. Roedd hysteria yn dechrau cynyddu ymhlith y disgyblion yn barod – yn union fel y gwnaeth ar ddiwrnod y ffair. Gallai rhai fod yn ddigon ffôl i gredu bod y ferch yn dweud y gwir. Ymgroesai rhag dychmygu beth allai ddigwydd iddi. Wrth lwc, doedd neb o'r merched wedi gweld y graffiti yma. Safodd yno â'i breichiau ymhleth yn gwylio'r Tad Donovan yn plastro'r paent gwyrdd yn egnïol dros y cyfan.

'Rydw i'n bwriadu cael sgwrs ddifrifol iawn â'i rhieni hi,' meddai wrtho.

Roedd gwrando ar recordiau yn rhan o'r therapi cerdd. Wrth iddi wrando mewn diflastod ar *Water Music* Handel, ceisiodd Siwsi benderfynu sut roedd hi'n mynd i dorri'r gragen o anghrediniaeth oedd yn ei hamgylchu. Teimlai fel llong ddrylliedig ar wely'r môr wedi ei gorchuddio â chregyn. Doedd neb – ac eithrio Dolly – yn credu gair o'i stori. Roedd Dolly wedi ei holi, gan ddatgelu peth edmygedd, sut yr oedd hi wedi cael gwared ar y barnwr. Roedd hi wedi ei hateb yn hollol eirwir, ac roedd Dolly wedi dal i'w chredu hyd yn oed ar ôl y cwest. Awgrym Dolly oedd y dylai hi beintio ei chyffes ar wal yr ystafell gelf. Doedd yr un o'r ddwy yn ymwybodol o gyffes atodol, wrthgyferbyniol, Miss Sheldon-Smythe, a oedd wedi ei pheintio o dan gyffes Siwsi.

Roedd Dolly, a oedd hefyd wedi ei gorfodi i gymryd gwersi cerddoriaeth ychwanegol (gallai hi wneud sylwadau deallus am y ffurf symffonig ac ati), newydd sibrwd yr awgrym y gallai roi cynnig ar anfon ei chyffes i'r papur wythnosol lleol. Gan fod yr Ysgrifennydd Cartref wedi ei hanwybyddu'n llwyr go brin y byddai llythyr mewn papur lleol bychan yn cael llawer o effaith, ond doedd dim i'w golli wrth roi cynnig arni. Aeth Dolly ati ar unwaith, gan gymryd arni ei bod yn ysgrifennu nodiadau ar werthfawrogi cerddoriaeth, i ddrafftio'r llythyr. Yn ddiweddarach y noson honno, ar ôl treulio awr affwysol o ddiflas a chwbl annealladwy yn ceisio dod i ddeall rhywbeth a elwid yn system ddeuaidd, copïodd Siwsi lythyr Dolly. Mewn ufudd-dod i gyfarwyddiadau'r Fam Benedicta, a oedd wedi dod yn hynod o wyliadwrus, cymerodd y lleian oedd yn gyfrifol am y post lythyr Siwsi o blith y llythyrau eraill a'i roi i'w phennaeth. Rhwygodd y Fam Benedicta'r llythyr a'i luchio i'w basged sbwriel. Roedd hi wedi rhoi ei ffydd yn synnwyr cyffredin yr Ysgrifennydd Gwladol, ac roedd ei ffydd wedi ei wobrwyo. O hyn ymlaen doedd hi ddim am roi ei ffydd yn synnwyr cyffredin neb ond ei synnwyr cyffredin hi ei hun.

Pan gyrhaeddodd gwŷs iddynt ymweld â'r cwfaint ni chafodd Norman na Clare eu synnu. Roedd y ddau gwest i farwolaethau yr oedd Siwsi'n gyfrifol amdanynt wedi mynd heibio heb i unrhyw sen gael ei daflu i'w chyfeiriad. Er bod naw mlynedd rhwng marwolaeth Willy a marwolaeth Syr Clifford Ponsonby, roedd ôl llaw Siwsi yn amlwg yn y naill achos a'r llall. Soniodd yr un o'r ddau air am hynny wrth y llall. Yn ystod dyddiau olaf bywyd Murphy prin eu bod yn yngan gair o gwbl wrth ei gilydd.

Os bydd Murphy'n marw, meddyliai Clare, fe fydda i mor euog â phe bawn i wedi ei grogi â'm dwylo fy hun.

Os na fydd Murphy'n marw, meddyliai Norman, dyna ddiwedd ar Siwsi y naill ffordd neu'r llall. Gwibiodd geiriau o'r gwasanaeth priodas drwy ei feddwl. '*Tawed byth.*' Ryw ddiwrnod, Siwsi, pan fydd hyn i gyd ar ben, fe fydd newid gwyrthiol yn digwydd i ti ac fe fyddi di'n normal fel pawb arall. Wnei di byth ladd yr un enaid eto. Fe fyddi di'n priodi gyda choron o flodau orennau ar dy ben. A heb staen gwaed arnat yn unman. Ac eithrio efallai pan fyddi di'n colli dy wyryfdod ar noson dy briodas. Dyna dy ddyfodol, Siwsi, os cadwa i dy gyfrinach di. Ac fe fydda i'n dawel byth.

P'un bynnag, wyddon ni ddim i sicrwydd. Dydyn ni erioed wedi gwybod. Ac mae'n debyg na chawn ni byth wybod.

'Mae'r Fam Benedicta yn credu y dylen ni roi dos o rywbeth iddi hi,' sibrydodd Clare.

'Beth?'

'Pan oedd hi ar y ffôn y noson o'r blaen fe awgrymodd y gallen ni roi tabled gysgu iddi ar noson olaf Murphy. Erbyn iddi hi ddeffro, mi fydd y cwbl drosodd.'

'Nefoedd fawr!' ebychodd Norman.

Aeth allan i lanhau'r car. Roedd pob gwaith diflas yn cael ei wneud y dyddiau yma. Doedd y lawntiau a'r gwelyau blodau erioed wedi edrych mor dwt, ac roedd Clare wedi glanhau pob tamaid o bres oedd yn y tŷ gydag egni ffyrnig. Cerddoriaeth a mathemateg i Siwsi. Gweithio nes diffygio iddo ef a Clare. Ond doedd dim byd yn tycio. Byddai tabledi cysgu yn syniad da i bob un ohonynt.

Ac i Murphy?

Dduw Mawr!

Roedd Peter Tolliston wedi hen ymadael er mwyn gweithio mewn ardal lawer mwy proffidiol yn Lloegr. Un o Gwm Rhondda oedd ei olynydd, Caradog Davis. Câi ei adnabod fel rheol wrth yr enw Doctor Caradog er mwyn gwahaniaethu rhyngddo a Doctor Davis arall oedd yn gweithio yn yr ardal. Yn awyrgylch mwy dethol Gogledd Cymru, nid pawb oedd yn gwerthfawrogi iaith gyhyrog ardal y meysydd glo. Roedd y doctor wedi gwneud peth ymdrech i gymedroli ei iaith pan siaradai â menywod. Ond doedd o ddim yn un y gellid newid ei feddwl yn rhwydd. A doedd o ddim yn credu mewn cyffuriau. Treuliai lawer o'i amser yn ceisio gwella effeithiau meddyginiaethau, meddai wrth Clare. A ph'un bynnag, meddai, gan syllu arni'n ddyfal, roedd hi a Norman wedi bod yn ffiaidd o iach ers blynyddoedd, felly beth allai fod o'i le arni nawr?

Daethai Clare i'w weld ar ei phen ei hun. Roedd Norman wedi dewis aros gartref. Roedd y ddau ohonynt mewn cyflwr emosiynol hynod o fregus, ond, o'r ddau, hi oedd yn llwyddo orau i gadw'i phen.

'Nid ar fy rhan fy hun rydw i yma,' meddai wrth Doctor Caradog. 'Siwsi fy merch yw'r broblem. Mae hi'n gofidio'n arw ynglŷn â dienyddiad y Gwyddel oedd yn arfer gweithio yng ngerddi'r cwfaint. Mae'n debyg eich bod wedi darllen am yr achos.'

Roedd Caradog yn gyfarwydd â'r hanes. Credai bod y gosb eithaf yn anghyffredin o lawdrwm. Roedd y llofruddiaeth yn swnio fel pe bai wedi digwydd yng ngwres y foment. Roedd y creadur druan wedi bod yn hynod o anffodus yn y barnwr a'r rheithgor.

'Gobeithio,' meddai, 'y daw'r gyfundrefn gyfreithiol yn fwy gwaraidd ryw ddiwrnod.'

Synhwyrodd Clare iddi ganfod gronyn o gydymdeimlad a bwriodd ati i roi iddo fersiwn gynnil, ddiwygiedig o'r digwyddiadau. Gwnaeth gryn ddeunydd o'r gair dychmygu – yn ogystal â sensitifrwydd ac empathi – er mwyn ceisio bod yn saff. 'Mae hi'n credu y caiff Murphy ei ryddhau os bydd hi'n dal ati i fynnu mai hi sy'n euog. Fe gafodd un o aelodau hynaf staff y cwfaint ei heffeithio yn yr un modd. Pe baech chi'n gallu rhoi rhywbeth i Siwsi i wneud iddi gysgu y noson cyn i Murphy gael ei grogi . . .'

Roedd Caradog wedi clywed am garwriaeth ei ragflaenydd a Mrs Moncrief. Roedd hi'n dal i fod yn wraig ddeniadol. Doedd o ddim yn adnabod ei merch. Doctor y cwfaint oedd yn gyfrifol amdani hi yn ystod tymhorau'r ysgol, ac roedd hithau fel ei rhieni'n llwyddo i gadw'n eithriadol o iach bob tro roedd hi gartref ar wyliau. Weithiau byddai trafferthion emosiynol yn dod yn sgil dechreuad y misglwyf. Holodd a oedd hi wedi dechrau ar ei misglwyf.

Atebodd Clare ei bod hi, gan ofidio na fyddai'r eglurhad mor syml â hynny. 'Does dim byd o'i le arni'n gorfforol. Y cwbl sydd ei angen arni yw tabled i'w thawelu.'

'Ar gyfer hen bobl sy'n aros am eu diwedd y mae tabledi cysgu,' meddai Caradog. 'Faint ydy oed eich merch?'

'Pymtheg.'

'Ac rydych chi'n disgwyl i mi roi tabledi cysgu i blentyn pymtheg oed?'

'Dim ond unwaith – plîs. Mae hi wirioneddol eu hangen, ar fy ngwir.' (A finnau hefyd.)

Cyffyrddodd y ble ddieiriau ag ef drwy ryw gyfrwng telepathig. Doedd o ddim yn deall. Ac wrth natur roedd o'n ddyn oedd yn mynnu deall. Nid oedd yn un i gymryd unrhyw gam heb bwyso a mesur y goblygiadau yn ofalus.

'Dewch â hi yma i'm gweld i,' meddai, 'ac mi ro i gynnig ar wthio tipyn o synnwyr cyffredin i'w phen hi. Dewch â hi ychydig cyn i mi gau'r feddygfa – tua hanner awr wedi saith.'

'Mae hi'n orffwyll,' meddai Clare, wedi'i brawychu. 'Mae'n debyg y bydd hi'n dweud y pethau mwyaf dychrynllyd wrthoch chi.'

'Dydw i ddim yn un hawdd fy nychryn,' meddai Caradog. 'Os oes arni hi angen tabledi, fe gaiff hi dabledi. Os nad oes arni eu hangen, chaiff hi ddim rhai. Iawn?'

Nac oedd, doedd pethau ddim yn iawn. Ond doedd gan Clare ddim dewis arall.

Rhyw gyfnod artiffisial oedd dau ddiwrnod olaf ei fywyd ym marn Murphy. Cyfnod o eistedd o gwmpas yn pendroni a hel meddyliau, neu'n cerdded o amgylch iard y carchar yn pendroni a hel meddyliau. Fel pe bai amser yn troi mewn cylch roedd yn ôl yn ei blentyndod, ei drwyn yn rhedeg a'i bennau gliniau'n grafiadau i gyd. Gallai arogli rhisgl y coed wrth iddo eu dringo. A theimlo ei draed noeth yn slwtsian drwy'r mwd cynnes. Cawsai ei brofiad rhywiol cyntaf gyda chwaer ei ffrind gorau. Braidd nad oedd arno ofn ei bronnau anferth – roeddynt fel pe baent ar ei ffordd ac yn ceisio ei wthio oddi arni. Roedd hithau'n piffian chwerthin fel asyn yn nadu. Roedd gan Bridget bâr o fronnau hyfryd.

Roedd y Tad Donovan i'w weld yn heneiddio'n gyflym, a phrin ei fod yn gwybod beth i'w ddweud wrtho. Roedd Murphy yn cael ei gwmni yn fwrn ar adegau. Nid arna i mae'r bai fy mod i yma, meddyliai Murphy. Ac nid arna i mae'r bai dy fod tithau yma. Beth hoffet ti i mi ei gyffesu? Fy mod i'n hoff o fronnau Bridget?

'Gobeithio dy fod ti wedi cael cinio go lew heddiw,' meddai'r Tad Donovan, gan grafu am rywbeth i dorri'r tawelwch.

'Dim yn ddrwg o gwbl,' meddai Murphy. 'Cyw iâr.' Roedd y bwyd yn gwella o ddiwrnod i ddiwrnod. Câi ei atgoffa am y gwyddau druan hynny fyddai'n cael eu gorfodi i fwyta er mwyn gwneud yn siŵr bod yna *pâtê de foie gras* ar gael ar gyfer rhyw ddiawliaid mawreddog fel y barnwr oedd wedi ei anfon yma.

'Does 'na ddim tegwch na chydraddoldeb,' meddai Murphy, 'dyna ydy'r broblem.'

Cytunodd y Tad Donovan. Byddai wedi bod yn barod i gytuno â Chomiwnyddiaeth eithafol, unrhyw beth er mwyn ceisio esmwytho tipyn ar ofidiau Murphy.

Teimlai awydd cydio yn y dyn a'i gofleidio. Roedd arno eisiau rhedeg nerth ei draed yn ddigon pell oddi wrtho. Byddai wedi hoffi torri i lawr ac wylo, ond feiddai o ddim.

Cytunodd Clare a Norman i fynd i nôl Siwsi ar y nos Iau cyn dydd Gwener y crogi, erbyn ychydig ar ôl hanner awr wedi chwech.

Byddai amseru'r Fam Benedicta wedi magu cenfigen ar seiciatrydd. Te am hanner awr wedi pedwar. Rhwng pump a hanner awr wedi pump byddai Siwsi, gyda chymorth un o'r lleianod, yn pacio ei bag. Rhwng hanner awr wedi pump a chwech byddai'r merched yn mynd i wasanaeth y Fendith. (Gallai hwn fod yn achlysur cyforiog o emosiwn, neu'n gyfle i'r merched gael eu hesmwytho gan fendith sanctaidd – roedd yn rhaid i'r Fam Benedicta obeithio am yr ail, a dyna wnaeth hi.) Am chwech o'r gloch âi'r Chwaer Clemence â Siwsi i un o'r ystafelloedd dosbarth am wers fathemateg ychwanegol. Roedd gan y Chwaer Clemence bersonoliaeth gryfach na'i hathrawes ddosbarth ac ni fyddai cyfle i feddwl neb grwydro oddi wrth y pwnc dan sylw pan fyddai hi wrth y llyw. Byddai'r wers yn parhau hyd chwarter i saith. Yna, byddai'n dod i lawr i'r parlwr i gyfarfod ei rhieni. Os na fyddai'r Fam Benedicta wedi gorffen sgwrsio gyda'i rhieni, byddai'n rhaid iddi aros wrth y drws. Gan fod ei rhieni wedi trefnu i fynd â hi at y doctor erbyn hanner awr wedi saith – taith o tua hanner awr – mae'n sicr y byddent yn gofalu eu bod yn cyrraedd yn brydlon.

Achosodd eu hamharodrwydd i wynebu eu merch iddynt fod ddeng munud yn hwyr, gan fygwth tanseilio trefnusrwydd amserlen y Fam Benedicta. Cyrhaeddodd Norman a Clare yn welw a thawedog am ugain munud i saith. Doedd Siwsi ddim wedi dod i lawr i'r parlwr eto ac felly nid oedd eu diweddarwch o fawr bwys; er hynny roedd yn ddigon i darfu ar y Fam Benedicta.

'Y traffig yn drwm?' holodd yn finiog.

'Gweddol,' atebodd Norman.

Roedd y Fam Benedicta wedi paratoi araith fer ar gyfer yr achlysur. 'Mae'r byd,' meddai, 'yn llawn o bobl ddideimlad sy'n gallu clywed am erchyllterau bywyd heb i hynny darfu ryw lawer arnynt. Nid un o'r bobl hynny yw eich merch. Ar hyn o bryd mae hi'n dioddef yn enbyd oherwydd yr hyn sydd ar fin digwydd i Murphy. Bore yfory, fe fydd hi'n cydgerdded gydag ef at y crocbren – yn ei dychymyg. Pe bai hi'n gallu cysgu drwy'r cyfnod erchyll yma, credaf y gall hi dderbyn ei farwolaeth a dechrau gwella. Dyna pam yr wyf yn ei gyrru adref gyda chi. Eich cyfrifoldeb chi yw hi, a dim ond eich meddyg chi all dderbyn y cyfrifoldeb o sicrhau ei bod hi'n cael y cwsg hwnnw. Wnaiff o hynny?'

'Gwnaiff, rwy'n meddwl,' meddai Clare, 'ond dyw e ddim yn fodlon rhoi'r tabledi iddi heb iddo gael golwg arni yn gyntaf.'

Digon rhesymol, cytunodd y Fam Benedicta, er efallai nad oedd gofyn bod mor ofnadwy o ffyslyd yn yr achos arbennig yma. Roedd hi wedi bod yn holi barn Harry Williams, doctor y cwfaint, ar y mater. Byddai'n well cadw unrhyw gyffur achosi cwsg, meddai wrthi, ar gyfer Murphy cyn iddo wynebu'r gwymp olaf. Roedd doctoriaid ar y cyfan yn llawer rhy gyfarwydd â marwolaeth. Ac o ganlyniad yn dueddol o wamalu yn ei gylch.

'Mae'r lleianod i gyd yn gweddïo dros Murphy,' ychwanegodd y Fam Benedicta. 'Byddaf fi'n bersonol yn gweddïo dros Siwsi. Gall dychymyg gorsensitif fod yn groes drom. Bydd gofyn iddi gael cryn dipyn o gymorth i'w chario.'

'Bydd,' atebodd Clare. (A Siwsi yw ein croes ninnau – oes rhywun yn barod i roi help llaw i ni, plîs?)

'Fe fûm i'n ystyried anfon Dolly Morton adref hefyd,' meddai'r Fam Benedicta, 'ond roedd Dolly yn amharod iawn i dderbyn yr awgrym.' Roedd fflach o arswyd wedi goleuo llygaid Dolly am eiliad – eiliad mor fer nes i'r Fam Benedicta dybio mai hi oedd wedi dychmygu'r peth. Gallai plentyn yn aml helpu plentyn arall, ond yn yr achos arbennig hwn roedd yn amlwg nad oedd Dolly'n teimlo y gallai hi fod o gymorth.

Dim hyd yn oed â drws fy ystafell wedi ei gloi a'i folltio, meddyliodd Dolly, y byddwn i'n treulio noson olaf Murphy dan yr un to â Siwsi. Allai hi ddim anghofio beth oedd wedi digwydd i'r barnwr hwnnw ar ddiwrnod y ffair.

'Rhywbeth i'r teulu ydy hyn,' meddai'n dringar. 'Rydw i'n sicr y byddai'n well i mi gadw draw – hynny ydy yn well i Siwsi a'i rhieni.'

'Rydych chi'n siŵr o fod yn llygaid eich lle,' cytunodd y Fam Benedicta. Roedd Dolly'n iawn bron yn ddi-feth. Roedd hi wedi cael maddeuant llawn am ei hunig gam gwag – mynd gyda Siwsi i orsaf yr heddlu.

Roedd y Fam Benedicta ar fin cyflwyno rhai sylwadau yn ymwneud â diffyg prydlondeb pan gurodd Siwsi ar y drws a cherdded i mewn. Roedd hi wedi diosg ei gwisg ysgol ac yn gwisgo blows a sgert. Gwisgai ei chôt law ysgafn drostynt a'i het wellt Banamâ gyda ruban glas arni. Yn hongian ar ei hysgwydd roedd ei bag ysgol yn drymlwythog o waith cartref a osodwyd gan y Chwaer Clemence.

'Fy mach i,' meddai Norman yn llawn emosiwn, gan gerdded ati a'i chusanu.

Ymatebodd yn oeraidd fel pe bai'n cerdded yn ei chwsg. Roedd ei chroen yn welw ac roedd cysgodion tywyll o dan ei llygaid. Edrychai'n lanwaith a diymgeledd – ac yn lluddedig.

Teimlodd Clare hyd yn oed frath o dosturi wrth edrych arni. 'Helô, cariad,' meddai.

'Helô, Mami.' Trodd Siwsi ei hwyneb iddi ei gusanu.

Cusanodd Clare ef.

'Nawr, Siwsi,' meddai'r Fam Benedicta'n fywiog, 'rydych chi'n cael mynd adref i fwrw'r Sul – mae eich rhieni'n gwybod pam. Felly does dim diben i chi ddweud wrthyn nhw mai chi laddodd Bridget O'Hare. Does dim diben dweud hynny wrth unrhyw un. Ffwlbri llwyr yw'r cyfan a does neb yn mynd i gredu'r fath lol. Does dim y gallwch chi ei ddweud na'i wneud i helpu Murphy. Dim ond ein Bendigaid Arglwydd all fod o gymorth i Murphy bellach. Gadewch bopeth yn nwylo Duw, fy merch, a byddwch dawel eich meddwl.'

Ni fyddai'r Fam Benedicta, a oedd bob amser yn ymwybodol o'r cyfrifoldeb a ddôi yn sgil awdurdod, byth yn cusanu unrhyw un o'i disgyblion, ond roedd yr achlysur hwn yn eithriad. Roedd cyffyrddiad y gwefusau sychion ar ei thalcen drosodd cyn i Siwsi sylweddoli beth oedd ei bwriad. 'Bendith Duw fo arnoch, fy merch,' meddai.

Wedi'r gusan a'r fendith aeth Siwsi i mewn i gefn y car. Roedd ei thad a'i mam yn eistedd o'i blaen fel dwy ddelw gerfiedig. Ac yna dechreuodd y ddau glebran ar yr un pryd.

'Braf dy gael di gartref am ychydig ddyddiau,' meddai Dadi.

'Rydyn ni'n mynd i alw i weld Doctor Caradog ar ein ffordd adref,' meddai Mami.

'I gael fitaminau neu rywbeth,' meddai Dadi, 'i'w rhoi yn dy Ovaltine.'

'Wel, mae'n rhaid i bawb wneud ymdrech . . .' meddai Mami'n astrus.

'Wel . . . hynny ydy . . .' meddai Dadi.

'O, ie . . . yn hollol . . .' meddai Mami.

'Fel 'na mae hi,' meddai Dadi.

'Byddwch dawel!' meddai Siwsi.

A bu tawelwch.

Roedd hi wedi bod yn noson brysurach nag arfer yn y feddygfa, ac roedd y ddau glaf olaf wedi bod yn achosion gwirioneddol ddrwg. Roedd Caradog wedi anghofio'r cyfan am y ferch Moncrief ac roedd ar fin mynd ati i gloi'r drysau pan welodd y teulu'n cyrraedd. Sylwodd bod Norman wedi bod yn ddigon synhwyrol i benderfynu aros yn y car. Dilynodd y plentyn – plentyn? – merch ysgol ifanc, eithriadol o dlws – ei mam i mewn i'r ystafell aros. Ochneidiodd y dderbynwraig gan daflu golwg ar y cloc cyn arwyddo arnynt i fynd drwodd i ystafell y doctor.

'Does arna innau ddim eisiau bod yma chwaith,' meddai Siwsi wrthi'n sarrug. 'Pam goblyn na chawn ni i gyd fynd adref?'

Roedd hi ar fin cael pwl o hysteria. Yn ystod deng munud olaf y daith yn y car roedd hi wedi bod yn adrodd y tabl deuddeg drosodd a throsodd. 'Y tabl deuddeg,' oedd geiriau'r Chwaer Clemence, 'yw'r tabl sylltau a cheiniogau. Pe baech chi yn ei wybod fyddech chi ddim wedi gwneud y fath ffŵl ohonoch eich hun wrth y stondin crefftau yn y ffair. Mae arnoch chi angen hyfforddiant trwyadl mewn pethau sylfaenol. Nawr, adroddwch ar fy ôl i . . .'

Gwelodd Caradog yr apêl yn llygaid Mrs Moncrief ac ymatebodd. Yn lle dweud wrth y jadan anghwrtais am hel ei thraed, gwahoddodd hi i ddod i mewn a chyfarthodd arni, 'Rwyt ti'n hwyr. A dwyt ti ddim yn gwneud unrhyw ffafr â mi wrth ddod yma. Nawr, eistedda yn fancw.'

Trodd i wynebu Clare. 'Problemau?'

'Mae hi fel pe bai hi ar bigau'r drain.' (A hyd yn oed yn fwy anfoesgar nag arfer.)

'Mi fyddech chithau ar bigau'r drain hefyd,' meddai Siwsi'n guchiog, 'pe bai rhywun yn mynd i farw yn eich lle chi.'

'O, y busnes llofruddio 'ma . . .' cymerodd Caradog arno ei fod wedi cofio'n sydyn. Daeth â'i gadair yn nes at Siwsi ac eistedd i'w hwynebu. 'Pawb arall yn cael eu cosbi yn dy le di – dyna sy'n dy boeni di?'

'Ie, os ydych chi'n galw crogi yn gosbi,' meddai Siwsi.

'A ti laddodd Bridget O'Hare, onid e?'

'Ie, fi lladdodd hi – ac nid hi yn unig.'

'Rydw i'n siŵr y byddet ti wedi gallu dewis gwell hobi,' meddai Caradog yn ddigynnwrf.

Roedd newydd fod yn ymdrin â dau achos anodd – a nawr, dyma'r trydydd. Roedd yn ddigon doeth i gydnabod hynny. Doedd dim amdani ond rhoi amser i'r ferch. Roedd yn amlwg bod ei angen arni.

'Efallai y byddai hi'n well i ti ddweud wrtha i.'

'Choeliwch chi ddim mwy na'r lleill.'

'Efallai ddim, ond does gen ti ddim i'w golli wrth roi cynnig arni.'

Eisteddodd yn llipa yn ei chadair gan syllu'n ddiysgog ar y wal fodfedd neu ddwy uwch ei ben. Roedd y siart profi llygaid ar y wal gyferbyn yn edrych fel pe bai'n llawn o'r llythyren O ar ffurf y ddolen ar raff y dienyddiwr. Daeth ei chyffes fel ergydion o wn. Pan fyddai hi'n diffygio byddai yntau'n ail-lwytho'r gwn. Roedd ei dull o leisio ei thrallod yn amrywio o sibrwd i floedd, ac ar un adeg dechreuodd wylo'n hidl. Eisteddai Clare fel hen wraig grebachlyd yn gwrando'n frawychus ar y cyfan.

Ni chafodd gwirionedd Siwsi fwy o argraff ar Caradog nag ar y bobl eraill a'i clywsai. Roedd yr hyn oedd ganddi i ddweud am Willie a Bridget yn ddigon credadwy – ond nid felly hanes y Barnwr Ponsonby. Fyddai barnwyr parchus ddim yn cael eu harwain ar gyfeiliorn gan ferched ysgol mewn ffeiriau cwfaint. Byth bythoedd! Roedd ganddi ddychymyg lliwgar, carlamus ac roedd hi wedi gweld gormod o ffilmiau sâl. Ar hyn o bryd roedd hi ar ganol ffilm arswyd o'r math gwaethaf ac allai hi ddim dianc ohoni. Roedd arni hi angen noson dda o gwsg. Ar ôl hynny, mae'n bosib y byddai gofyn iddi gael triniaeth gan seiciatrydd am gyfnod. Mae'n debyg y byddai plasebo mor effeithiol ag unrhyw dabled arall i'w helpu i gysgu – ac mae'n debyg y byddai archwiliad corfforol yn ychwanegu at ei ffydd yn y moddion ffug. Dywedodd wrthi am ddadwisgo i'w dillad isaf a gorwedd ar y gwely.

Roedd Siwsi yn dal i snwffian ar ôl y colli dagrau a derbyniodd hances gan ei mam.

'Pam,' gofynnodd ar ôl iddi chwythu ei thrwyn, 'mae'n rhaid i mi fynd ar y gwely?'

'Wel, dydw i ddim yn bwriadu dy blydi treisio di,' meddai Caradog, gan estyn ei stethosgôp. (Mi fydd eich iaith yn mynd â chi i drwbwl ryw ddiwrnod, meddai gwraig flin wrtho unwaith, ond ar y cyfan roedden nhw'n hoffi ei glywed yn mynd drwy'i bethau.)

Roedd Siwsi, er gwaethaf ei snwffian, yn dechrau ei hoffi hefyd. Dyma'r dyn go iawn cyntaf iddi ei weld ers ymadawiad Murphy. Roedd rai blynyddoedd yn hŷn na Murphy ac roedd ei wallt yn teneuo ar ei gorun. Ond roedd ganddo bâr o ysgwyddau cryfion ac roedd ei ddannedd yn wyn a di-fwlch. Roedd ei ewinedd yn lân ac roedd arogl diheintydd meddygol arno.

Gosododd y stethosgôp oer ar ei chnawd cynnes a dweud wrthi am anadlu. Anadlodd yn ddwfn – daeth cryndod sydyn drosti – ac anadlodd yn ddwfn unwaith yn rhagor. Nawr roedd hi'n gorwedd ar ei stumog ac yntau yn gwrando arni'n anadlu. Roedd ei chorff, a oedd wedi bod yn rhynnu wrth feddwl am dynged arswydus Murphy, yn dechrau cynhesu ychydig.

‘Drosodd ar dy gefn unwaith eto,’ meddai. ‘Rydw i am fyseddu dy stumog di.’

Roedd y cyfan yn ddianghenraid, ond roedd yn swnio’n dda. ‘Mae’r bilsen rydw i am ei rhoi i ti,’ meddai, ‘yn uffernol o effeithiol. Chei di ddim cystal cwsg yn dy oes.’ Teimlodd ei stumog unwaith yn rhagor. ‘Sut mae hynna’n teimlo?’

‘Yn iawn,’ atebodd Siwsi. (Yn eitha dymunol, a dweud y gwir. Peidiwch â rhoi’r gorau iddi.)

Rhoddodd y gorau iddi.

‘Da iawn. Gwisga amdanat. Cer adref. A phaid â gwneud niwsans ohonat dy hun. Iawn – ti laddodd Bridget – a’r lleill. Iawn – rwyt ti wedi dweud wrtha i. Wn i ddim beth ddiawl rwyt ti’n disgwyl i mi ei wneud. Wn i ddim beth ddiawl y gall unrhyw un ei wneud. Rwyt ti wedi chwydu’r cyfan allan o dy gyfansoddiad. Iawn! Dyna’r cyfan alli di ei wneud. Unwaith mae rhywun wedi cael y crawn allan o gasgliad mae pethau’n dechrau gwella. Felly – dechreua dithau wella. A tyrd yma i fy ngweld i eto mewn pum mlynedd ac mi af i â ti allan i ginio.’

Yna, gwenodd.

Er na wenodd Siwsi yn ôl arno, teimlai farrau cawell ei rhwystredigaeth yn ildio ryw ychydig. Roedd hi wedi rhoi’r gorau i droi ceiniogau yn sylltau yn ei phen. Roedd ei dyrnau wedi peidio â churo ar ddrysau di-ildio. Roedd drws y doctor wedi agor y mymryn lleiaf. Roedd hi wedi llwyddo i dolcio ychydig ar ei anghrediniaeth. Roeddynt wedi llwyddo i gyfathrebu â’i gilydd. Ac roedd ’na un man bach cynnes ar ei chroen lle roedd ei ddwylo wedi ei chyffwrdd.

‘Dim ond un tabled?’ clywodd ei mam yn holi’n siomedig.

‘Ond mae hi’n gythraul o dabled gref,’ meddai Caradog yn gelwyddog.

‘Roeddwn i wedi meddwl, efallai, y byddwn innau . . .’ awgrymodd Clare yn betrus.

‘Felly,’ gofynnodd Caradog, ‘a pha drosedd rydych chi wedi ei chyflawni – cynnau tân yn fwriadol, teyrnfradwriaeth, llofruddiaeth dorfol . . .?’

Brysiodd Clare allan yn ffroenuchel heb yngan gair. ‘Mae’r dyn yna’n amhosib,’ meddai wrth Norman. ‘Dim rhyfedd bod ei bractis yn mynd i’r gwellt. Wyt ti wedi sylwi pa mor werinol ydy doctoriaid y dyddiau yma? Mewn caban trên yn rhofio glo y mae lle dyn o’r math yna.’

‘Dim mor ffals a gwên deg â Tolliston ydych chi’n feddwl,’ meddai Siwsi wrth fynd i mewn i’r car.

Sylw annoeth ac roedd hi’n ymwybodol o hynny. Ar y cyfan, roedd hi’n teimlo ychydig yn well. Pe bai Murphy wedi byseddu ei stumog byddai’n teimlo rhywbeth yn debyg. Bysedd dynol, cadarn. Ond roedd y pridd wedi casglu o dan dy rai di, Murphy, a thithau’n rhy brysur i’w olchi i ffwrdd.

Rydw i’n hiraethu amdanat. Yn ochneidio amdanat. Heno, fe eisteddwn ni gyda’n gilydd yn ein meddyliau. Beth bynnag fyddi di’n ei ddioddef, bydd yn boen i minnau hefyd. Byddaf wrth dy ochr bob cam o’r daith.

Gwrthododd gymryd tabled Doctor Caradog.

‘Rhyngot ti a dy botes ’ta,’ meddai Clare, a oedd wedi cael llond bol arni hi a’i thrafferthion, gan frysio allan o’i hystafell wely.

Aeth Norman, a oedd yn fwy cariadus ac amyneddgar, ond yn llai sensitif ac yn llai euog, ati i falu’r dabled yn fân a’i rhoi yn ei diod-siocled boeth. ‘Does dim pilsen yn hwn,’ meddai. ‘Wir yr.’

'Os felly, mi gymera i Ovaltine.'

'Does dim ar ôl,' meddai'n gelwyddog. 'Tyrd nawr, 'ngHariad i, plîs.'

Oherwydd ei bod hi'n ei garu, yfodd Siwsi'r siocled.

Plygodd drosti i'w chusanu a symud ei gwallt oddi ar ei thalcen. Credai na fyddai dim byd yn digwydd eto. Roedd hi wedi dioddef gormod y tro hwn. Fyddai hi byth yn llofruddio eto.

Llwyddodd i dynnu llen yn ei feddwl dros ddioddefaint Murphy. Er mwyn gwneud yn siŵr y byddai'r llen yn aros yn ei lle, bwriadai yfed cymaint ag y gallai o chwisgi. Byddai Clare yn ymuno ag ef. Fyddai Murphy'n yfed, tybed? Fydden nhw'n gadael iddo biclo ei ymennydd mewn alcohol nes byddai popeth yn y diwedd yn troi'n anghofrwydd dryslyd, niwlog, trugarog?

Paid â meddwl.

Paid â meddwl.

Paid â meddwl.

Am ddau o'r gloch y bore aeth Clare i eistedd i'r cyntedd gan ddal y ffôn ar ei glin. Doedd hi ddim eto wedi galw gorsaf yr heddlu, ond roedd hi'n mynd i wneud y munud y llwyddai hi i reoli digon ar ei llais. Doedd yr yfed cyson yn ystod yr ychydig oriau diwethaf wedi pylu dim ar ei meddwl – yn wir, roedd y ddiod wedi gwneud iddi deimlo'n waeth. Chwythai drafft ysgafn o gyfeiriad ffenestr y cyntedd gan beri i grogdlysau gwydr y siandelïer daro yn erbyn ei gilydd a thincial yn ysgafn yn yr hyn a dybiai hi oedd yn wrthdaro dirdynnol. Roedd Norman, a oedd hefyd yn dal heb fynd i'r gwely, ar ei ffordd i fyny'r grisiau tua'r ystafell ymolchi pan sylwodd arni'n eistedd yno.

Holodd yn dyner beth oedd hi'n ei wneud. Atebodd hithau: dim byd – hyd yma.

Newidiodd ei feddwl a mynd i'r gegin.

Pan ddychwelodd roedd ganddo siswrn yn ei law.

'Wyt ti'n mynd i dorri'r cordyn?' holodd Clare.

'Ydw.'

Wnaeth hi ddim hyd yn oed smalio protestio, dim ond rhedeg cordyn y ffôn drwy ei dwylo a cheisio peidio â meddwl am y rhaff oedd yn aros Murphy.

'Mae'n rhaid i mi adael iddynt wybod,' meddai, gan dynnu'r cordyn yn dynn a'i ddal o fewn ei gyrraedd.

'Ond alli di ddim gwneud hynny nawr,' meddai Norman yn gysurlon wrth gau llafnau'r siswrn am y cordyn.

Dechreuodd Clare wylo'n dawel mewn rhyddhad.

'Yr hulpan wirion,' meddai Norman yn addfwyn, 'yr hulpan wirion, famol, hurt. Gobeithio ei bod hi'n cysgu.'

Roedd Siwsi yn cysgu.

Doedd a wnelo effeithiolrwydd triniaeth feddygol Caradog ddim byd â'i bilsen ryfeddol. Roedd o yno gyda hi yn ei breuddwyd. Cludwyd y ddau yn ôl mewn amser i noson suddo'r *Titanic*. Roedd y seindorf yn chwarae *Abide with Me* a'r hen Nain Morton yn arwain y canu. Safai'n alarus ar lwyfan isel ac mewn llais fel buwch glaf arweiniai gân olaf y teithwyr llaith â'i breichiau esgyrniog. Safai Siwsi yno a'r dŵr yn cyrraedd at ei phennau gliniau a'r dagrau'n llifo i lawr ei gruddiau, yn ymuno yn y gân. Ac yna, yn wyrthiol, roedd Caradog wrth ei hochr. 'Brysia o'r uffern lle yma,' meddai wrthi.

I fyny ar fwrdd y llong disgleiriai'r haul ac ymhell islaw roedd y môr yn wyrdd tywyll. 'Nawr, neidia i'r diawl!' gwaeddodd Caradog.

Teimlai ei fraich am ei chanol wrth i'r ddau hwylio i lawr yn araf drwy'r mwg llwydlas tra dymchwelai'r *Titanic* wysg ei hochr.

Roeddynt ar eu pennau eu hunain ar rafft ar fôr gwag. Ymestynnai'r môr diddiwedd yn las, yn llonydd, yn hardd hyd dragwyddoldeb. Roedd hi'n noeth. 'Uffern dân,' meddai yntau gan fyseddu ei stumog, 'rwyt ti'n hardd.'

'Tithau hefyd,' sibrydodd. 'Tithau hefyd.' Roedd rhywbeth yn gyfarwydd ynglŷn â'r corff gwryw noeth – teimlodd rhyw fân boenau yn mynd ac yn dod. Allan o'r awyr ddigwmwl disgynnodd un diferyn o law. Disgynnodd i'w bogail a throi yn berl bach llyfn, perffaith. Cyffyrddodd â'r perl mewn rhyfeddod ac yna cyffyrddodd ynddo yntau. Dechreuodd y tonnau lifo i mewn ac allan – i mewn ac allan – mewn rhythm llesmeiriol. Gollyngodd ochenaid dawel, fodlon.

Wrth iddynt glustfeinio ger drws ei hystafell wely, clywodd Norman a Clare yr ochenaid a'i dehongli'n weddus ddigon fel ochenaid o alar ac edifeirwch. Yna, gyda chryn syndod, sylweddolodd y ddau y gallai eu dehongliad fod yn bell iawn o'i le. Yr ast fach, meddyliodd Clare. Y grym bywydol, meddyliodd Norman. Awgrymodd y dylent fynd i'r gwely. Dinistrio a chreu – roedd y ffin rhyngddynt yn un fain. Un bywyd yn darfod – bywyd newydd yn dechrau. Yn athronyddol feddw bu'n traethu'n faith er mwyn egluro i Clare pam nad oedd am wisgo gwain atal cenhedlu. Erbyn hynny roedd Clare wedi colli pob diddordeb.

‘Rhyfedd nad yw’r ffôn yn gweithio,’ meddai’r Rhingyll Thomas, wrth iddo droi’r car i gyfeiriad y bryniau. ‘Efallai nad ydy hynny’n ddrwg o beth o dan yr amgylchiadau,’ meddai’r Ditectif Arolygydd Warrilow. Roedd hi’n fore arbennig o braf. Doedd dim cwmwl yn cuddio copaon y mynyddoedd. Roedd yr awyr iach fel gwin. ‘Gadewch chi’r rhan fwyaf o’r siarad i mi, Thomas. Does arna i ddim eisiau gwrando ar ddim o’ch hwyl Gymreig chi.’ Digiwyd Thomas ac ni thrafferthodd ateb. Allai o ddim gweld beth oedd a wnelo afiaith grefyddol â’r hyn oedd yn eu hwynebu. Byddai wrth ei fodd pe gallai droi’r car yn ei ôl a mynd adref. Sosejis i frecwast. Te brown tywyll, yn drioglyd o felys. Doedd Warrilow, a oedd cyn feined â rasal, ddim wedi cael ei frecwast chwaith. Y cadno ystumddrwg, meddyliodd Thomas. Mae dy ysglyfaeth blasus yn llechu ymhlith drysni trwchus dy feddwl. Bore o wae ac o waed fydd hwn.

Wrthi’n siafio roedd Norman pan welodd gar yr heddlu yn dod i fyny at y tŷ. Roedd hi’n naw o’r gloch a Murphy’n gorff ers awr. Am wyth o’r gloch roedd Clare ac yntau wedi troi eu cefnau ar ei gilydd a chymryd arnynt gysgu. Gorweddai Clare yno yn crynu o dan y blancedi. Aethai yntau i lawr i’r gegin i wneud cwpanaid o de iddi. Daeth ag un i Siwsi hefyd, ond yn ffodus roedd hi’n dal i gysgu. Roedd awgrym o wên ar ei gwefusau a gwrid ar ei gruddiau.

Wrth iddo edrych allan drwy ffenestr yr ystafell ymolchi cofiai am y bore arall ofnadwy hwnnw naw mlynedd yn ôl. Lwmpen fach gron gyda ruban yn ei gwallt oedd Siwsi bryd hynny. A Dolly fel ffured fach. Dau blismon gwahanol. Bellach roedd ganddynt gar mwy a llawer crandiach. Oedden nhw wedi dod i ddweud bod Murphy wedi cael ei grogi? Go brin. Byddai hynny'n gwrteisi cwbl annisgwyl. Cwrteisi? (Oedd o'n dal i fod yn feddw?) Byddai'r stori yn y papurau yn fuan. Ac ar y radio. Aeth i ddeffro Clare.

'Mae'n well i ti wisgo.'

'Rydw i'n teimlo'n sâl.'

Roedd ei gwefusau yn sych a theimlai fel pe bai ei chroen wedi ei dynnu'n rhy dynn dros esgyrn ei bochau.

'Mi fyddi di'n teimlo'n well ar ôl i ti roi dŵr ar dy wyneb,' meddai wrthi. Ystrydebol, ond gwir er hynny. Doedd ymolchi ddim yn gwaredu pechodau, ond roedd rhywun yn teimlo'n fwy normal ar ôl gwneud hynny.

Syllodd arno gydag atgasedd chwerw a chodi ar ei heistedd ar erchwyn y gwely. Pam oedd yr heddlu yma? Oedd ganddi hi ddigon o amser i gael bàth? Pam oedd bywyd yn dal i fynd yn ei flaen? Pam na allai rhywun dorri tamaid mawr ohono a'i gladdu mewn twll tywyll, dwfn? Hoffai fod yn drigain oed ac ar drothwy anghofrwydd henaint. Os oedd Norman wedi peri iddi feichiogi yn ystod y nos, byddai'n cael erthyliad.

Canodd cloch y drws.

'Gardd hyfryd,' meddai Thomas wrth Warrilow, er mwyn torri ar y distawrwydd oedd rhyngddynt. Nid atebodd Warrilow. Pe câi unrhyw anogaeth byddai Thomas yn llongyfarch Moncrief ar ei flodau ffarwél haf ac yn nodi manylion ei hoff wrtaith. Gallai glywed sŵn traed Moncrief yn croesi'r cyntedd. Pan agorodd Norman y drws cyfarchodd ef yn fonheddig a chyflwyno'i hun a'r Rhingyll Thomas iddo.

'Ydych chi wedi clywed,' gofynnodd, 'bod dienyddiad Murphy wedi ei atal?'

Roedd hi'n amlwg nad oedd Moncrief wedi clywed dim o'r fath. Aeth dros ben llestri'n lân, sylwodd Warrilow, wrth ymateb i'r newydd. Roedd yn ymddwyn yn union fel pe bai Murphy yn berthynas agos iddo. Wyddai o ddim beth i'w wneud ag ef ei hun. Cymerodd gam neu ddau tuag yn ôl oddi wrth y drws. Dechreuodd ffidlan â chloch bres oedd ar fwrdd y tu ôl iddo yn y cyntedd. (Am funud meddyliodd Warrilow ei fod yn mynd i'w chodi uwch ei ben a'i chanu.) Cychwynnodd gam neu ddau i fyny'r grisiau – a daeth i lawr yn ôl. 'Pam nad ewch chi'ch dau drwodd i'r lolfa a helpu eich hunain i ddiferyn o'r cwpwrdd diodydd?' Yna ychwanegodd, 'Rhaid i mi roi gwybod i Clare, fy ngwraig – a'r nefoedd fawr, i Siwsi wrth gwrs!'

'Dim am funud neu ddau, syr.' Roedd llais Warrilow yn swta.

Ond roedd Clare, a oedd yn cadw o'r golwg ar ben y grisiau, wedi clywed y cyfan. Gwisgai ŵn llofft hirlaes ac roedd hi'n droednoeth. Cerddodd yn ysgafn i lawr y grisiau fel pe bai hi mewn breuddwyd. Eisteddodd ar y ris isaf a dechrau crio. Eisteddodd Norman wrth ei hochr. 'Tipyn o sioc,' eglurodd.

'Felly rydw i'n gweld,' meddai Warrilow yn sychlyd. 'Doeddwn i ddim yn sylweddoli eich bod chi'n adnabod y dyn.'

Fel dau baffiwr pensyfrdan mewn cylch, clywodd Norman a Clare y gloch yn cyhoeddi bod rownd newydd ar gychwyn ac ymdrechodd y ddau i godi o'r gornel a pharatoi i wynebu beth bynnag oedd yn eu haros. Ond beth arall allai ddod? Roedd y plismon wedi taro'r ergyd derfynol. Buddugoliaeth glir i Murphy. Buddugoliaeth bywyd dros farwolaeth. Amen. Roedd hi'n bryd iddynt ostwng eu llenni personol. Roeddynt wedi byw trwy drychineb na ddigwyddodd. Wedi eu dyrnu a'u curo, yn waedlyd a dolurus – bellach roedd hi'n amser iddynt gydio yn eu tywelion a throi am adref. Ni fyddai cysgu'n broblem heno. Yn y cyfamser mae dau blismon yn edrych yn rhyfedd arnynt. Mae drws y lolfa ar agor ac mae'r ystafell yn llychlyd ac anniben. Mae hanner potelaid o chwisgi a gwydrau gwag ar y bwrdd. Mae clustog a phapur ddoe ar y llawr.

Ddoe, roedd Murphy wedi bod yn wynebu marwolaeth. Ddylai o ddim bod wedi wynebu marwolaeth. Hyd yn oed pe bai o wedi bod yn euog o'r drosedd, dylai'r gosb eithaf fod wedi ei diddymu ers amser. Wel, dyna sut roedd y diwygwyr wedi bod yn dadlau. Tystiolaeth dila, amgylchiadol. Dim byd pendant.

'Felly,' meddai Clare, a oedd yn dechrau dod at ei choed, 'fe ddefnyddiodd y barnwyr yn y llys apêl dipyn o synnwyr cyffredin?' (Na, wnaethon nhw ddim. Ar y funud olaf fel hyn yr Ysgrifennydd Cartref fyddai'n gyfrifol, onide? Pam nad oedd Warrilow yn ateb?)

Cododd, a'u tywys i mewn i'r lolfa. 'Roeddech chi'n hynod o garedig yn dod yma i roi gwybod i ni.' Cododd y glustog a'i rhoi yn ôl yn drefnus yn ei lle ar y soffa.

'Mae'n debyg y byddech chi wedi ffonio,' ymresymodd Norman, 'pe bai'r ffôn wedi bod yn gweithio?'

Ddywedodd Warrilow, a oedd wedi sylwi ar gyflwr cordyn y ffôn, yr un gair. Roedd Thomas ac yntau yn eistedd ar gadeiriau ger y ffenestr. Doedd o ddim yn ymwybodol bod yr olygfa hon wedi digwydd o'r blaen naw mlynedd yn ôl yn yr union fan. Roedd yr ystafell yn gyfforddus a chartrefol. Roedd yn synhwyro bod Thomas wedi ymlacio'n hamddenol yn ei gadair.

'Merch fach hyfryd,' sylwodd Thomas, gan gyfeirio at lun o Siwsi yn ddeg oed a safai mewn ffrâm ar ben y piano. Roedd ei gwallt yn ddwy blethen hir ac roedd ei llygaid yn syllu'n freuddwydiol i'r pellter.

Gwgodd Warrilow arno.

'Mae'n ymddangos yn gwbl bosibl erbyn hyn,' meddai, 'na chafodd Bridget O'Hare ei llofruddio gan Murphy.'

Syllodd yn graff ar Norman a Clare er mwyn nodi eu hadwaith. Roeddynt yn eistedd wrth ochrau ei gilydd ar y soffa yn wynebu'r ffenestr. Erbyn hyn roedd teimladau'r ddau dan reolaeth. Culhaodd llygaid y fam y mymryn lleiaf fel pe bai'n gwarchod y canhwyllau rhag archwiliad rhy fanwl. Roedd adwaith emosiynol i'w ganfod yn y canhwyllau. Go brin ei bod hi ei hun yn ymwybodol o hynny. Roedd y tad wedi ymestyn am sigarét o'r blwch oedd ar fwrdd pres bychan yn ei ymyl. Roedd ei fysedd fel pe baent wedi anghofio am ennyd am beth roeddynt yn chwilio. Ymbalfalodd yn yr awyr tra oedd ei ymennydd yn atgoffa'i fysedd o'u neges.

'Sigarét, Arolygydd?'

Gwrthododd Warrilow.

'Rhingyll Thomas?'

Er y byddai wedi hoffi cael mygyn bach, gwrthododd Thomas. Teimlai fel blaenor mewn sêt fawr o dan lygad barcud gweinidog tân a brwmstan chwyrn. Ei unig gyfraniad fyddai ambell i amen tra oedd Warrilow yn rhwygo'r awyr. Rhwygo'r awyr yn dawel oedd dull Warrilow – byddai'n rhaid iddo yntau sibrwd ei amen.

'Ydych chi'n dweud,' awgrymodd Norman, 'mai damwain oedd marwolaeth y ferch O'Hare?'

'Doedd gen i ddim unrhyw fwriad i awgrymu hynny,' atebodd Warrilow.

'Felly . . .?'

'Mi hoffwn i dorri'r newydd da am Murphy wrth eich merch chi,' meddai Warrilow. 'Rwy'n deall ei bod hi yn y tŷ.'

'Ydy, mae hi'n cysgu yn ei gwely.' (Beth ddiawl rwyt ti'n ei awgrymu? Nid torri newyddion da yw peth fel hyn.)

'Tybed fyddech chi'n gallu galw arni o droed y grisiau? Dwedwch bod rhywun am ei gweld hi.'

Roedd Norman yn prysur godi amddiffynfa o amgylch ei blentyn a oedd dan fygythiad. Roedd ar fin cychwyn ar araith danllyd yn condemnio dulliau'r heddlu yn gyffredinol, a dulliau Warrilow yn arbennig, pan aeth Clare â'r gwynt o'i hwyliau.

'Wrth gwrs, mae arnoch chi eisiau rhoi'r newydd da iddi eich hun,' meddai'n llithrig. 'Mae'n siŵr bod clywed Siwsi yn ceisio cymryd y bai ar ei hysgwyddau ei hun wedi achosi cryn ddifyrrwch i chi. Rydyn ni'n gwerthfawrogi'r ffaith eich bod chi wedi mynd i'r drafferth o ddod yma i ddweud wrthi.' Rhybuddiodd Norman â'i llygaid. Tynnodd yntau ar ei sigarét a dal ei dafod.

Roedd Siwsi mewn dawns yng nghwmni Caradog pan glywodd lais ei mam yn galw arni. Roedd hi'n gwisgo ffrog o sidan glas golau gyda rubanau gwynion wedi eu clymu'n ddolennau ar ei hysgwyddau. 'Ffrog uffernol o hardd,' meddai yntau, 'ond rwyt ti'n llawer harddach hebddi.' Roeddynt ar eu mis mêl yng Ngwlad Groeg. 'Diawl o le da i dreulio mis mêl,' oedd barn Caradog. Ac roedd o'n iawn. Tywod crasboeth. Bwyd Groegaidd chwilboeth.

A charu eirias yn y fila fach wen ar fin y môr. 'Pwy ddiawl sy'n ymyrryd arnon ni nawr?' meddai llais Caradog yn ei phen. Roedd hi'n deffro'n araf a gallai deimlo'i chorff yn gynnes a swrth. Roedd ei mam yn gweiddi arni o'r cyntedd.

Mae'n rhaid bod brecwast yn barod.

Wel – roedd hi ar lwgu.

Roedd yn beth rhyfedd ei bod hi'n teimlo ei bod yn adnabod Doctor Caradog gystal, a hithau ond newydd ei gyfarfod. Roedd ganddi ryw gof annelwig ei fod yn briod a bod ei wraig yn rhedeg ysgol farchogaeth. Dynes arw, galed, geffylaidd yn fwy na thebyg. Mae'n debyg mai oddi wrthi hi roedd o wedi dysgu rhegi cymaint. Ond doedd hynny'n poeni dim arni. Lleoedd peryglus oedd ysgolion marchogaeth. Gallai ceffylau redeg yn wyllt a sathru pobl. Pe bai ceffyl yn rhedeg yn wyllt mewn lle cyfyng – mewn stabl efallai – go brin y byddai rhywun yn dianc yn fyw. Roedd ceffylau yn greaduriaid hawdd eu rhusio. Mater bach iawn fyddai eu cyffroi. Efallai y gallai hi ofyn i Dadi gâi hi gymryd gwersi marchogaeth yn ystod y gwyliau. Byddai cwrdd â Mrs Caradog yn ddiddorol iawn. Efallai y byddai yn ei gwahodd i'r tŷ. Cyn bo hir byddai'r tensiwn ym mherthynas y doctor a'i wraig yn dod yn amlwg. 'Fy merch annwyl,' byddai Caradog yn dweud wrthi, 'rwyt ti'n gallu gweld sut y mae pethau rhyngon ni. Ti ydy'r unig gysur sydd gen i – wyt ti'n deall hynny?' Byddai eu dwylo'n cyffwrdd yn ddirgel mewn cyd-ddealltwriaeth dawel.

Dechreuodd Siwsi wisgo.

Gwisgodd y ffrog gyntaf ddaeth i law – ffrog gotwm werdd. Doedd ei hesgidiau ysgol ddim yn gweddu i'r ffrog, ond doedd dim gwahaniaeth am hynny. Ar ôl brecwast, fe âi am dro i'r pentref. Mae'n debyg y byddai Caradog wedi gorffen gweld ei gleifion yn y feddygfa erbyn hynny ac wedi mynd i ymweld â'i gleifion eraill yn eu cartrefi. Ceisiodd ddyfalu sut gar oedd ganddo. Dim byd rhy foethus. Efallai y byddai'n rhoi lifft iddi i rywle.

Ymolchodd yn frysiog a thynnu crib drwy ei gwallt. Roedd hi'n fore bendigedig a'r haul yn disgleirio ar bopeth.

Dechreuodd y cysgodion gau amdani wrth iddi gerdded i'r cyntedd. Doedd dim arogl cig moch yn unman. Roedd lleisiau dieithr yn dod o'r lolfa. Nid dieithriaid chwaith. Roedd hi'n adnabod un ohonynt. Y Rhingyll Thomas.

Thomas?

Murphy?

Roedd hi'n hanner awr wedi naw ar y cloc yn y cyntedd. Roedd Murphy wedi bod yn gorff ers awr a hanner a doedd hi ddim wedi meddwl amdano unwaith. Cerddodd yn syfrdan i mewn i'r lolfa.

Roedd dyn bychan, main â llwyth o wallt tywyll a llygaid fel llafnau rasal Dadi wedi codi a cherdded i'w chyfarfod. Roedd wedi dweud wrthi bod Murphy yn dal yn fyw. *Roedd dienyddiad Murphy wedi ei atal.* Chwarae teg i'r dyn bach! Y fath newydd ardderchog! Daeth yr haul allan unwaith eto yn felyn, fawr.

'Wel, myn diawl,' meddai Siwsi, nes rhyfeddu pawb. 'Blydi grêt! Dyna beth rydw i'n ei alw yn newydd uffernol o dda!'

Eisteddodd ar y gadair agosaf a gwenu'n hapus ar bob un ohonynt yn ei dro.

'Dydy diddymu'r gosb,' meddai Warrilow, ar ôl iddo ddod dros ei syndod, 'ddim yn golygu y bydd

Murphy yn cael ei ryddhau. Yr hyn mae yn ei olygu ydy y bydd yn treulio gweddill ei oes yng ngharchar yn hytrach na chael ei grogi.'

'Tra mae bywyd, mae gobaith,' meddai Siwsi.

Beth amser yn ôl roedden nhw wedi cael gwers ar ystrydebau. Mae'n debyg, am ryw reswm, bod eu dysgu yn beth da. Cyn wynned â'r eira. Cyn ddued â glo. Mor wyn a disglair a godidog â'n dyfodol ni gyda'n gilydd, Caradog. A nawr doedd dim byd drwg a chas yn mynd i ddigwydd i Murphy. Dydw i ddim yn anwadal. Nid mewn gwirionedd. Roeddwn i'n ofnadwy o hoff ohono a hynny am gryn amser. Ond pan gyffyrddaist ti fi neithiwr . . . wnaeth o erioed gyffwrdd yndda i. Erbyn hyn y peth olaf yn y byd fyddwn i'n ei ddymuno fyddai cael fy nghyffwrdd ganddo. Rwyt ti mor lân. Rydw i'n hoffi'r arogl sy arnat ti. Mae'n siŵr gen i ei fod o wedi meddwi'r noson honno yn y bwthyn. Doeddwn i ddim am gyfaddef hynny ar y pryd, ond rydw i'n gwneud hynny nawr. Y gwir a saif, wedi'r cyfan. A doeddwn i ddim yn hapus iawn am nad oedd pob un o'i ddannedd yn dal i fod ganddo. Roeddwn i'n smalio nad oedd gwahaniaeth gen i. Ond roedd gwahaniaeth gen i, mewn gwirionedd. Mae'n rhaid i rywun ddysgu drwy fynd oddi wrth un dyn at ddyn arall. Ond dydw i ddim yn credu y bydda i'n mynd at unrhyw ddyn arall. Rydw i'n sicr y bydda i'n aros efo ti am byth. Cinio ymhen pum mlynedd, ddywedaist ti. Paid â bod yn wirion, Caradog. Ymhen pum mlynedd, mi fydda i'n ugain oed. Dydw i ddim yn bwriadu gwastraffu'r holl flynyddoedd yna. Mae ganddon ni heddiw – heddiw – heddiw!

Dim awgrym o euogrwydd, meddyliodd Warrilow. Seicotig.

Fel blodyn bychan yn agor yn yr haul, oedd

dehongliad Thomas. Trueni bod drygioni yn llechu yn ei ganol.

O Dduw – Doctor Caradog, meddyliodd Clare, a oedd wedi adnabod yr iaith fras.

Ti, y Siwsi go iawn, rydw i'n ei weld y funud hon, oedd dymuniad Norman. Yn llon. Yn gwenu'n siriol ar bawb. Mi hoffwn i dy gymryd ar fy nglin. Mi hoffwn i ddangos y drws i'r plismyn yma. Mi hoffwn i pe na bai dim o'r busnes yma wedi digwydd.

'Os byddwch chi'n digwydd gweld Murphy yn y carchar rywbryd,' meddai Siwsi wrth Thomas, 'wnewch chi ddweud wrtho fy mod i'n dymuno'n dda iddo ac fy mod i wrth fy modd bod ei fywyd wedi ei arbed?'

'Gwnaf, wrth gwrs,' meddai Thomas. 'Gwnaf â phleser.' Teimlai fel pe bai'n ymweld â rhyw wlad arallfydol lle roedd y sylwadau rhyfeddaf yn gwbl dderbyniol.

Roedd Warrilow â'i draed ar dir gwlad gwbl resymegol. Troediai ei lwybr yn bwyllog, ofalus, gan wybod i'r dim i ble roedd yn mynd.

'Ydych chi'n credu i Murphy lofruddio Bridget O'Hare, Susannah?' gofynnodd.

'Siwsi,' cywirodd Siwsi ef. 'Rydw i'n meddwl y gallai hi fod wedi llithro a chwympo,' atebodd yn ochelgar.

'Yn y datganiad roddoch chi i'r Rhingyll Thomas, roeddech chi'n dweud mai chi lofruddiodd Bridget O'Hare.'

'Dim ond tipyn o ffwlbri oedd hynny,' meddai Siwsi. 'Roedd Miss Sheldon-Smythe yn mynd o gwmpas y cwfaint yn dweud yr un peth.'

'Ond roedd Miss Sheldon-Smythe yn y dref yn cael trin ei gwallt pan laddwyd Miss O'Hare,' meddai

Warrilow. (Sylw damweiniol gan Cwnstabl Jones, gŵr y wraig trin gwallt, oedd sail y dystiolaeth yma – er nad oedd neb wedi talu rhyw lawer o sylw ar y pryd. Doedd Miss Sheldon-Smythe, mwy na'r ferch hon, ddim wedi bod dan amheuaeth.)

'Ac roeddwn innau'n casglu blodau,' meddai Siwsi, 'ac roeddwn i gyda fy ffrindiau bron drwy'r amser. Gofynnwch iddyn nhw. Wnes i ddim gwthio Bridget O'Hare dros y clogwyn.'

'Ond roeddech chi'n mynnu eich bod chi wedi gwneud hynny.'

'Dim ond er mwyn achub bywyd Murphy.'

Gwenodd Warrilow yn gynnil. 'Chwarae teg i chi wir. Pam roeddech chi eisiau gwneud hynny?'

Gwridodd Siwsi. 'Wel, roeddwn i braidd yn hoff ohono.'

'Os ydych chi'n dal i fod braidd yn hoff ohono, mae'n siŵr nad ydych chi'n hoffi'r syniad y bydd yn treulio blynyddoedd lawer yng ngharchar.'

'Mae'n ddrwg calon gen i drosto fo, wrth gwrs,' meddai Siwsi, gan wingo'n anesmwyth, 'ond wn i ddim beth alla i ei wneud i'w helpu.'

(Mae'n ddrwg gen i, Murphy. Ond nid ddoe yw heddiw. Heddiw mae gen i Caradog. Ac yfory fe fydd gen i Caradog. Rhan o ddoe wyt ti, Murphy. Ac mae ddoe wedi peidio â bod.)

Trodd Warrilow i wynebu Norman a Clare. 'Roedd datganiad eich merch mai hi oedd yn gyfrifol am y llofruddiaeth yn swnio'n gwbl anhygoel ar y pryd,' meddai. 'Fodd bynnag, pe baech chi eich dau wedi cefnogi ei datganiad, fe fyddai hi wedi cael ei chredu.'

'Ffwlbri gwirion oedd y cyfan, fel mae'r plentyn newydd ddweud wrthoch chi,' protestiodd Clare.

'Ie, dim ond rwtsh llwyr,' cytunodd Norman.

'Fe gawsoch chi eich dau eich rhoi mewn lle eithriadol o anodd,' aeth Warrilow yn ei flaen yn gwbl ddigyffro. 'Tybed mai dyna pam y torrodd un ohonoch chi gordyn y ffôn neithiwr – noson olaf einioes Murphy, fel roeddech chi'n credu?' Mân bethau fel yna oedd yn dynodi bod ganddynt rywbeth i'w guddio. Roedden nhw'n gwybod – roedden nhw wedi gwybod ers cryn amser – roedd o'n sicr o hynny. Roedd ei sicrwydd yntau wedi ei gadarnhau yn ystod y deuddeg awr ddiwethaf. Roedd wedi gwneud camgymeriad yn achos Murphy. Yn ystod yr achos yn y llys roedd o wedi dechrau amau a oedd Murphy'n euog ai peidio. Y meddylfryd i allu llofruddio oedd y ffactor x oedd yn cyfartalu'r hafaliad. Ffactor x anniffiniadwy yn yr achos hwn – hyd heddiw.

'Cael ei sugno i mewn i'r Hoover,' meddai Clare. 'Roedd yn rhaid torri'r cordyn i'w gael yn rhydd.'

'Pan mae eich cig a'ch gwaed chi eich hun yn y fantol,' aeth Warrilow ymlaen, 'mae rhywun yn dueddol o anwybyddu moesoldeb y sefyllfa. O dan rai amgylchiadau mae hynny bron â bod yn rhywbeth y gellir ei esgusodi – ond dim ond bron â bod.'

'Os ydyn ni'n trafod moesoldeb,' arthiodd Norman, 'efallai y dylen ni gynnwys moesoldeb dulliau'r heddlu yn ein trafodaeth. Ydych chi'n ein cyhuddo ni? Ai ymchwiliad ydy hwn? Does neb wedi derbyn rhybudd ffurfiol. Ddylwn i anfon am fy nghyfreithiwr?'

Cydnabu Warrilow'r feirniadaeth, ond gwrthododd gael ei daflu oddi ar ei drywydd. Roedd yn dilyn llwybr troellog, ond roedd ganddo reswm da dros wneud hynny. 'Dydw i ddim yn amau,' meddai, 'na fyddwch chi'n anfon am eich cyfreithiwr cyn bo hir. Pe baech chi'n cael eich cyhuddo o unrhyw beth, mae'n debyg mai diofalwch troseddol fyddai'r cyhuddiad. Mae'n ddyletswydd ar bawb i atal feirws marwol.'

Roedd sigarét anghofiedig Norman yn llosgi ei fysedd. Lluchiodd hi i'r llestr llwch. 'Dydw i ddim yn eich deall chi. Ydych chi'n cyhuddo fy merch i o lofruddio Bridget O'Hare?'

Pwysodd Warrilow yn ôl yn ei gadair. Roedd pob symudiad o'i eiddo yn bwyllog a hamddenol. 'Wel, Susannah,' meddai, 'ydych chi'n meddwl y gallwn i fod yn eich cyhuddo chi?'

Doedd ganddi hi ddim amheuaeth o gwbl ynglŷn â hynny. Felly mae'n rhaid eu bod wedi dod o hyd i dyst. Rhywun oedd yn ceisio osgoi'r heddlu efallai, ac a oedd wedi peidio â dod i adrodd yr hyn a welsai hyd y funud olaf? Rhywun oedd ar ffo o'r fyddin o bosibl?

'Mae tystion yn gallu bod yn gelwyddog,' meddai. 'Os oes gennych chi dyst, mae o wedi eich twyllo chi.'

Edrychodd i fyw llygaid Warrilow. Roedd ei eiriau fel pinnau chwilboeth yn llosgi canhwyllau ei llygaid, ond roedd hi'n benderfynol o beidio â gostwng ei hamrannau. Roedd ei dwylo'n gorffwys yn gwbl ddigyffro ar ei glin.

Dyma beth yw digywilydd-dra noeth, meddyliodd Warrilow.

'Tyst?' roedd llais Norman yn gras gan dyndra. 'Ydych chi'n bwriadu dweud bod gennych chi dyst? Chlywais i erioed y fath lol! Edrychwch arni hi . . . ydych chi'n ceisio dweud y gallai hon niweidio unrhyw un . . . ei bod hi wedi mynd i ben y clogwyn . . . ei bod hi a Bridget . . .? Arglwydd mawr, mae'n rhaid eich bod chi'n drysu, ddyn . . . pam ddiawl daethoch chi yma? I ddweud bod bywyd Murphy wedi cael ei arbed am fod fy merch i . . . am fod Siwsi . . . am fod rhywun dieflig wedi cyhuddo fy merch i, Siwsi, ar gam . . .' Roedd ei gynddaredd a'i fraw yn peri iddo faglu ar draws ei eiriau.

Allai Warrilow ddim peidio â meddwl am deulu o lewod yn eu cynefin, a'r llew gwryw yn ysgyrnygu'n herfeiddiol wrth i'r helwyr gau amdano.

Cenawes fach ffyrnig ydy dy ferch di, meddyliodd. Dydy hi ddim yn bwriadu cuddio y tu ôl i ti. Mae hi'n barod ac yn ddigon digywilydd i herio unrhyw un.

Wrth gwrs, byddai'n achos anodd ei brofi. Bron yn amhosibl. Roedd hi'n eithaf posibl na fyddai neb yn ceisio ei brofi, er y byddai ef yn pwyso mor galed ag y gallai am i'r ymchwiliad barhau. Yn sicr, fyddai Miss Moncrief ddim yn cyflwyno cyffes arall. Ar ôl methu gwrthsefyll ysfa danbaid i ddweud y gwir, roedd hi wedi symud i'r pegwn arall. Pam, tybed?

Roedd hi'n bryd iddo ateb cwestiynau ei thad – ac aeth ati i wneud hynny.

'Efallai mai eich merch chi lofruddiodd Bridget O'Hare,' meddai, 'neu efallai na wnaeth hi ddim. Dichon ei bod yn dweud y gwir pan gyffesodd mai hi oedd y llofrudd. Dichon ei bod yn dweud y gwir y bore yma pan mae hi'n gwadu iddi ei lladd. Doedd yna ddim tystion. Cafodd Murphy ei arbed – nid oherwydd unrhyw dystiolaeth ychwanegol – ond oherwydd nad yw'r gosb eithaf yn cael ei gweithredu bob amser mewn llofruddiaeth o'r math yma. Hynny ydy, llofruddiaeth lle nad oes bwriad ymlaen llaw i lofruddio wedi ei brofi.'

Roedd wyneb Norman yn lasgoch. Roedd rhyddhad a dicter wedi cyfuno yn gymysgedd ffrwydrol a wnâi i'w galon guro mor galed nes iddo ofni ei fod ar fin cael trawiad. Roedd wedi cael ei arwain ar hyd llwybrau troellog trofaus gan heddwas gwyrdroëdig. Roedd y dyn dieflig yma wedi dod i'w gartref i chwarae ag ef a'i deulu. Gallai addefiadau peryglus fod wedi eu godro allan ohono gan ddulliau cyfrwysgall sarff o ddyn. Gallai addefiadau fod wedi eu godro allan o Siwsi. Wrth lwc, roedd hi wedi bod yn ddigon doeth i wadu popeth. Byddai'n rhaid i Warrilow dalu am hyn. Byddai'n cwyno am ei ymddygiad wrth uwch-swyddogion yr heddlu. Gwnâi'n sicr y byddai'n dod i lawr reng neu ddwy yn ei swydd. Roedd wedi gweithredu y tu allan i'r gyfraith. Doedd ganddo ddim busnes na hawl i fod yma o gwbl.

Roedd gan Warrilow eitha syniad beth oedd yn mynd drwy ei feddwl a rhoddodd lonydd iddo am eiliad neu ddwy i ddod ato'i hun. Edrychodd ar fam y ferch. Roedd hi'n welw iawn ond roedd hi wedi llwyddo i gadw'i phen. Roedd ei bysedd hirion main yn tynnu tameidiau bach o wlân oddi ar lewys ei gŵn llofft. Edrychai fel claf mewn ysbyty a oedd newydd dderbyn prognosis addawol. A nawr roedd hi ar fin cael ei rhuthro yn ôl i wynebu cyllell y llawfeddyg.

Ar achlysuron fel hyn doedd ei swydd ddim yn un rhy ddymunol. Ond roedd yn rhaid i rywun ei gwneud.

Trodd at Siwsi unwaith eto.

'Fe wthiaist ti fe y tu ôl i'r gwresogydd, yn do?' meddai wrthi. 'Ac mae'n debyg bod dy wisg ysgol di wedi ei chuddio yn rhywle hefyd?'

Atebodd Siwsi ddim. Roedd Warrilow ychydig yn rhy gyflym iddi. Roedd arni angen amser. Roedd y tyst byrhoedlog newydd ddiflannu i awyr hallt y môr uwchben y clogwyn. Roedd hi newydd droi at Caradog gyda gwên ar ei hwyneb i'w sicrhau bod popeth yn iawn. A nawr dyma nhw yn ôl yn y cwfaint unwaith yn rhagor. Roeddynt wedi symud yn ôl i'r noson flaenorol. Roedd digwyddiadau oedd fel pe baent yn perthyn i orffennol annelwig pell yn cael eu hail-greu.

'Dim bod yn rhaid i ni gael dy wisg ysgol di,' aeth Warrilow yn ei flaen. 'Mae'r esgidiau sydd am dy draed ti'r bore yma'n ddigon o dystiolaeth.' Pwyntiodd at staeniau ar y lledr tywyll. 'Gwaed, wrth gwrs.'

'Os ydych chi'n dweud,' meddai Siwsi'n gwrtais.

'O, does dim rhaid i ti dderbyn fy ngair i am y peth,' meddai Warrilow yr un mor gwrtais. 'Fe fuodd hi fyw hyd bump o'r gloch y bore 'ma. Mae'n bosibl na fyddai hi wedi marw o gwbl pe bai rhywun wedi dod o hyd iddi yn gynt. Fe lwyddodd hi i siarad â ni ac fe wnaeth hi ddatganiad. Cwmpas ar gyfer y bwrdd du, yntê? Yn ôl yr hyn ddywedodd hi roedd hi newydd wneud cylch ar y bwrdd du – gyda ffigurau o un i ddeuddeg – cloc, efallai?'

'Na, nid yn hollol,' meddai Siwsi. 'Y tabl deuddeg – swllt oedd un o'r gloch, ac yn y blaen. Fe wnaeth hi i mi ei adrodd ddeg gwaith.'

'Ac yna?'

'Ac yna fe syrthiodd hi ar y cwmpas. Ac fe aeth y pigyn yn syth i mewn i'w gwddw hi.'

'Trueni mawr,' meddai Thomas, a gyffrowyd i dorri ei ddistawrwydd.

'Wel, roedd hi'n dipyn o fwrn,' meddai Siwsi'n fwyn, 'ac roedd hi'n tueddu i fynd ar fy nerfau i. Roedd y Chwaer Clemence yn lleian hynod o frwd – dim yn arbennig o gytbwys, os ydych chi'n deall beth sydd gen i.'

Cafwyd distawrwydd llwyr am rai munudau.

Symudai'r llenni'n araf yn yr awel a ddôi ag arogl hydrefol mwg tân coed yn ei sgil.

'Fe ddywedodd y byddai hi'n gweddïo drosoch chi,' meddai Thomas. 'Dyna oedd ei geiriau olaf hi.' Mae hi fel angel bach ar garreg fedd, meddyliodd, gydag anadl einioes wedi ei anadlu iddi – gwaetha'r modd. Angel bychan angau.

Byddai'r Fam Benedicta yn gweddïo drosti hefyd, roedd Siwsi'n eithaf siŵr o hynny. Roedd yr holl fusnes gweddïo yma yn dipyn o fwrn hefyd. Anlwc o'r mwya oedd y ffaith bod y Chwaer Clemence wedi marw, er ei bod hi wedi dymuno'n frwd y byddai'n gwneud hynny ar y pryd. Trueni na fyddai hi wedi marw *yn syth* – cyn iddi gael cyfle i ddweud dim. Yr un fath â'r lleill. Doedd hi ddim wedi ei chynnwys pan oedd hi'n cyffesu wrth Caradog. Roedd hi'n dal yn fyw pan adawodd hi'r ystafell ddosbarth, ac roedd anafu yn fater rhy ddibwys i'w grybwyll. Ar wahân i hynny, doedd hi ddim wedi ymosod arni o achos Murphy. Yn wahanol i Bridget a'r barnwr, doedd a wnelo'r Chwaer Clemence ddim byd â Murphy. Roedd hi wedi ei thrywanu hi â'r cwmpas cyn iddi allu ei hatal ei hun – nac ystyried y canlyniadau. Roedd y peth mor syml â hynny. Efallai y byddai pum mlynedd Caradog yn weddol agos i'w lle wedi'r cyfan. Byddai'n dod i'w gweld yn y carchar. Byddent yn ymestyn drwy'r barrau ac yn cydio yn nwylo ei gilydd. Byddai'n gwisgo gwisg y carchar – gwisg lwyd â choler wen. Byddai ei gwallt wedi ei dorri'n gwta ac yn cyrlio ar ei gwegil. Byddai esgyrn uchel ei bochau yn pwysleisio glas cynnes ei llygaid. Byddai'n edrych yn welw a diddorol ac yn ofnadwy o hardd – ac aeddfed. Byddai'n edrych yn bedair ar bymtheg oed o leiaf. Dywedai yntau gymaint yr oedd yn ei charu. 'Uffern dân, mae fy nghorff i ar dân o dy eisiau di.' Yn y cyfamser byddai ei wraig wedi cael cwymp farwol oddi ar ei cheffyl – heb i neb ei helpu. Neu byddai wedi cwrdd â rhywun arall a byddent wedi cael ysgariad. Byddai popeth yn iawn yn y pen draw. Ni fyddai dim byd arbennig o annymunol yn digwydd iddi. Doedd dim byd felly wedi digwydd iddi erioed. Pam dylai o ddigwydd iddi nawr?

Pam roedd Mami'n crynu ac yn griddfan ar y soffa?

A pham roedd Dadi'n edrych arni fel yna?

'Dim ond Henffych Fair ychydig o weithiau fydd y benyd,' meddai'n siriol, 'ac rydw i bob amser wedi cael yr heddlu yn hynod o gwrtais a dymunol.'

'Da iawn,' meddai Warrilow'n dawel gan godi ar ei draed. 'Felly mae'n siŵr na fydd gennych chi wrthwynebiad i ddod gyda ni?'

'Dim o gwbl,' meddai Siwsi.

Yna gwenodd arno. Yn heulog lawen.